U0093471

國際學術研討會

古龍武俠小說 領先時代半世紀

【記者賴素鈴／報導】江湖代有才人出，這廂古龍凋零二十載，那廂今朝懸賞百萬獎新秀，浪淘不盡，唯有武俠熱愛，不隨時間變易，在學術研討會上更見分明。以「一代鬼才：古龍與武俠小說」爲主題，淡江大學第九屆文學與美學國際學術研討會昨起在國家圖書館，展開爲期兩天的議程，紀念武俠小說家古龍逝世二十周年，新生代學者與古龍故舊齊聚一堂，以文論劍話武俠。

日前與淡大中文系教授林保淳共同發表《台灣武俠小說發展史》，武俠小說評論家葉洪生昨天在專題演講中，直批胡適1959年底發表「武俠小說下流論」是「胡說」，學界泰斗的不當發言以及隨即展開的「暴雨專案」，反而促成1960年起台灣武俠新秀的繁興，「武俠小說迷人的地方，恰恰在門道之上。」，葉洪生認定，武俠小說審美四原則在文筆、意構、雜學、原創性，他強調：「武俠小說，是一種『上流美』。」

集多年心血完成《台灣武俠小說發展史》，葉洪生認爲他已爲從十歲起迷上武俠小說的半世紀畫上完美句點，並且宣布他「以後決心退出武俠論壇，封劍退隱江湖」。

雖然葉洪生回顧武俠小說名家此起彼落，套太史公名言「固一世之雄也，而今安在哉？」，認爲這是值得深思的嚴肅課題，昨天意外現身研討會而備受矚目的溫世禮，則爲了紀念同是武俠迷的哥哥溫世仁，推出第一屆「溫世仁武俠小說百萬大賞」，即日起至今年10月3日截止收件，經兩階段評選後於明年12月7日公布首獎得主，預料將會是一場武林新秀的龍虎爭霸戰。

看明日誰領風騷？風雲時代出版社發行人陳曉林眼中的古龍，其實領先他的時代半世紀，以致如今雖然古龍逝世20年，陳曉林認爲大家對古龍的了解仍然有限，預言未來世代更能和古龍的後設風格共鳴。

昨天這場研討會，也凸顯武俠小說作爲一項文學研究門類，仍有待開發學習空間。多位與會者都指出，武俠小說的發表、出版方式和管道具考證難度，學術理論與論文格式的建立待加強。而武俠名家的版權之爭、市場競爭力，也增加出版推廣困難，古龍武俠小說的版權糾紛、司馬翎作品的版權官司也成爲研討會的場外話題。

與

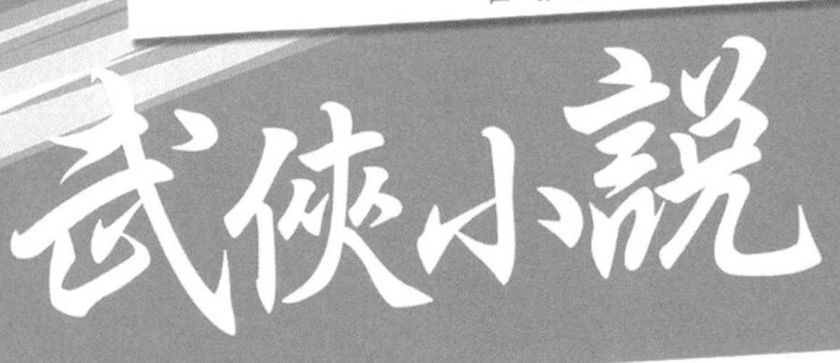

第九屆文學與美

古龍兄為人慷慨豪邁、跌蕩自如，變化多端，文如其人，且復多奇氣。惜英年早逝，余與古兄當年交好，且喜讀其書，今除不見其人，又無新作可讀，深自嘆惜。

金庸

一九九六、十、十一、香港

金庸

護花鈴
（中）

古龍精品集72

護花鈴

(中)

八　英雄何價

韋七見梅吟雪向呂天冥、南宮平那邊躍去，不由一怔，轉身望去，望見了南宮平與呂天冥的險況，右掌金環，直飛而出，去勢雖快，但到了南宮平面前卻已毫無力道，要知他數十年苦練，已將這一雙金環練得收發由心，不會有絲毫差錯。

南宮平目光轉處，左掌攫住了金環，「飛環」韋七雙足立定，大喝一聲，運勁回收，南宮平身形隨之蕩開，呂天冥亦自隨之升上，梅吟雪袍袖一拂，一陣柔力，將他們帶出了險境，兩人一齊落到地上。

四個灰袍道人，又自撲來，呂天冥目光一轉，低叱一聲：「住手。」他呆呆地望了南宮平兩眼，忍不住長嘆一聲，默然垂下頭去。

南宮平喘息未定，嘶聲道：「勝負未決，你可要再打一場？」

呂天冥垂首默然半晌，顫聲道：「我……我輸了！」

這三字說將出來，生似已費去了他平生的力氣，南宮平怔了一怔，也想不到這倨傲的道人竟然會說出服輸的話來，只見他面容灰敗，頹然站起，刹那時他竟由一個叱吒武林的一代宗主，變成了個蕭條寂寞，風燭飄搖的失意老人！

「飛環」韋七望著他師兄的身影，心頭亦不禁一陣黯然，低低道：「四哥……」

呂天冥頭也不回，顫聲道：「我們走吧！」話聲未了，他已倒在地上，他身上的創傷，實在還遠不及心底的創傷嚴重。

「飛環」韋七驚呼著將他抱起，閃電般穿過火焰，躍下樓去，四個灰袍道人跟隨而下，又是轟然一響，整個酒樓，已倒塌了一半。

南宮平呆了半晌，突地長嘆一聲，道：「玉手純陽，畢竟是個英雄！」

梅吟雪輕笑一聲，道：「你呢？」

兩人目光相對，默然無言，幾乎忘記了火焰幾將燒著了他們的衣服。

官府的兵馬隊，終於姍姍而來。

馬蹄聲，驚呼聲，救火聲，倒塌聲，叱吒聲……

在這古老的西安城裡，混合成一曲雜亂而驚心的樂章。

兩條互相依偎的人影，卻在這雜亂之中，悄然掠出了西安城。

古城外，夜色蒼涼，偶然雖有一兩縷雜亂的驚呼聲，隨風嫋嫋自城內飄出，卻仍然打不破這無邊的靜寂。靜寂，畢竟是可愛的，尤其是在方自混亂中離出的南宮平與梅吟雪兩人眼中看來，靜寂不但可愛，而且可貴。

此刻，南宮平四肢舒坦，正安適地仰臥在明滅的星空下，安適地享受著這一份可貴的靜寂，方才的刀光劍影，生死纏結，火焰危樓……此刻在這靜寂的星空下，都似已離他十分遙遠。

此地，是荒涼的，夜色中，到處有斷瓦殘垣投落下的陰影，及膝的荒草，在夜風中迴腰而舞，荒草中的蟲語，在夜色中聽來有如詩人的曼聲低吟，陣陣清風，吹開了南宮平的胸襟！

良久良久，支頤而坐的梅吟雪，幽幽長嘆一聲，道：「你可知道這裡是什麼地方？」

南宮平緩緩搖了搖頭：「不知道。」

梅吟雪道：「這裡就是始皇帝『阿房宮』的故址遺跡。」她再次輕嘆一聲：「八百里阿房宮，豪華不可一世，但於今也不過只剩下了斷瓦殘垣，秦始皇一統江山，君臨天下，此刻又在哪裡呢？」

她似乎憶及了自己多采的往事，在這淒涼的靜夜裡，便不禁惆悵地發出了感嘆！

南宮平微微一笑，突聽她曼聲低唱了起來：「大江東去，浪淘盡，千古風流人物……」

這是蘇學士的新詞，文采風流的南宮平，自然是早已知道的，他瞑目而聽，心中也不禁興起了許多感觸！

「英雄！」他喃喃地暗中低語：「什麼是英雄？英雄安在？」

梅吟雪吟聲亦自悠悠頓住，「禍水，美人……」她想起了「飛環」韋七方才的辱罵：「難

道一個女子天生美麗，便是不可寬恕的罪惡麼？……唉！匹夫無罪，懷璧其罪，難道天生麗質的美人，也和懷璧的匹夫有著同樣的罪惡？」

於是，很自然地，她連帶想起了「英雄」，「英雄」與「美人」，自古以來，都是緊緊地連在一處的，她回過頭，望了望滿面茫然的南宮平，想到他方才的鐵膽俠心，秋波中突地閃耀起一陣眩目的光采，但口中卻輕輕說道：「你可知道，你方才原本毋庸那樣的，你還年輕，難道你絲毫不珍惜自己的性命？」

南宮平暗嘆一聲，緩緩坐了起來，「性命！」他低語著道：「我自然是珍惜的，但我總覺得世上還有許多比生命更可貴的事……自古的英雄，雖然都已化作枯骨，但直到今日，他們還不是都活生生地活在人們的心裡！他們生前也許會很寂寞，但死後卻永遠不會寂寞的……」

他語聲微頓，很自然地，便也連帶著想起了「美人」，於是接著道：「這正如美人生前雖多薄命，但死後也會常留在人心底！荊軻，范蠡……西施，昭君……唉，他們為什麼會寂寞，為什麼會薄命？」

他唏噓著頓住語聲，目光遠遠投向一株孤立在晚風中的白楊樹影，心中追憶著往昔的英雄，竟不知他身旁有一雙明媚的秋波，正無言地望著他，就一如他望著遠處寂寞的樹影。

梅吟雪目光凝注著他，只見他雙眉微皺，嘴唇緊閉，面上的線條，竟是這般清秀而柔和，就連他纖長的四肢，也是清秀而柔和的，第一眼望去，誰都會認為這清秀的少年，會失之於柔弱——甚至是一種近於少女般的柔弱，但繼續觀察下去，這種柔弱的感覺，便會驀地消失，他體內彷彿蘊著一種無窮的精力，過人的勇氣，勁氣內涵，深不可測。

尤其是那雙眼睛，深沉、睿智、而英俊，兩眼距離很寬，被兩道濃眉輕輕覆蓋著，鑲著長而黝黑的睫毛，此刻，這雙眼睛雖是朦朧地半合著的，但當它突然開啓時，便會爆出劍光揮舞般的火花，但同時又能散發出溫暖柔和的光芒，強烈而剛毅，柔和卻逼人，像是要直射入人們的心底。

她默默凝注著這年齡較她輕的少年，心底突地盪起了一陣不安的漣漪，幽幽一嘆，回轉頭去，面上彷彿有一層秋霜籠起，冷冷道：「你大約沒有想到，你師傅留給你的責任，竟會這般艱苦而沉重吧。」

南宮平愕了一愕，自遠處收回目光，也收回了他的冥想。

梅吟雪冷冷又道：「你心中此刻大約在想，爲了我，你方才險些喪命，這的確有些不值，是麼？」

南宮平雖然聰明絕頂，但世上無論如何聰明的人，也無法猜得到一個女子心中的變化，他心中不覺大奇，不知這一瞬前還是那麼溫柔而和婉的女子，怎會突又變得如此冷削？

梅吟雪仍然沒有回過頭來，她似乎不願，又似乎不敢接觸到他那發亮的目光。

「但是！」她冷冷接著道：「你縱然真的死了，也怨不得我，而只是你心裡那些可憐地，逞英雄的念頭害了你，你本有一百個機會可以走了，但你卻偏偏不走，可是，又有誰將你當做了英雄呢？即便是個英雄，又值得了什麼。」

她語聲不但冷削，而且尖銳，似乎想盡量去刺傷南宮平，就正如她自己刺傷自己一樣，南宮平呆呆地望著她，心中怒氣漸漸上湧，暗道：「你怎地這樣不通情理，這一切，我還不是都爲了你……」心念一轉，突地想到方才在火焰中，危樓上，她守候在自己身邊時的焦急，保護自己時的熱心……也想到了自己跌倒時她飛掠而來，探視自己時關切與驚惶的面容，以及最後自己力不能支，她扶持著自己，從容自混亂中掠出西安城的情景。

剎那間，這一切全都又無聲無息地回到他心裡，他不禁長嘆一聲，緩緩道：「那麼你呢？你方才爲什麼不走，你本有比我還多十倍的機會逃走的，你爲什麼一直陪著我呢？」

梅吟雪嬌軀一顫，像是有人在她感情的軀體上，重重抽了一鞭似的。

她張口想說什麼，但一陣空前而奇異的情感，卻使得她什麼也說不出來。

南宮平凝注著她，只見她纖柔的削肩，漸漸起了顫抖……

一滴清冷的淚珠，滴在她撐著荒草的纖掌上，她心頭一顫：「我哭了！」反手一抹，淚珠已自湧泉而出，這「冷血」的女子雖然極力控制著自己的情感，在她心底深處，泛起的一陣深邃的悲哀，卻使她忍不住流下淚來。

她更不敢回頭，「你不要管我。」她大聲說道：「從此以後，我也不敢再勞動你的大駕保護我……」她語聲終於顫抖起來，「你師傅雖有命令，但……但你已盡了責任，而且盡得太多了……已……已經夠了……」

語聲未了，嬌軀一側，終於伏倒在那冰冷而潮濕的荒草地上，放聲痛哭了起來。

南宮平嘆息一聲，只覺自己的眼簾，似乎也有些潮濕起來。任何人都會有悲哀的情愫，但唯有平日「心冷」者的眼淚最值得珍惜，因為若非悲哀到了極處，他們的眼淚，是不輕易流落的。

「梅……姑娘！」他嘆息著沉聲道：「你可知道我這樣做法，並非完全為了師傅！——唉！即使沒有師傅的話，我見到一個女子被人們如此冤曲，而沒法辨白，我也會這樣做的，我沒有妄想自己成為英雄，我只是去做應當做的事而已，你……你……你該知道我的心意……難道你不知道麼？」

誠懇的語聲，似乎使得梅吟雪陷入了一種更大的痛苦。

她泣聲更悲哀了。

「可是……」她抽泣著道：「難道你不知道，你這樣做，要付出多大的代價……從今以後，你已成了江湖中的叛徒，沒有一個人會原諒你……正如……正如沒有一個人會原諒我一樣，你還年輕……你還有很遠大的前途……你原該被人尊敬……被人羨慕……的，莽莽武林中，沒有一個人有你這麼好的條件……英俊、年輕、富有……出身世家，身在名門……你為什麼要把這一切全部葬送，只……為……了……我……」

即使暮春杜鵑的哀啼，也不如她此刻語聲的淒楚。

南宮平緩緩抬起頭，天上星群閃爍，蒼墨的穹天，是那麼遼闊而遙遠。

「你毋庸再說！」他沉聲說道：「只要問心無愧，又何計於世人的榮辱？為了江湖正義與武林公道，我即使犧牲了我的前途事業，又算得了什麼？」

想到今後的一切，在他心底深處，雖然仍不禁起了一陣深沉的戰慄，因爲刻骨銘心的寂寞，縱是英雄，也無法忍受。但他此刻的語聲，卻仍是堅強而鎮定的，在他看來纖柔的軀體中，有著一種鋼鐵般的意志，百折不回，寧死不悔。

何況此刻他對面前這「冷血」的女子，已有了深切的瞭解，深信在她冷酷的外表下，隱藏著的是一顆火熱的心——這是不易看出的，爲了世人的無知，她久已將這火熱的心隱藏得很好。

他情不自禁地伸出手掌，輕輕去撫摸她那如雲的秀髮。

「寂寞容易排遣，但冤屈卻難忍受……」梅吟雪輕輕的道：「這些，我都已嚐受得多了，那種刻骨銘心的痛苦，你……還年輕，你是無法瞭解要多大的力量才能擔當的。」

她此刻泣聲已漸輕微，但語聲中卻顯露出更多的痛苦。

南宮平長嘆一聲，道：「人生一世，彈指即過，我只要能一生恩怨分明，問心無愧，要能像師傅一樣，也就夠了。」

梅吟雪緩緩抬起頭，四道目光，奇妙而溫柔地融合到一處，在這剎那之間，他們俱已忘去了喜怒哀樂的情感，生老病死的痛苦，他們甚至已忘去了彼此間的身分與處境、年齡！

於是，他們享受了一陣黃金般的沉默。

此刻，遠處的荒墟中，突地緩緩站起了一條人影，目光呆呆凝注著這一雙沉默中的男女，似乎已經看得癡了。他目中既是羨慕，又是憐惜，卻又有一絲絲的妒忌。

終於，他忍不住輕嘆一聲。

南宮平、梅吟雪，心頭齊地一震，霍然長身而起，齊聲喝問：「誰？」只見遠處一條人影，朗笑著飛掠而來，夜色中望去，直如一隻矯健的蒼鷹，凌空起落，霎眼間便已掠到近前。

南宮平微噫一聲，脫口道：「原來是你。」

梅吟雪淚痕已乾，面上已又恢復平靜，冷冷道：「天山弟子，怎地竟會這般鬼祟？」她一生倔強，最怕別人見到自己的眼淚，是以此刻便生怕這突然現身的「天山」門人狄揚，方才便已在暗中聽到了自己的言語，見到了自己的神態。

方才還在嘆息著的狄揚，此刻卻已滿面具是笑容，朗聲笑道：「冷血妃子的言語，果然其冷澈骨……」笑聲一頓，正色道：「但小弟此番前來，卻絲毫沒有鬼祟之處。」

梅吟雪「哼」一聲，回轉頭去，狄揚只覺心底一陣刺痛，但口中卻朗聲笑道：「梅吟雪，你可知道我此來是爲著什麼？」

南宮平面色一變，道：「兄台此來，莫非亦是爲了要……」

狄揚笑道：「錯了錯了，你不說我也知道你說的錯了。」面容一正，肅然道：「小弟與兄台雖然僅有一面之交，卻深信兄台所作所爲，絕不會有悖於武林之正義，怎會前來對兄台不利！」

南宮平默然半晌，忍不住自心底發出一聲嘆息，緩緩道：「想不到天下人中，竟然還有一

人能瞭解小弟的苦衷……」言語之中，滿含感激，這一份罕有的友情，似乎使得夜風中充滿了溫暖。

梅吟雪回過頭來，輕輕一笑，道：「那麼……我真是錯怪你了！」

她冷俏的面容，突地現出了微笑，當真是有如荒涼的大地，突地開放了一片春花，此刻只要有人是南宮平的知己，也就是她的知己，縱然她對一個人覺得厭惡了，但只要此人能對南宮平稱讚，她也會將這份厭惡化作微笑。

狄揚目光不敢去捕捉這朵微笑，他垂下頭，突又朗笑起來：「兄台可知道小弟此番前來，原是爲了報功來了。」

南宮平微微一怔，只聽狄揚又自笑道：「兄台可知道方才那一場大火，是如何燒起的麼？」南宮平恍然「哦」了一聲，心中更是感激，方才若不是那一場大火，此刻他真不知自己身在何處。

這雙重的感激，使得傲骨崢嶸的南宮平彎下腰去，躬身一禮，但滿心的感激，卻使得他口中吶吶地不知該說什麼。

狄揚微微一笑，他深知這份無聲的感激遠比有聲的真摯而濃重，濃重得令他難以化解，他只有以笑聲來掩飾心中的激動！

「下了華山！」他笑著道：「我也到了西安，只是來得遲些，西安城已是一片動亂，我擠了進去，問了原因，悄悄掠上一看，那時你正與那『終南派』的掌門人，在苦苦拚鬥，我揣度情勢，知道無法化解，更無法助兄台一臂之力，只有……哈哈，只有鬼鬼祟祟地放起了火來。」

南宮平側目瞧了梅吟雪一眼，梅吟雪道：「我剛剛已說過錯怪了他。」

狄揚朗聲笑道：「莫怪莫怪，這『鬼祟』兩字，小弟只不過是無意借用而已。」他大笑著又道：「這『天長樓』雖然蓋得甚是堂皇，哪知卻甚不經燒，我只放了三、四把火，火勢已燒得不可收拾，我眼見到兩位安全出城，忍不住隨後跟了出來，找了許久，終於找到了兩位，其實也不過只爲了要與兄台一敘而已，別的沒有什麼。」

梅吟雪輕輕一嘆，道：「你哪裡是爲了要與他談話，你只是怕他受了傷，我無法照應……唉，想不到你竟是這樣的朋友，只可惜……你這樣的朋友，世上太少了些。」

狄揚心頭一陣激盪，口中卻朗聲笑道：「梅姑娘，你雖料事如神，卻將我看得太善良了些。」

南宮平心中亦是陣陣感情激盪，但口中卻淡淡道：「小弟額角雖有微傷，此刻已不妨事了。」這兩人俱有一副熱腸，卻又有一身傲骨，一個雖然滿心感激，卻不願在面上表露，一個雖是滿腔熱情，卻偏以一陣陣「無所謂」的朗笑掩飾。

梅吟雪微微一笑，道：「我猜錯了麼？」

狄揚道：「自然……」

語聲未了，突聽一聲冷笑遠遠傳來，一人冷冷道：「自然是猜錯了，難道暗中縱火之輩，還會有什麼英雄好漢，還會是什麼良友益友！」

南宮平、梅吟雪、狄揚齊地一驚，閃電般轉過身去！

夜色中，只見一條黝黑的人影，手搖雪白摺扇，有如幽靈一般，悠然自一段殘垣之後，緩步而來。

一片樹葉的陰影，掩住了這緩步而來之人的面容，狄揚雙眉微挑，身形立起，有如鷹隼般撲將過去，揚手一股掌風，先人而至，黑衣人朗笑一聲：「好快的身法！」袍袖一拂，突地斜斜向前衝出一丈，再一步便跨到南宮平身前。

狄揚低叱一聲，順手一拍樹幹，凌空掠了回來，卻聽南宮平脫口呼道：「原來是任大俠！」

狄揚心中一動，知道此人是友非敵，雙掌一沉，飄然落下。

「萬里流香」任風萍朗聲笑道：「想不到縱火之人，竟是『天山』門下！」

南宮平卻也想不到此時此地，此人亦會前來，當下便與狄揚引見。

任風萍哈哈笑道：「狄少俠，製造『天長樓』的匠人，並未偷工減料，只是兄弟我加了些引火之物，是以便不經燒了！」

狄揚放聲一笑，道：「人道『萬里流香』乃是塞外第一奇俠，今日得見，果真是條沒奢遮的好漢。」

相與大笑間，任風萍道：「兄弟亦是關心南宮兄的去處，又慕這位縱火客的武功，是以跟隨而來！」

他語聲微頓，目光一轉，在南宮平、梅吟雪兩人身上，各各望了一會，正色道：「梅姑娘與南宮兄經此事後，在江湖中走動，只怕已極爲不便，不知兩位有什麼打算？」他言語極是誠懇，但目中卻閃動著一種難測的光芒。

南宮平長嘆一聲，道：「此事之後，小弟亦知武林中人，必定不諒，但小弟問心無愧，今後行止，並不想有何改變，大約先回『止郊山莊』一次，如有時間，再返鄉省親……」

任風萍截口道：「別處猶可，這兩處卻是萬萬去不得的。」

南宮平面色微變，任風萍又道：「兄台休怪小弟直言無忌，梅姑娘昔年叱吒江湖，縱橫武林時，結仇實在不少，今日西安城中之事，不出旬日，便已傳遍江湖，那時梅姑娘的仇家，若不知兩位的下落，必定先去這兩處守候，兩位武功雖高，但眾寡懸殊……唉！何況南宮兄的同門師兄們……」他沉重的嘆息一聲，戛然住口。

目光轉處，只見南宮平面色凝重，俯首沉思，梅吟雪卻冷冷笑道：「那麼，以任大俠之見，我們該怎麼辦呢？」

任風萍沉吟半晌，似乎深知在這聰明的女子面前，言語絕對不可差錯。

「兄弟一得之愚，只不過僅供爲兩位的參考。」他微微一笑，沉聲說道：「梅姑娘昔年縱橫武林時，所結仇家與今日雖然同是那些人，但此時絕非彼時之比，情況大有不同。」

梅吟雪柳眉一揚，道：「此話怎講？」

任風萍道：「那時這些人散處四方，彼此之間，誰也不知對方是梅姑娘的仇人，而且以那時的情況，誰都不願，也不敢說出，但十年之後，情勢大變，這些人如果知道梅姑娘未死，必定糾合在一起前來尋仇。」

梅吟雪面上突地湧起一陣奇異的笑容，緩緩道：「他們也真的全是爲復仇而來的麼？只怕……」忽地瞧了南宮平一眼，倏然住口。

任風萍道：「無論如何，以兄弟之見，兩位單憑自身之力，此後險阻必多……」

南宮平截口道：「兄台之意，可是要教我等……托庇到別人的門下？」語聲沉重，顯已不悅。

任風萍微微一笑，道：「以兩位的身分，『托庇』兩字，兄弟便有天膽，也不敢說出口來。」

梅吟雪冷冷道：「任大俠，有什麼事直接說出來，不是比拐彎抹角的好得多了麼？」

任風萍笑道：「明人面前，不說暗話，兩位此刻，事値非常，若沒有幾個推心置腹，肝膽相照的朋友，日後實難在江湖中走動，兩位前程無限，如此下去，怎不令人惋惜？」

南宮平嘆道：「小弟豈無此心，但當今世上，有如兩位這般光明磊落的朋友，又有何處可尋？」

狄揚笑道：「在下算不了什麼，但任兄麼……嘿嘿，的確不愧爲當世的豪傑，塞外的奇俠。」

任風萍含笑謝道：「兄弟庸才而已，雖然薄有虛名，怎比得上兩位年少英發——」他語聲突地一頓，目光數轉，隔了半晌，方自沉聲接道：「但兄弟我卻認得一位朋友，此人卻當真有經世之才華，磊落之俠心，又精通奇門八卦，琴棋書畫，武則是內外兼修，登堂入奧，飛摘葉，皆可傷人，最難得此人不但有驚人之才，還有驚人之志，而且交友之熱腸，更是勝過小弟多多。」

梅吟雪暗中冷笑一聲，南宮平、狄揚卻不禁悚然為之動容。若是別人說出此話，也還罷了，但出自「萬里流香」任風萍之口，力量便大不相同，兩人不約而同地齊聲問道：「此人是誰？」

任風萍微微一笑，道：「此人久居塞外，姓名甚少人知，但小弟深知，帥天帆三字，日內便可傳遍天下。」

狄揚道：「好一個瀟灑的名字。」

南宮平道：「這般人物，若是到了中原，小弟自然要高攀的，只恨此刻無法識荊而已。」

梅吟雪道：「那麼任大俠的意思，是不是說我們交了這個朋友，一切就都可以沒有事了？」她語氣之間，仍是冰冰冷冷。

任風萍道：「南宮兄，當今天下武林之勢，散而不合，亂而無章。『崑崙』久霸西域，『少林』尊稱中原，『武當』坐鎮江南，此外南有『點蒼』，東有『黃山』，北有『天山』，西有『終南』，各懷秘技，各據一方，俱有尊稱武林之志，時刻都可能引起武林之動亂，只是因爲昔年『黃山』一役，元氣大傷，加以『神龍丹鳳』，統率天下，是以不敢妄亂。」

他滔滔而言，雖已離題，但南宮平、狄揚聽來，卻絲毫不覺厭煩。

任風萍又道：「但此刻各派後起之秀已出，元氣漸漸恢復，本已靜極思動，加以『神龍』一去，均衡之力驟散，天下武林中，再無一人能鎮壓四方，不出一年，江湖必有風濤，武林必有大亂，一般後起之秀，必將風湧而起，同爭鋒銳，不知又要有多少個輝煌的名字，響徹人寰！」

語聲漸高，有如金石之聲，聲聲振動人心，南宮平、狄揚，但覺心頭熱血上湧，豪氣逸飛，一陣微風吹過，南宮平忽地轉念想到自己的處境，不禁又自暗嘆一聲，宛如一盆冷水，當頭潑下。

任風萍目光一轉，見到他面上的神態，目中暗露喜色，接口道：「分久必合，靜極必亂，此乃當然之理，但在這動亂之中，武林中若無一種均衡大勢的力量，主持公道，那麼百家爭鳴，雖可激起新生之氣，但弱肉強食，黑白不分，狂暴淫亂之事必定不少，若再亂得不可收拾，那就更是令人可悲可嘆。」

南宮平長嘆一聲，道：「正是如此，兄台高見，當真是有如隆中之策，精闢已極。」

任風萍微微一笑，道：「兄弟哪裡有臥龍之才，那帥天帆才是塞外諸葛，他足跡雖然未出玉門，但分判武林情勢，卻當真有如目見，不瞞兩位，兄弟我此番再入玉門，實是受命而來，要在天下武林群豪中，找幾位有膽識、有卓見的朋友共襄此舉，日後方能以正義之師，爲天下武林主持一些正義公道。」

狄揚雙眉一揚，擊膝道：「好個正義之師，只可惜此間無酒，否則我真要與兄台痛飲三杯。」

南宮平念及自身的煩惱，心中更是黯然。

梅吟雪卻不禁冷笑一聲，暗中忖道：「原來這任風萍不過是個說客，先來為那帥天帆收買人心，哼哼，這姓帥的竟想獨霸江湖，野心當真不小。」心念一轉，不禁又凜然忖道：「這任風萍外貌不俗，武功出眾，言語之間，更是卓越不凡，句句都能打動人心，行止之間，又儼然是個磊落熱腸的英雄人物，無論從哪點判斷，此人已夠得上是個梟雄之才，是以連『岷山二友』那等人物，也都為他所用，但他卻又不過僅是那帥天帆一個說客，如此看來，那帥天帆的武功才智，豈非當真深不可測！」

她一念至此，心中不禁為之駭然，只聽任風萍語聲微頓，似是在觀察各人的反應，然後接口又道：「南宮兄，以兄台你之武功、才智，再加以你的家世財富，今後之武林，本應是兄台之天下，但兄台卻偏偏陷身於此事之中，既不能見諒於江湖同道，亦不能見諒於同門兄弟，兩面夾攻，左右為敵，兄台便是有千般冤曲，怎奈力量不逮，亦不能取信於天下，但兄台若能與帥天帆同舟共濟，再加以狄兄這般英雄人物從旁臂助，何患大事不成！事成之後，不但可保武林正義，而且兄台亦可憑此力量，柬邀天下武林同道，將此事清清楚楚的解釋出來，那時兄台力量不同，一言九鼎，天下武林中人，還有誰敢不信兄台的話，不但兄台自身險阻俱無，名揚天下，便是『止郊山莊』，亦可因兄台之名，而永鎮武林，聲威不墜！」

他這一番話反覆說來，面面俱到，字字句句之中，都含蘊著一種動人心弦的力量，實在叫人無法不留意傾聽，更叫人聽了之後，無法不爲之怦然心動，任風萍目光轉處，望了望南宮平、狄揚兩人面上的神色，仰天笑道：「有道是，兩人同心，其利斷金。兩位兄台若真能與我等同心協力，日後武林江湖，何嘗不是你我兄弟之天下！」朗笑之聲，響徹四野！

梅吟雪秋波一轉，輕輕笑道：「聽任大俠如此說來，豈非不出十年，這位奇才異能的帥天帆，便已定必可成爲天下武林的盟主了麼？」

任風萍笑道：「若有南宮兄這般少年英才之士爲助，不出十年，武林大勢，實已定然可以被我等操在掌握之中。」

他滿心得意，以爲這少年兩人，定已被自己言語所動。

梅吟雪輕輕笑道：「這位帥大俠隱居塞外，還未出道江湖，便已有逐鹿中原，一統武林的雄心壯志，當真令人佩服得很。」

她笑容雖然溫柔甜美，但語氣中卻充滿輕蔑譏嘲之意，只可惜滿心得意的任風萍，一時間竟未聽出，微微笑道：「三位俱是絕頂聰明之人，想必能接納在下的這一番婆心苦口……」

梅吟雪秋波又自一轉，輕笑道：「任大俠的這番好意，我們俱都感激得很，但是……」

她轉目一望南宮平，南宮平神情已不再激動，目光中也已露出深思考慮之色，於是她輕笑著接口道：「我們的危險困難，迫在眉睫，但任大俠的計劃，卻彷彿是遙遙無期，那位帥大俠甚至連足跡都未到中原……」

「萬里流香」任風萍朗聲一笑，截口道：「各位既然已有與任某同謀大事之意，兄弟我自也不敢再瞞各位。」

他笑容一斂，正色接道：「兄弟的行蹤，雖是近月方在江湖顯露，但其實兄弟入關已有五年，這五年之中，兄弟也在江湖中創立了一份基業，只是時機未至，是以武林中至今還無人知道。」

梅吟雪咯咯笑道：「不說別的，就只這份深藏不露的功夫，任大俠已可說是高人一等了！」

任風萍含笑道：「但兄弟擇人甚嚴，中下層的朋友，雖已收攏了不少，上層的兄弟，卻是寥寥可數，是以兄弟才要借重三位的大力，因爲那位帥先生，不日之內，只怕也要入關來了。」

他雖然自負奇才，但此刻卻已在不知不覺中被梅吟雪溫甜的笑容與眼波所醉，漸漸洩露了他本來不願洩露的機密之事。

南宮平、狄揚面色微變，只見任風萍眼神中閃爍著得意的光采，接著又道：「離此不遠，兄弟便有別業，雖然稍嫌簡陋，但卻比此地清靜得多，絕不會有人來驚擾三位的大駕，只是兄弟我在西安城裡還要稍許逗留，不能親自陪三位前去。」

梅吟雪故意失望地輕嘆一聲，緩緩道：「那麼怎麼辦呢？」

狄揚雙眉微皺，南宮平卻已深知她的爲人生性，只是靜觀待變。

「萬里流香」任風萍微笑道：「不妨，兄弟雖然不能陪三位前去，但沿途自有人接——」

他語聲突地一頓，目光炯然，默注了三人半晌——

梅吟雪笑容更甜，南宮平面容沉靜，狄揚雖有不耐之色，但爲了南宮平與梅吟雪仍可暫時忍耐——

任風萍對這三人的神態，似乎頗爲滿意。

他面上又復泛出笑容，一面伸手入懷，一面緩緩說道：「兄弟雖與三位相交心切，但三位或許還未深信——」他語聲頓處，手掌已自懷中取出，梅吟雪、南宮平、狄揚一齊凝目望去，只見他手掌之上，已多了三個金光燦燦，色彩繽紛，似是金絲與彩絲同織的絲囊。

梅吟雪嬌笑一聲，道：「好美，這是什麼？」

任風萍沉聲道：「直到今日爲止，中原武林中能見到此物之人，可說少之又少——」他極其慎重地將其中一具絲囊解開，眾人只覺一陣奇香，撲鼻而來，他已從囊中取出一面方方正正，黝黯無光，看來毫不起眼的紫色木牌，極其慎重的交到梅吟雪手上。

梅吟雪垂首望去，只見這乍看毫不起眼的木牌，製作的竟是十分精妙，正面是一幅精工雕刻的圖畫，刻的彷彿是高山峰巔處縹緲的煙雲，又彷彿是夕陽將下，氤氳在西方天畔的彩霞，雲霞中有一條人影，負手而立，初看極爲模糊，仔細一看，只見此人神情瀟灑，衣角飄拂，雖在夜色之中望去，仍覺十分清晰精緻，直將此人的神情刻得栩栩如生，呼之欲出，只可惜所刻的僅是一條暗影，看不到此人的面貌究竟如何。

反面刻的卻是兩句自唐詩人高適所作，「燕歌行」中化出的詩句。

男兒本應重橫行，風雨武林顯顏色。

字跡雖小，但鐵劃銀鉤，筆力雄渾，自然也是巨匠手筆，木牌沉沉甸甸，散發著一陣陣撲鼻異香。

梅吟雪俯首凝注了半晌，抬頭一笑，問道：「這上面所刻的人，莫非便是那位帥天帆麼？」

任風萍頷首道：「這一方『風雨飄香牌』，也就是那帥天帆的信物。」

他微微一笑，將另外兩個絲囊，分別交與南宮平、狄揚，一面笑道：「兄弟爲了取信於三位，是以不惜破例未經任何手續，便將此物取出。」

梅吟雪輕輕把弄著手中的絲囊與木牌，笑道：「什麼手續？」

任風萍道：「三位到了兄弟的下處，自然就會知道的！」

他突地雙掌一拍，發出一聲清脆的掌聲，掌聲方了，遠處便又如飛掠來一條人影，身形急快，輕功曼妙，竟是那「岷山二友」中的「鐵掌金劍獨行客」長孫單！

他閃電般掠了過來，身形一頓，筆直地站在任風萍身側，炯然的目光，狠狠地在梅吟雪面上一掃，突地瞥見了她掌中之物，面上立刻現出驚詫之色。

任風萍目光一轉，微微笑道：「長孫兄彷彿與梅姑娘之間有些過節，但此後已成一家人，長孫兄似乎該將往事忘懷了。」

長孫單木然愣了半晌，冷冷道：「在下此刻已經忘了。」

梅吟雪嬌笑道：「忘得倒真快嘛！」

任風萍哈哈一笑，道：「勞駕長孫兄將他們三位帶到『留香莊』去，兄弟在西安城中稍作逗留，便趕來與各位相會！」

長孫單道：「那麼劍……」

任風萍笑道：「南宮兄，你留在西安城中的那柄寶劍，兄弟也命人為你取來了。」

南宮平正在俯首沉思，聞言一愣，長孫單已自背後取下長劍，冷冷道：「劍鞘方配，不大合適。」

任風萍取過劍來轉交與南宮平，含笑道：「方才兄弟冒昧闖入南宮兄房中時，已見到這柄名震武林的利器，後來見到南宮兄未曾帶在身畔，便又不嫌冒昧，為南宮兄取來了。」

他朗聲一笑，似乎不願等著南宮平對自己稱謝，目光轉向狄揚，笑道：「狄兄，你可知道，這面木牌的奇異之處何在？」

狄揚劍眉微軒，冷笑道：「無論這木牌有何奇異之處，但教我狄揚作一個妄想稱霸武林之人的爪牙，哼哼——」突地手腕一甩，將掌中絲囊，拋在地上，仰首望天，再也不望任風萍一眼。

任風萍心頭一驚，面容驟變，失色道：「狄兄，你……你……」

長孫單面容冷冰，枯瘦的手掌，緩緩提起，扶在腰畔。

南宮平長嘆一聲：「任兄對小弟之恩，實令小弟感激，那位帥大俠入關之後，小弟也深願能高攀如此英雄人物爲友，但是……」他又自一嘆，將掌中絲囊交回任風萍，接道：「小弟愚昧無才，又復狂野成性，只怕不能參與仁兄如此龐大的組織與計劃，但是──唉，任兄之情，小弟卻不會忘懷的。」

他生性仁厚，已看出任風萍的用心，是以不願被此人收買，但心中卻又覺得此人於己有恩，是以此刻不覺有些嘆息。

任風萍面容鐵青，手掌緊握，幾乎將掌中絲囊握碎，目光緩緩轉向梅吟雪。

梅吟雪笑道：「我倒無所謂……」她輕輕一笑，將木牌放回絲囊之中，南宮平面容微變，任風萍目光一亮，梅吟雪卻又接著笑道：「但我卻也沒有這份雄心壯志，是以對任大俠的好意也只有敬謝了，只是……」她突然將絲囊輕輕放入懷裡，接口嬌笑道：「這絲囊與木牌我都十分歡喜，捨不得還給你，你既然已經很大方地送給了我，想必絕不會又很小氣地收回去的，任大俠你說是麼？」

狄揚忍不住微微一笑，只見任風萍面色慘白，愣在當地，緩緩俯下身去，拾起了地上的絲囊，一副失魂落魄的樣子。

南宮平心中大是不忍，沉聲道：「任兄日後若是有什麼……」

話聲未了，任風萍又仰天長笑起來，笑聲高亢而冷削。

「好好！」他長笑著道：「原來我任風萍有眼無珠，原來三位是存心在戲弄於我……」

笑聲突地一頓，他垂下目光，一字一字地沉聲道：「但三位既已聽到了我這些隱秘，難道還想生離此間，哼哼！任風萍難道真的是個呆子！」袍袖一拂，雙掌一拍，身形突地後掠七尺！

又是一聲清脆的掌聲響過，四周的陰影中，霍然現出了數十條人影。

南宮平、狄揚、梅吟雪心頭一震，「鐵掌金劍獨行客」長孫單面色陰沉，掌中已緩緩自腰畔抽出一柄精鋼軟劍！

任風萍仰天冷笑道：「任某若非深有把握能使三位永遠閉口，怎會在三位面前現出機密？」他手掌一揮，四下人影，便緩緩包圍而來。

南宮平目光四掃，突地冷笑道：「在下本對任兄存有幾分感激之心，但如此一來，卻教在下將這份感激付與流水！」

任風萍冷冷一笑，截口道：「閣下是否感激於我，哼哼！全都沒有什麼兩樣了。」

南宮平劍眉微挑，長笑道：「西安城中數百豪士尚且困不住我南宮平，難道此刻這區區數十人便能使我喪生此地麼？」

狄揚大聲道：「有誰膽大，盡可叫他先來嚐嚐『天山神劍』的滋味！」

任風萍冷冷笑道：「任某且教你們看看，任某的五年心血，是否與西安城中的那班廢物大有不同之處！」話聲未了，他身形已自向外展動，長孫單亦是擰腰錯步，刷地斜掠數丈，與任風萍一齊站在那一圈黑衣人影之外！

只聽任風萍的笑聲冷冷自人影外傳來，南宮平一手持劍，狄揚雙掌平舉，緩緩走到梅吟雪身側。

夜色深沉，晚風颯然，只見這一圈人影，沉重地移動著腳步，緩緩逼進！

梅吟雪沉聲道：「先莫動手，以靜制動，稍有不對，不妨先衝出重圍……」

突聽一陣鐵鏈之聲，叮噹響起，接著，任風萍一聲清叱：「天！」數十條人影手臂一揚，只聽「呼」一聲，數十道寒光突地自這些黑衣大漢掌中沖天飛起！

任風萍接連喝道：「地！」這數十道寒光未落，又是數十道強風自人影中飛出，一齊擊在南宮平、狄揚、梅吟雪三人身前。

三人齊地一驚，夜色中只見數十道匹練般的寒光一齊襲來，宛如數十條銀蛇，又宛如數十道飛瀑！

南宮平大喝一聲，右手拔出長劍，身形展動，劍光暴長，梅吟雪長袖飛舞，狄揚雙掌伸張，這三人各各背對而立，正待各以絕技，將自己面前的一片寒光擊落。

哪知突地又是一聲低叱：「風！」

「呼」地一聲，這一圈銀光突地沖天飛起，本自飛起的一圈銀光卻宛如閃電般擊下，耀目的銀光，強烈的風聲，再加以還有一陣陣鐵鏈揮動時的「叮噹」之聲，聲勢端的不同凡響。

狄揚長嘯一聲，身形拔起，梅吟雪驚喚道：「不好！」

話聲未了，只見方自飛起的銀光，已又交剪飛下，霎眼間，狄揚的身形便已被一片銀濤掩沒！

南宮平心頭一凜，劍光揮動，繚繞全身，亦自沖天飛起。

狄揚身形方起，夜色中只見數十柄銀光閃閃的流星飛鎚，已當頭向自己擊下，他身形一折，方自轉向掠出，哪知身下又有一片銀鎚捲上，一片耀目的銀光，將他緊緊捲在中央。

剎那間他來不及再加思索，雙掌一合，「噗」地夾住了一隻銀鎚，身形擰轉，筆直向下撲去，只覺掌心一陣刺痛，左腰右胯，更是一陣奇痛攻心，耳畔只聽一陣「嗆啷」之聲，他身形已自撞在一個黑衣大漢的身上，兩人一齊驚呼一聲，齊地倒在地上。

南宮平以劍護身，方自飛起，只見銀濤中微微一亂，他乘隙飛舞長劍，「葉上秋露」雖是因人成名，本身並非切金斷玉的神兵利器，但南宮平此刻全力揮出，威力亦自不凡！

只聽一陣「嗆啷」之聲，黑衣大漢掌中的奇形兵器「鏈子流星單鎚」，已被他削落三柄，他身形一折，卻見狄揚已驚呼著倒在地上。

梅吟雪見到這班黑衣漢子用的竟是「流星鎚」，心頭暗自微凜：「難怪任風萍有恃無恐！」

要知「流星鎚，鏈子槍」這一類的軟兵刃，雖非江湖罕見之兵刃，但卻十分難練，尤其在人多時使用，若無十分功夫，反易傷著自己，但練成後卻有加倍的威力。

這數十條黑衣大漢竟能一齊使用這種兵刃，顯見必已訓練有素，默契極深，才不致傷著自己，其威力，自也與眾不同。

梅吟雪江湖歷練極豐，見到這等陣式，本來已有退意，但此刻南宮平已騰身飛起，她心中不知怎地，突覺一陣激動，再也無暇顧及自身的安危，輕叱一聲，飄飛而起，長袖一拂，一陣強風，擋退了七柄擊向南宮平的銀鎚！

南宮平長劍飛舞，卻已向狄揚跌倒處撲去，梅吟雪柳眉皺處，花容失色，知道若是銀鎚跟蹤擊來，南宮平必定難免要傷在鎚下！

但此刻銀光已亂，就在她動念之間，任風萍已自大喝一聲：「霜！」

梅吟雪身形一轉，隨著南宮平撲了下去，只聽「呼」地一聲，數十柄銀鎚，竟一齊收回，數十條黑衣大漢，亦自一齊退後十步。

任風萍在圈外指揮陣式，見到銀光散亂，心頭亦自一凜，原來這「天風銀雨陣」，乃是他專門爲了對付中原武林高手所創，曾費了不少心血，此陣並不暗合奇門八卦，僅以無比精嚴的配合見長，「天、地、風、雨、日、月、雲、雪、霜。」九種變化，互爲輔助，生生不息，變化雖不十分精妙繁複，但深信就憑這數十柄奇形兵刃，所組成的奇形陣式，其威力已足以將任何一個武林高手傷在那滿佈凌刺的流星銀鎚下！

此刻他並未見到狄揚已受重傷，深恐這苦心所創的陣式被毀，低叱一聲，撤回陣式，身形一轉，飄然落在陣中——

南宮平俯下身去，只見狄揚左腰右胯，血漬斑斑，左手叉著一個黑衣大漢的咽喉，緊緊將這大漢壓在地上，指縫之間，也不絕有鮮血汩然沁出，這大漢左掌之上套著一隻皮套，套上纏著一條亮銀細鏈，鏈頭的銀鎚，卻被狄揚握在高舉著的右掌中，只聽狄揚悶「哼」一聲，銀光閃處，血光飛濺，他竟將這大漢的頭顱，一鎚擊碎。

南宮平心頭微凜，一把握住了狄揚的手腕，只見狄揚霍然轉過身來，雙目之中，滿佈血絲，頭脖前胸之上，滿濺著淋漓的鮮血，這少年初次受傷，亦是初次傷人，見到自己滿身的鮮血，神智竟似已亂，呆呆地望了南宮平兩眼，嘴角肌肉抖動，然後轉眼茫然凝注著掌中的銀鎚，呆呆地發起愣來。

銀鎚之上，鮮血仍在不住滴落，一滴一滴地滴在南宮平的手掌上，冰冷的鮮血，帶給南宮平的是一種難言的悚慄之感，他心頭亦自一陣茫然，終其一生，他都不敢將別人生命的價值看得輕賤。

任風萍飄然落下，目光一掃，見到他兩人的神態，冷笑一聲，沉聲道：「原來『天山神劍』，也不過如此而已！」

梅吟雪冷冷笑道：「不過如此而已的『天山神劍』，卻已令你陣式大亂，虧你見機得早，將陣式撤開，否則——嘿嘿。」

她輕蔑地冷「嘿」兩聲，其實心中何嘗不在暗暗驚悸於這種奇異陣式的威力，語聲微頓接口又道：「你且看看你那弟兄破碎的頭顱，難道你不怕——」

語聲未了，任風萍突地陰森森地狂笑起來。

南宮平劍眉一揚，厲聲道：「你笑些什麼？難道你竟敢將生命與鮮血，看作可笑之事？」

任風萍笑聲一頓，冷冷道：「你可知道花朵樹木，皆需灌溉，方得生長？」

南宮平愕了一愕，不知他怎會突地說出這句毫不相干的話來。

只聽任風萍冷冷接口道：「武功陣法，亦正與花朵樹木一樣，世上無論任何一種武功，任何一種陣法，若沒有鮮血的灌溉，焉能成熟滋長？我手下弟兄雖死一人，但他的鮮血，卻將這『天風銀雨陣』灌溉得更爲成熟了，這自然是可喜之事，在下爲何不笑？」

這雖是一番荒謬，但也無不是至理的言論，只聽得南宮平既是憤怒，又覺悲哀，悲哀的是他突然想起自身所習的武功，亦是前人以鮮血灌溉而成，他不禁暗中感嘆唏噓，只覺這任風萍的言語，當真有著刀劍般鋒利，每每一言便能刺入別人的心底。

「萬里流香」任風萍目光閃動，微微一笑，沉聲道：「我任風萍此次入關，並無與關中武林人士結怨之意，是以這『天風銀雨陣』只是備而不用而已——」

他語聲頓處，突地長嘆一聲，接道：「西安城裡，千百武林豪士圍剿於你，甚至你的同門兄弟俱都對你不諒，只有我任風萍不惜犯下眾怒——唉！你切莫教我違了本意，反將你傷在陣下！」

南宮平嘆息一聲，梅吟雪冷笑接口道：「你威嚇不成，莫非又要來軟求麼？」

任風萍面色一沉，厲聲道：「三位若不聽我良言相勸，那麼任某只有讓三位看看這『天風銀雨陣』的真正威力了。」

話落，他正待離地而起，梅吟雪輕叱一聲：「慢走！」纖腰微擰，窈窕的身形，突地飄飄飛起。

任風萍暗道一驚：「好輕功！」梅吟雪已飄落在他面前，任風萍哈哈笑道：「你當我身在陣中，『天風銀雨陣』便無從施展威力麼？」

梅吟雪道：「不錯！」她輕輕一笑，口中又道：「我就想留著你在這裡！」纖掌微揚，輕輕一掌拍去，卻拍向任風萍肩頭的「肩井」大穴！

任風萍眼簾微垂，不敢去看她面上的笑容，腳步一轉，左掌橫掃她脅下，冷冷道：「恕不奉陪了！」右足微頓，身形驟起。

梅吟雪嬌笑道：「你就是走不得。」右臂一揚，長袖飛起，突地有如蛇蟒一般，纏住任風萍右足的足踝！

任風萍心頭一震，雙掌立沉，右足向上提起，左掌橫切梅吟雪的衣袖。

梅吟雪手腕一抖，衣袖重落，嬌笑著道：「你還是下來吧！」

語聲未了，任風萍果已落在地上，雙掌護胸，凝注著梅吟雪，方才她輕描淡寫施出的那一招「流雲飛袖」，看來雖然平平無奇，但運力之巧，行氣之穩，實在妙到毫巔，便是「武當派」當今的掌門「停心道長」也未見有這般功力。

南宮平亦是暗暗吃驚，直到此刻，他方始見到梅吟雪的真實武功，竟比他心中所想的高深得多，而且她舉手投足之間，還似乎不知含蘊著多少潛力，只是未遇對手施展而已。

他不禁既是驚奇，又是欽佩，這十年之間，她僵臥在一具窄小黯黑的棺木裡，本應是一段令人窒息、令人瘋狂的歲月，然而這奇異的女子，卻不但恢復了她被毀的功力——這原是多麼艱苦的工作——悟得了內家功夫中，最難的駐顏之術，而且功力招式之間，竟似比她原有的武功還進步了些，他實在想不透她所憑藉的是一種何等高妙奇奧的武功秘術，而造成了這武林中百年未有的奇蹟？

這念頭在他心中一閃而過，狄揚已自他身邊緩緩坐起。

任風萍冷笑一聲，緩緩道：「你們是要降抑或是要戰，最好快些決定。」

梅吟雪道：「我偏要多拖一些時候！難道不行麼？」

任風萍冷冷道：「那麼你們只好快些準備這位姓狄的後事了！」

南宮平心頭一凜，失聲道：「你說什麼？」

任風萍兩目望天，緩緩道：「銀鎚之上，附有巨毒，見血之後，無藥可救——」他霍然垂下目光，注定南宮平，接口道：「你若想救你的朋友，還是快些做個決定的好！」他暗驚於梅吟雪的武功，終於施出這個殺手鐧來。

南宮平面色大變，轉目望去，只見狄揚面容僵木，果然已失了常態。

梅吟雪秋波四轉，冷冷道：「危言聳聽，卻也嚇不倒我！」

任風萍冷冷笑道：「只怕你心裡已知道我並非危言聳聽吧！」

他似乎漫不經心地望了望南宮平面上的神色，接口道：「你雖然是心冷血冷，將朋友的生死之事，全不放在心中，但是——」他突地大喝道：「南宮平，難道你也是這樣的人麼？」

南宮平心念轉動，只覺狄揚被自己握著的手掌，已變得炙熱有如烙鐵，向前凝注的眼神，也變得散亂而無光。

梅吟雪輕叱一聲，道：「我若將你擒住，還怕你不獻出解藥麼？」

任風萍冷冷笑道：「解藥並未在我身邊，何況——嘿嘿！你自問真能擒得住我？」

梅吟雪柳眉微揚，突也仰天冷笑了起來：「可笑呀可笑！」她冷笑著道：「我只當『萬里流香』任風萍是什麼厲害角色，原來也不過如此！」

任風萍以手撫頷，故作未曾聽見，梅吟雪冷笑又道：「以這種方法來使人入夥，豈非蠢到極點，別人縱使從了，入夥後難道就不能出賣你的機密？難道不能反叛？那時你後悔也來不及了。」

話猶未了，只聽任風萍哈哈笑道：「這個不勞姑娘費心，任某若沒有降龍伏虎的本領，怎敢在月黑風高之時上山！」

梅吟雪暗道一聲：「罷了！」知道攻心之戰，至此已然結束。

他兩人俱是強者，在這一回合之中，誰也沒有爲對方言語所動，要知此時此刻，彼此雙方，心中俱有畏懼，是以彼此心中，誰都不願再啓戰端，只望能以言語打動對方，不戰而勝。

晚風吹拂，梅吟雪心中主意已定，面上便又巧笑嫣然，方待出其不意，將任風萍點住穴道，一擊不成，便立刻全身而退，乘那陣式未及發動之際，與南宮平衝出重圍。

哪知，靜寂中突聽一聲鴉鳴，劃空而來，星空下，一團黑影，疾飛而至，來勢之疾，有如鷹隼，哪裡像是一隻烏鴉！

梅吟雪心頭微驚，只見這隻鋼啄鐵羽的烏鴉，疾地撲向任風萍的面門，似乎要去啄他的眼珠。

任風萍心頭亦自一驚，腳下移動，刷地一掌，疾拍而出！

這一掌去勢迅速，那烏鴉又是前飛之勢，衡情度理，實無可能避開這一掌，哪知剎那間牠竟又一聲長鳴，閃電般倒飛而去，去勢之急，竟比來勢還要驚人，霎眼間便已消失在夜色中，只留下半聲鴉鳴，尚在星空下盪漾。

任風萍一掌揮出，烏鴉已自去遠，他呆呆地木立當地，揚起的手掌，幾乎放不下來，世上靈禽異獸雖多，但一隻烏鴉，竟能倒退飛行，卻實是自古至今，從來未有的奇聞異事！

「難道此鳥雖有烏鴉之形，卻非烏鴉，而是一種人間罕睹的奇禽異鳥麼？」

他心中不禁暗自猜疑，那邊梅吟雪與南宮平亦是滿心奇怪，要知鳥翼兜風，僅能前飛，此乃人盡皆知之事，是以這倒飛之鴉，才能在此刻這劍拔弩張的情況下，轉開他三人的注意之力。

錯愕之間，只聽一陣極為奇異的喝聲：「讓開，讓開！」自遠而近，接著四下手持鎚鏈的

黑衣大漢一陣騷動，竟亂了陣腳，紛紛走避，讓開一條通路。

「萬里流香」任風萍雙眉一皺，低叱道：「不戰而亂，罪無可逭，難道你們忘了麼！」叱聲未了，突地一個白髮藍袍的枯瘦道人，他鬚髮皆白，藍袍及膝影容枯瘦，但神情卻極矍鑠，步履之間，更有威儀，左掌平舉當胸，掌中竟托著一隻烏鴉，大步而來，任風萍凝目望去，突地發現那一聲聲粗嗄奇異的呼聲，竟是出自他掌中的烏鴉口中發出，心頭不覺一凜，冷汗涔涔而落，烏鴉倒飛，已是奇聞，烏鴉能言，更是驚人，任風萍雖然縱橫江湖，閱歷極豐，心計更深，但此刻卻也不禁失了常態。

梅吟雪秋波一轉，亦是花容失色，這道人面帶微笑，烏鴉卻是嘴啄啓合，突又喊道：「月不黑，風不高，怎地這西安城四下，俱在殺人放火，你們難道要造反了麼？」

聲音雖粗嗄，但字句卻極是清晰，梅吟雪雙腿一軟，幾乎要驚呼出聲來。

只有南宮平目光閃動，面上並無十分驚異之色，他見了這白髮道人，心中一動，便想起一個人來，方自脫口呼道：「你……」哪知這道人的眼神卻已向他掃來，與他打了個眼色，他滿腹疑團，頓住語聲，望著這道人發起愕來。

「萬里流香」任風萍強抑著心中的驚恐，長身一揖，道：「道長世外高人，來此不知有何見教？」

那白髮道人哈哈一笑，那烏鴉卻又喊道：「你怎地只向他行禮，難道沒有看到我麼？」

任風萍愕了一愕，要向一隻烏鴉行禮，實是荒唐已極。

白髮道人哈哈笑道：「我這鳥友生性高傲，而且輩份極高，你即使向他行個禮，又有什麼關係？」他語聲高亢，聲如洪鐘，舉止之間，更是以前輩自居。

任風萍呆了半晌，滿心不願地微一抱拳，他此刻已被這白髮道人的神情，以及這神奇烏鴉的靈異震懾，竟然一切惟命是從。

南宮平目中突地泛起一陣笑意，彷彿覺得此事甚是可笑，梅吟雪心中暗暗奇怪，她深知南宮平的爲人，知道他絕不會對一個武林前輩如此訕笑，不禁也對此事起了疑惑，但這隻烏鴉的靈異之處卻是有目共睹之事，她雖然冰雪聰明，卻也猜不透此中的道理。

只見白髮道人頷首笑道：「好好，孺子有禮，也不枉我走這一趟。」他語聲一頓，望著任風萍正色道：「我無意行過此間，見到這裡竟有兇氣血光直沖霄漢，我不忍英雄遭劫，是以特地繞道來此。」

任風萍茫然望著他，吶吶道：「前輩之言，在下有些聽不大懂。」

白髮道人長嘆一聲，道：「你可知道你晦氣已透華蓋，妄動刀兵，必遭橫禍，你縱與這兩人有著深仇大恨，今日也該乘早脫身。」他望也不望南宮平與梅吟雪一眼，似乎對他兩人甚是厭惡，沉聲接口道：「他兩人若是定要與你動手，我念在你謙恭有禮的份上，替你抵擋便是。」

他說得慎重非常，似乎此刻身居劣勢之中的不是南宮平與梅吟雪，而是這「萬里流香」任風萍。

任風萍面色微變，愣了半晌，吶吶道：「但是……」

白髮道人長眉一揚，厲聲道：「但是什麼？難道你竟敢不信我的話麼？」話聲方了，那烏鴉立刻接口道：「大禍臨頭，尚且執迷不悟，可悲呀可悲，可嘆呀可嘆。」

任風萍木立當地，面上顏色，更已慘變，他望了望南宮平與梅吟雪，又望了望這烏鴉與道人，吶吶道：「晚輩並非不信前輩的言語，但晚輩今日之事，實非一言可以解決，而且……」

白髮道人冷冷道：「而且我說的話，實在太過玄虛，難以令人置信，是麼？」

任風萍雖不言語，實已默認，白髮道人突地仰天大笑起來，道：「老夫平生所說之言，從未有一人敢不相信，亦從未料錯一事，你若不信，莫非真的想死了麼？」

那烏鴉竟也咯咯怪笑道：「你莫非真的想死了麼，那倒容易，容易！……」

任風萍目光轉動，心中突地想起一個人來，失色道：「前輩莫非便是數十年前便已名滿天下，人稱萬事先知，言無不中的『天鴉道長』麼？」

白髮道人哈哈笑道：「好好，你總算想起了老夫的名字，不錯，老夫便是那報禍不報喜的『天鴉道人』！」

任風萍目光一閃，吶吶道：「但……但江湖傳言，前輩早已……仙去……」

白髮道人「天鴉道長」截口笑道：「十餘年前老夫厭倦紅塵，詐死避世，想不到武林之中，竟然有許多人相信了。」

梅吟雪此刻心中亦是大為驚奇，她早已聽到過這位武林異人的盛名，知道此人在江湖中素有未卜先知之名，言人之禍，萬不失一，只要他對某人稍作警告，其人便定有大禍臨頭，是以武林中人方自稱他為「天鴉道人」，「鴉」之一字，聽來雖不敬，但武林中卻無一人對他有不敬之意。

任風萍驚喟一聲，心中再無疑念，白髮道人笑容一斂，轉向梅吟雪道：「老夫的話，你兩人可聽到了麼？」

梅吟雪心念轉動，瞧了南宮平一眼，輕輕點了點頭。

白髮道人「天鴉道長」沉聲道：「老夫有意救他逃過此劫，你兩人可有異議？」

梅吟雪何等聰明，早已知道他是在暗中幫助自己，立刻接口道：「既有前輩之言，當然沒有問題。」

白髮道人「天鴉道長」微一揮手，轉目道：「那麼你就快快去吧。」

任風萍微一遲疑，只聽那烏鴉道：「再不走可就遲了。」

任風萍暗嘆一聲，躬身道：「前輩大恩，在下日後必當面謝。」手掌一掄，大喝道：「走！」他本已佔得優勢，此刻卻像是被人開恩放走，心中非但毫無忿恨不滿，反而對這「天鴉道長」大是感激。

那一班黑衣大漢見了這烏鴉的神異，早已膽戰心驚，聽到這一聲「走」字，竟真的有如皇恩大赦，化作一道行列，急急走去。

任風萍狠狠望了梅吟雪幾眼，似乎想說什麼，卻終於長嘆一聲，跺了跺腳，轉身掠去，只見他身形一閃兩閃，便已消失在黑暗裡。

南宮平一直未曾言語，直到任風萍身形去遠，突地長嘆一聲，道：「你又騙人了，唉！若不是狄兄，我……」他神色間彷彿甚爲自疚。

梅吟雪心中大奇，只見那白髮道人忽然放聲大笑起來，道：「這就叫做以牙還牙，對付這種奸狡之徒，騙他幾回，又有何妨？」

南宮平嘆道：「欺騙之行，終究不足可取……」

梅吟雪怔了一怔，心中實在茫然不解，忍不住問道：「騙什麼？」她雖有無比的智慧，卻又看不出此中有什麼欺詐之事。

那白髮道人似乎深知南宮平的性情，對他的責備之言，並不在意，只見他輕輕撫著掌中烏鴉的羽毛，笑道：「烏友烏友，今日多虧你了！」右手一反，突地在這烏鴉足上拉了兩下，似乎要拉斷什麼，然後左掌一揚，道：「去吧！」

那烏鴉「啞」地一聲，振翼飛去，遠遠地飛入夜色裡。

梅吟雪見他竟將如此靈異的烏鴉縱走，心中又是驚訝、又是可惜，忍不住驚喚道：「呀——牠還會飛回來麼？」

白髮道人哈哈一笑，道：「姑娘毋庸可惜，這麼多的烏鴉，在下隨時都能捉上數十隻的。」

梅吟雪茫然的瞧了南宮平一眼，緩緩嘆道：「這究竟是怎麼一回事，真教人猜不出來……」她自負聰明絕世，見到世上竟會有自己猜測不透的奇異之事，心中不覺甚是苦惱。

白髮道人以手捋鬚，哈哈笑道：「遇敵之強，攻心為上，想不到的只是在下這一著手法，不但瞞過了那『萬里流香』任風萍，竟然將名滿天下的『孔雀妃子』也一齊瞞過了。」

南宮平沉聲一嘆，道：「七年前，故人星散，想不到今日能在這西安城外見著了你，想不到你竟解了我困身之圍，更想不到……唉！多年未見，你的脾氣，仍是一絲未改……」他又自沉聲一嘆，倏然住口，語聲之中既是欣喜，又是感嘆。

白髮道人笑容一斂，吶吶道：「不瞞公子，我這些巧手花招，已有多年未曾用了，只是今日見到公子身在危難之中，偶一為之……」

南宮平嘆道：「你來救我，我自是感激，但這般手法，究竟不是大丈夫行徑，你一生闖蕩江湖，難道就不想博一個光明堂皇，正正大大的名聲？做兩件轟轟烈烈，流傳後代的事麼？」

他語聲雖和婉，但語氣中卻有一種百折不回的浩然正氣。

白髮道人面色微變，終於默然垂下頭去。

南宮平緩步走到他身旁輕輕一拍他肩頭，緩緩道：「我言語若是重了，你莫怪我，你要知道，我若不以與你交友為榮，這番話也不會說了，何況——你如此對我，我心裡實是深深感激得很。」

白髮道人抬起頭來，微微一笑，目中充滿著友誼的光輝，兩人對望半晌，他突地上前一步，緊緊握起南宮平的手掌，道：「這……些年來，你好麼？」語聲激動，顯見是出自真情。

南宮平連連頷首道：「我好，我好，你過得好麼？」他堅定的面容，亦為真情所動，眼眶中也隱隱泛出淚光。

梅吟雪手支香腮，苦苦思索，此刻突地一拍手掌，輕笑道：「我知道了。」她轉身一步，掠了過來，一把捉住了白髮道人的手腕。

南宮平沉聲道：「什麼事？」

梅吟雪嬌笑著道：「你看，他手掌果然藏著一團黑線，哈哈！烏鴉倒飛，原來是他在鴉足上縛了一條長線，用力拖回去的。」

白髮道人笑道：「姑娘果然是蘭質慧心，什麼事都瞞不過姑娘的耳目！」

南宮平望著梅吟雪面上興奮而得意的笑容，竟像是比乍獲新衣美食的貧家童子還要高興，心中不禁暗嘆忖道：「她表面看來雖然冷若冰霜，令人難近，但其實卻仍有一片赤子之心，只是……唉！天下武林中人，但知她冷酷的外貌，又有誰知道她那善良的心呢？」

心念轉處，突見梅吟雪笑容一斂，皺眉道：「但是……那烏鴉怎會口吐人言，卻仍然令我不解！」

白髮道人朗聲一笑，突地又以那種奇異而嘶啞的聲音說道：「姑娘久走江湖，可曾聽過在江湖流浪賣藝者之間，有一種奇怪的魔術麼？」

這聲音不但奇異，最怪的是，竟非發自白髮道人的口中。

梅吟雪仔細凝聽，只覺它似乎是從白髮道人的胸腹之間發出，那是一種近似飢餓者腹內饑鳴的聲音，梅吟雪呆了一呆，道：「什麼魔術？」她雖然久走江湖，但交往俱是武林一流高手，自然不會知道這種旁門左道。

南宮平道：「這種功夫叫做『腹語之術』，乃是利用人們體內氣息的流轉，自腹內發出的，在江湖賣藝者之間，乃是一種上等的技藝，而且極爲難練……」

白髮道人以手撫肚，朗笑著截口道：「旁門小技，有什麼值得誇耀之處！」

南宮平正色道：「任何一種技藝，練成俱非易事，怎可輕視，只是要看它用得正與不正罷了。」

梅吟雪輕輕一嘆，緩緩道：「想不到在那些下五門走江湖的人們之中，竟然還有這種奇異的技能，你說它是旁門小技，我卻覺得它妙不可言哩，可憐我卻連聽也沒有聽過。」

南宮平緩緩道：「世界之大，萬物之奇，本就不是一人之智力所能蠡測，要想什麼事都知道的人，往往會什麼事也不知道。」

白髮道人垂首長嘆一聲，心中顯有許多感激。

梅吟雪亦是暗中輕嘆，面上卻嫣然笑問：「如此說來，你既然不是『天鴉道長』，那麼你又是誰呢？」

她生性好強，縱然被人說中心事，面上卻也不願顯露。

南宮平莊嚴的面靨上，突地泛起一絲笑容，彷彿也只要一想起這白髮道人的名字，便覺有

些好笑。

白髮道人乾咳一聲，道：「在下姓萬名達，昔日本是南宮公子門下的一個食客。」他忽然朗笑數聲，道：「但武林中人，卻都將我喚做『無孔不入萬事通』，是以我也只好叫做萬事通了。」

他大笑數聲，抬目望去，只見梅吟雪面上沉沉穆穆，並無半分笑容，不禁詫聲道：「姑娘難道不認爲這名字甚是可笑麼？」

梅吟雪輕嘆一聲，肅容道：「若非絕頂聰明之人，若無極強烈的求知之慾，若沒有下過數十年的苦功，豈能被人稱爲『萬事通』？這名字我聽了只有欽佩，哪有半分可笑之處？」

白髮道人萬達怔了一怔，滿心俱是感激知己之意。

南宮平嘆道：「若非絕頂聰明之人，又有誰能說出這種與眾不同的話來？」

梅吟雪嫣然一笑，只聽萬達嘆道：「自從公子投入『神龍』門下之後，昔年依附在公子門下的人，便都星散，我漂泊江湖，仍然是一無所成……唉！這正是公子所謂貪多之害，日前我來到西北，本來也是爲了要一觀『丹鳳神龍』之戰，同時看一看公子的近況，哪知卻來遲一步，到了西安，便聽到孔雀妃子復出江湖之事，也聽到公子你在天長樓頭，力鬥終南掌門的英風豪舉。」

他長嘆一聲，接道：「那時我便知道公子你在這些年裡，武功已有大成，心裡實在高興得很，但卻又擔心著公子的安危，便立即出城，原本也未想到能遇著公子，哪知……」

梅吟雪一笑截口道：「哪知你的攻心戰術，卻替我們驚退了任風萍，否則我們已有人受傷，還真未見得能衝出——」

南宮平突地輕喝一聲：「不好！」一步掠到狄揚身邊，俯首望去，星光之下，只見狄揚神智已然暈迷，面上也隱隱泛出黑紫之色！

任風萍那「鎚上有毒」的話，竟非虛言恫嚇。

一眼之下，南宮平只覺一股寒意，湧上心頭，惶聲道：「狄兄，你怎樣了？」

狄揚雙目微闔，竟聽不見他的話了。

南宮平雙掌緊握，滿頭冷汗，滾滾而落，萬達俯身一看，亦自變色，只見南宮平緩緩轉過頭來，沉聲道：「有救麼？」

萬達沉吟半晌，黯然嘆道：「他身中之毒，絕非中原武林常見的毒藥，而且此刻中毒已深……恐怕……恐怕……」

南宮平失色道：「難道無救了麼？」

萬達嘆道：「除了任風萍自配的解藥，以及昔年『醫聖』所煉，今日江湖已成絕傳的『與天爭命丹』外，便是『救命郎中』蒲靈仙，只怕也無力解此巨毒，我或能暫阻其毒勢蔓入心房，但……」

言猶未了，南宮平突地振臂而起，梅吟雪輕輕擋在他身前，道：「你要做什麼？」

南宮平沉聲道：「狄兄因我而傷，我豈能見死不救！」

梅吟雪面色一變，道：「你若要去問任風萍求取解藥，豈非比與虎謀皮還要困難？」

南宮平冷冷道：「便是與虎謀皮，我也要去試上一試。」

梅吟雪幽幽一嘆，道：「那麼……我陪你去。」

南宮平道：「你此刻已是武林眾矢之的，怎能再去涉險？」他面容雖無表情，但關切之意，卻已溢出言外。

梅吟雪道：「你什麼事都想著別人，難道就不該爲自己想想麼？」

南宮平面色一沉，道：「若是事事爲己著想，生命豈非就變得十分卑賤？」目光一轉，只見這冷酷若冰的「冷血妃子」面上竟充滿了關懷與深情，不禁暗嘆改口道：「你且與萬兄在此稍候，無論事成不成，我必定盡快回來。」

梅吟雪淒然一笑，道：「事若不成，你還能回來麼？」

南宮平朗然道：「一定回來！」

梅吟雪幽幽嘆道：「你若答應我一擊不中，便全身而退，我就不跟你去。」

南宮平心中百感交集，突地忍不住開洩了心扉，緩緩道：「我便是爬，也要爬著回來，只是……你們卻要小心注意自己的行藏。」

梅吟雪悄悄移動著嬌軀，讓開了去路，垂首道：「我們會小心的！」

南宮平默然凝注著她，只聽她突地朗聲道：「你若不小心自己，我……我……反正我一定在這裡等著你，無論多久。」

南宮平緩緩伸出手掌，突又極快地垂下，沉聲道：「我去了。」

萬達目光凝注，長嘆一聲，道：「這位姑娘，可真的就是『孔雀妃子』麼？」

南宮平怔了一怔，道：「自是真的。」

萬達道：「若非事實俱在，我真難相信孔雀妃子竟然會……」他又自長嘆一聲，倏然住口，他實在想不到「冷血妃子」梅吟雪，竟會對人有這麼深的關懷與情感。

南宮平木立半晌，只覺一陣難言的溫暖，自心底升起，他再次望了梅吟雪一眼，再次說了聲：「我走了！」展動身形，如飛掠去。

蒼茫的夜色，霎眼間便將他身形淹沒，梅吟雪掩了掩衣襟，輕輕道：「你看他此去……唉！你若真的是『天鴉道人』就好了，也可以告訴我他的凶吉禍福！」

縱是有著絕頂智慧的人，但只要遇著了他們真正關心的事，便也會不自覺地求助於命運，「冷血妃子」一生輕視人生，訕笑人類，對世上人人俱都相信的事，她都沒有一樣相信，因爲她對任何事都沒有關懷，因爲沒有關懷與情感，便沒有恐懼，沒有恐懼，便不會敬畏命運與人生。而此刻她卻深深地關懷也恐懼了，似乎將「他」的生命，看得遠比自己的生命重要，這情感來得是那麼突然，就像一盆傾翻了的顏料，突地染紅了她蒼白的生命。

萬達沉聲一嘆，緩緩道：「精誠所至，金石爲開，縱有凶禍，也抵不過他的正氣俠心，姑娘，你說是麼？」

轉目望去，梅吟雪正自仰首望天，根本沒有聽到他的問話，因爲她此刻也正在向蒼天問著

「他」的訊息！

九　俠氣干雲

月落星沉，東方漸白，南宮平深深吸了口那潮濕而清冷的空氣，昂然進了西安城，他雖然明知要自任風萍手中取得解藥，實乃不可能之事，但他此刻決心已下，便有如釘敲入石，木燃成灰，已再無更改的餘地，因為他為人行事，只問應為或不應為，這其間絕無選擇之途，若是應為之事，縱是刀槍架頭，利矢加身，也不能改變他的決心。

這一份無畏的勇氣，使他全然無視於成敗與生死！朝市初起，路上行人，熙來攘往，但見了大步行來的南宮平，竟不由自主的側身直避，讓開一條道路，因為眾人只覺這少年神態之間，帶著一種凜然的正氣，使得他們甚至不敢仰視。

「慕龍山莊」卻是沉靜的，只是在沉靜之中，卻又帶著一種不尋常的戒備，八條勁裝急服，腰懸長刀的彪形大漢，往回巡邏於莊門之外，十六道目光，有如獵犬一般地四下搜索著，像是想從稀薄的晨霧中，尋出那曾令西安城為之震動的「冷血妃子」！

黑緞快靴，踏在灰黯的泥地上，沉重的腳步聲，一聲接著一聲……

突地，腳步之聲，一齊停頓，搜索的目光，也一齊停止轉動，齊地凝注在同一方向——一個面容蒼白，目如朗星的青衫少年，正堅定地自晨霧中大步而來，銳利而有光的眼神，四下輕輕一掃，沉聲道：「韋莊主可在？」

黑衣壯漢們交換了一個驚詫而懷疑的目光，他們似乎也被這少年的氣度所懾，雖然不願回答這種問題，卻仍然答道：「如此清晨，自然在的。」

青衫少年沉聲道：「快請莊主出來，本人有事相詢！」

黑衣壯漢齊地一愕，一個滿面麻皮的漢子突地仰天大笑起來：「快請莊主出來見你！」他訕笑著道：「天還沒有全亮，莊主還未起床，你卻要他老人家出來見你，哈哈，當真可笑得很。」

青衫少年面容木然不變，冷冷道：「你不妨去通報一聲，就說……」

麻皮大漢笑聲一頓，厲叱道：「說什麼，快些回去，等到下午時分，再備好名帖，前來求見，還不知莊主是否見你，就這樣三言兩語，就想莊主出來見你，那麼你當真是在做夢了！」

另一個大漢冷笑著道：「你若是萬字很響的朋友，也許還可商量，只可惜你不是早已成名的『龍鐵漢』，也不是新近立萬的南宮平！」笑聲之中，滿含輕蔑。

青衫少年神色仍然不變，緩緩道：「本人正是南宮平！」

「南宮平」這三字輕輕說出來，卻像是比雷聲還要震耳，八條大漢齊地一震。呆呆地望了南宮平幾眼，突地一齊轉身飛步奔入莊門，口中喃喃道：「南宮平……南宮平……」他們便是做夢也不會想到，昨夜力拚「玉手純陽」的南宮平，今晨居然會孤身前來「慕龍莊」！

南宮平垂手而立，這種成名的興奮，並不能使他面容有絲毫激動之色，他淡然望著他們慌亂地奔入莊門，目光中僅僅流出一絲輕蔑與憐憫。

沉靜的「慕龍山莊」，立刻動亂了起來，只聽「南宮平……南宮平」這三字一聲接一聲，在「慕龍山莊」中震盪著，由近而遠，又由遠而近，由輕而重！

接著，莊門中響起了一陣沉重的腳步聲，無數好奇的眼睛，在門隙中、牆頭上，偷偷地窺視著，想看看這初入江湖，便能力拚終南掌門「玉手純陽」的少年，究竟是何模樣？但窺望儘管窺望，驚嘆儘管驚嘆，卻再無一人敢出大門一步。

南宮平仍然聲色不動，木然而立，甚至連目光都沒有轉動一下，只聽一聲沉重響亮的喝聲突地在莊門內響起：「南宮平在哪裡？」

這語聲竟是那般沉重而緩慢，最後一字說完，第一字的餘音似乎還震盪在那乳白色的晨霧中，南宮平心頭一震：「是誰有如此精深的內功？」

要知「飛環」韋七、「玉手純陽」，雖然俱是武林中的一流高手，但此刻這說話的人，內力之沉重醇厚，竟是駭人聽聞，南宮平木然而立的身形，微微一動，但目光卻仍如磐石般堅定，筆直地投向那晨霧繚繞中的莊門，只聽一聲乾咳，一條高大的人影，急步而出，朗笑道：「南宮平在哪裡？」

南宮平劍眉微皺，心中大是疑惑，這高大人影濃眉白髮，正是慕龍莊主「飛環」韋七，但

這句話的語聲，卻顯然和方才大不相同，「難道在這濃霧中，莊門後，還另外隱藏著一個武林高手？」

韋七一手捋鬚，一手撩袍，目光電轉，驀地與南宮平目光相遇，兩人眼神相對，「飛環」韋七冷冷道：「南宮平你來做什麼？難道你真的不怕死麼？」語聲一頓，突地大喝道：「梅冷血，梅冷血，你可是也來了麼？」嘹亮的喝聲，一絲絲撕開了他面前的濃霧，但比起方才的語聲，卻仍有如輕鈴之與巨鼓，輕重之別，醇淡之分，不可以道里相計。

南宮平目光在韋七身後一掃，只見他身後人影幢幢，也不知那語聲究竟是誰發出。

本已沉重的氣氛，剎那間又像是沉重了幾分，南宮平面色仍木然，直到那嬝嬝語聲，盡皆滅絕，他方自緩緩道：「任風萍在哪裡？」

韋七怔了一怔，大聲道：「梅冷雪在哪裡？」

南宮平劍眉微剔，突地朗聲喝道：「任風萍在哪裡？」這一聲喝聲，六個字彷彿在一瞬間同時發出，韋七鬚髮一飄，雙拳緊握，提氣凝神，大喝道：「梅冷雪在……」

喝聲未了，晨霧中突又響起了那醇厚奇異的語聲：「你尋那任風萍做什麼？」

「飛環」韋七喝聲雖震耳，但剎那間便被這語聲切斷，甚至連餘音都已震散，南宮平目光一亮，突地展動身形，倏然一個箭步，自「飛環」韋七側身掠過，閃電般竄向莊門。

莊門後一陣輕呼，刷地，也有一條人影掠出，南宮平懸崖勒馬，頓住身形，閃目望去，只見「萬里流香」任風萍已赫然立在他身前，哈哈笑道：「南宮平，你來了！好好，好好……」

身形一讓，右臂斜舉作揖客之狀，笑道：「請！」

南宮平暗中吸了口長氣，腳步方一遲疑，任風萍又笑道：「有什麼事，進去說！」莊門後的霧氣，竟比原野上還要濃重，一陣陣淡而奇異的香氣，若有若無，若斷若續地隱藏在這濃雲般的霧氣中。

晨霧與異香中，隱藏著的卻是誰？是一個如何詭異神秘的人物？是一個武功多麼驚人的武林高手？

南宮平再次吸了口氣，昂然走入莊門中，幢幢的人影，齊地讓開了一條道路，韋七濃眉一揚，似乎要說什麼，但望了那濃重的霧氣一眼，目光突地泛出畏懼之色，垂手跟著任風萍走在南宮平身後。

偌大的「慕龍莊」突地又變得一無聲息，一聲聲緩慢的腳步聲，穿過莊院，走入大廳。大廳中仍然點著幾盞銅燈，但在這異樣的濃霧中，卻有如荒墳野地閃爍的幾點鬼火。

南宮平步上台階，走入廳門，身形霍然一轉，只見「慕龍莊」庭院中的山石樹木，竟也變得朦朧而虛幻，明朗豪爽的「飛環」韋七，神色間更是變得陰沉而詭秘，彷彿這「慕龍莊」之中，已突地起了一種難言的變化，但是這變化由何而生，卻是任何人也猜測不透的事。

剎那之間，南宮平只覺自己心中也起了一種微妙的顫動，因爲這一切事的顯現，俱是他未曾預料之事。心念轉動之間，大廳樑木左近，突又響起了那奇異的語聲：「南宮平，你此來可是要尋任風萍求取解藥的麼？」

南宮平心頭又是一顫，閃電般轉身望去，樑木間一片朦朧，只聽那醇重的語聲，似乎仍在繞樑飄盪！一種尖銳而直接地好奇的慾望，使得他不假思索，身形立刻斜飛而起，筆直的向樑木間竄了上去。

大廳正樑，離地雖然極高，但這三丈高低的距離，卻並未看在南宮平眼中，哪知他身形離地之後，真氣突覺不濟，他心頭一驚，雙臂立振，勉強上拔，雙掌堪堪搭在樑木，目光一掃，但見樑上蛛網灰塵，哪有半條人影？

剎那之間，突覺又是一陣虛乏的感覺，遍佈全身，一陣難言的驚悸，泛上心頭，他雙掌一鬆，斜飛而下，「萬里流香」任風萍仍然滿臉笑容地望著他，只是笑容之中，卻滿帶詭秘之意。

韋七面沉如水，緩步走到案邊，取起一根長約七寸的精製鋼針，挑起幾分燈捻，但加強了的燈光非但不能劃破濃霧，反而使得大廳中更加重了幾分陰森和朦朧，他暗嘆一聲，沉聲道：「看茶！」

喝聲未了，茶已奉上，但南宮平的目光，卻仍不住在朦朧的樑木間四下搜索，一面暗暗忖道：「怎地這一夜奔波，已使我真力如此不濟？」但他心中雖有驚疑，卻無畏懼，突地仰首朗聲道：「朋友是誰？爲何鬼鬼祟祟地躲在暗中，難道沒有膽量出來見人麼？」

任風萍仰天一陣長笑，道：「南宮兄既來尋訪於我，別人是否出面，與兄台又有什麼關係？」

南宮平心氣一沉，任風萍卻又笑道：「但兄台來此之先，難道就未曾想到，任某為何會將解藥奉上呢？」他嘿嘿冷笑數聲，又道：「何況兄台此刻真力已大是不濟，縱然用手強取，也是不能如意的了。」

朦朧光影之中，廳外仍有幢幢人影，南宮平目光動處，暗中不覺長嘆一聲，倏然興起蕭索之感，垂首望向自己滿沾塵埃的手掌，掌指回伸之間，突地一陣痙攣，像是暗中竟有一股力量在牽制著他肌肉的活動，他目光一抬，緩緩道：「若是在下以物相易，不知閣下是否肯將解藥取出交換？」

任風萍冷冷笑道：「那就要看兄台是以何物來交換了。」他目光陡然一亮，冷笑接口道：「兄台可知道，在下雖是一介草莽匹夫，但奇珍異寶，百萬財富，卻都沒有看在眼裡。」

南宮平面色木然，心中也像是突然恢復了平靜，緩緩道：「在下要向閣下交換解藥之物，便是我南宮平的一條性命！」

韋七全身一震，倒退一步，任風萍亦自一愕，沉聲道：「兄台你說些什麼？在下有些不懂。」

南宮平朗聲道：「閣下只要肯將解藥交付與我，一日之後，在下必定再來此間……」

任風萍冷冷截口道：「兄台縱然言重如山，但兄弟我卻未見信得過閣下！」

南宮平劍眉微軒，沉聲道：「閣下如存有服下後一日必死的毒藥，令我服下之後，再將解藥取出！」

任風萍突地又是一陣長笑，接口道：「好好，但兄弟卻要問問兄台，究竟爲了什麼原因，兄台竟將別人的性命，看得比自己的性命重要得多？」

南宮平毫不思索，朗聲道：「別人既有爲我而死的義氣，我爲何沒有爲別人而死的決心？人生百年終難免一死，與其教人爲我而死，還不如我爲別人而死，也死得心安理得的多。」

任風萍哈哈笑道：「不錯不錯，人生百年，終須一死。」他笑聲突頓，沉聲道：「但兄台年紀輕輕，上有父母，下有愛侶，此刻若是死了，難道就不覺遺憾麼？」

南宮平目光一垂，心中突地想到了師父的遺命、父母的思念、朋友的交往、愛侶的柔情……但是他卻又忘不了狄揚一日前那飛揚的笑容，與此刻那灰黯的面色。

「難道他又沒有父母與朋友？他心底深處，又何嘗沒有隱藏著一份秘密的相思？他若爲我死了，又何嘗沒有許多人要爲他傷心流淚？那些真摯的淚珠，又何嘗沒有爲我流淚的人們那般晶瑩清澈……」

他不禁暗中長嘆一聲，又自忖道：「人們的生命，本就是一件神奇的事，生命的逝去與成長，往往並不是取決於生死之間，『生』並未見得是最最可貴，『死』也未見得是最最可怕，死去的人，有時比生者更使人憶念與尊敬，但生命本身的價值，卻絕對是平等的，誰也沒有權利認爲自己的生命比別人的生命更有生存的價值，誰也沒有權利認爲自己的生命遠比別人可貴！」

任風萍目光流露著譏嘲輕蔑之色，凝望著南宮平，他深知自己的言語，已打動了面前這少年「以死易義」的決心！

哪知南宮平突地抬起頭來，緩緩道：「毒藥在哪裡？」

任風萍面色一變，亦不知是驚怒抑是欽佩，使得他面色閃變不定。

韋七面色沉重，雙掌緊緊握著木椅的扶手，目光卻垂落在地下，絲毫不敢轉動，像是生怕自己會見到什麼驚人慘事似的。

大廳中陰暗的角落裡，突又響起那奇異的語聲：「毒藥在這裡！」

南宮平雖然死意已決，心頭仍不禁爲之一震，轉目望去，朦朧的光影中，突地冉冉飛來一只黑漆漆的木盤。

這木盤的來勢，竟是這般奇異，就像是暗中有一個隱形之鬼，在托著它緩緩而行似的，悠悠地飛到南宮平面前。

南宮平右掌一伸，托起了木盤，木盤上果然有一方玉匣，南宮平毫不遲疑的取下玉匣，右掌斜飛，將木盤用力擲了回去，只聽「砰」地一響，木盤擊在牆上，竟是無人接取！

東方有朝陽昇起，但初昇的陽光，竟仍劃不開這奇異的濃霧，又有一陣淡淡的香氣，隱隱隨風而來，任風萍目光凜然，詭異地望著南宮平，只見他仰首將玉匣中的白色粉末，盡數倒在口中。

他神色是那般堅定，此刻被他吃在肚裡的，生像不是穿腸入骨的毒藥似的，他端起茶盞，滿飲一口，只覺手掌又是一陣痙攣，竟連這茶盞也似要掌握不住：「難道這毒藥發作得如此之快？」

他鋼牙暗咬，將玉匣與茶盞，一齊放回桌上，沉聲道：「解藥在哪裡？」

任風萍道：「什麼解藥？」

南宮平面色一沉，大喝道：「你……你……」

任風萍冷冷一笑，道：「毒藥又不是我交給你的。」袍袖一拂，轉身走去。

南宮平只覺一陣怒火，突地在心頭燃起，再也無法忍耐，和身向任風萍撲去。

任風萍身形未轉，依然緩步而行，眼看南宮平已將撲在他身上，哪知霧影中突有一陣勁風襲來，雖然漫無聲息，勁道卻令人不可抗拒，南宮平只覺自己似乎被十人合力推了一下，身不由主地斜斜衝出幾步，「噗」地坐到椅上。

韋七長嘆一聲，突地大步奔出廳外，任風萍卻緩緩轉過身來，南宮平定了定神，怒喝道：「無信義的匹夫，你……你……你……」

霧影中冷笑一聲，緩緩道：「有誰答應過要給解藥於你！」

南宮平心中熱血震盪，已自說不出話來，只聽霧影中那奇異的語聲緩緩又道：「你一入此莊，生命已被我操在掌內，哪有權利和力量，再用已屬於我的生命，來與別人換取解藥？」

這聲音雖是那般醇厚而沉重，但其中卻無半絲情感，當真有如邊荒的巨鼓，一聲聲敲入南宮平耳中，一聲聲敲在南宮平心上。

他此刻心中，有如被人撕裂了一般，那種被人欺騙後的憤怒與悲哀，無可奈何的絕望與痛苦，正在殘酷地撕著他的生命與情感。

他狂怒著顫聲喝道：「你……你……你是不是人！解藥……拿解藥來……」

奇異的語聲冷削、陰森、殘酷地輕輕一笑，道：「解藥，你還是死了這條心吧，不但你此刻就要輾轉呻吟死在這裡，你那愚蠢的朋友，也要輾轉呻吟，任憑無情的時光，一分一寸地奪去他的生命，你聽，你可以聽到他的呻吟之聲，你看，你可以看到他那痛苦的掙扎，你此刻是否已感到『死亡』的可怕，只是卻也太遲了……太遲了……死亡！此刻已在你的眼前……」

奇異的語聲中，像是有一種奇異的力量，完全震懾了南宮平的心神。

他只覺眼光漸漸渙散，力量漸漸消失，只有心中的憤怒與痛苦、絕望與悲哀，卻仍是那般強烈。

任風萍身如木石，冷然望著他，目光中既無憐憫，亦無歡愉，他就像一座無情的山石，全然無視於人們的生存與死亡。

霧影中，神秘而無情的語聲，再次響起：「你已知道了麼？生命畢竟是可貴的，只可惜你已無法再有一次生命，是麼？你若再有一次生命，就絕不會輕視它了，是麼，現在——死亡已奪去了你的神智，奪去了你的情感，奪去了你的歡樂……甚至已奪去了你的痛苦與悲哀，現在——你已死了。」

南宮平掙扎著想張開眼睛，但他的眼簾竟突地變得有千鈞般沉重。

所有一切的感覺，果然已漸漸離他遠去，他奮起最後的力道，大喝一聲，向前面撲了過去，向前面那已將完全黑暗的朦朧光影撲了過去！

但是他身形方自躍起一尺，便不支倒在地上，耳畔依稀聽得任風萍的一聲冷笑，他掙扎著抬起目光，目光更加朦朧，朦朧中彷彿有一條人影自黑暗中向他走來，是這死亡的意念，已使他眼簾沉重地垂了下去，他只能模糊地看到一雙發亮的鞋子，緩緩向他移動著，一步，一步，一步……

沉重的腳步聲，一聲接著一聲，由遠而近，由輕而重……

初昇的陽光，穿過淺紫垂簾邊的空隙，照在雕花床邊的羅紗帳上，深深垂落的紗帳邊，又垂下一角羅衾，衾帳春濃，香氣氤氳。

隨著腳步聲，紗帳突被掀開一角，一個英俊的少年，突地坐到床邊，他面容蒼白，目光驚懼，像是做了什麼虧心之事似的。

那一線耀目的陽光，使得他抬手遮住眼簾，他不敢接觸陽光，因爲他怕這初昇的陽光，會照出他心底的邪惡。

腳步之聲，突地停頓在門前，他面容慘然一變，垂下手掌，惶然站起，哪知他身後的羅帳翠衾中，突地發出一聲嬌笑，一隻瑩白如玉的纖纖玉手，一把捉著他的手腕，嬌笑著道：「你要做什麼？」

驚慌的少年以驚慌的目光，望了門口一眼，羅帳中又輕笑道：「你問問是誰……問呀，怕什麼？」

少年乾咳一聲，沉聲道：「誰？」雖是如此簡單的一個字，但在他說來，卻似已費了許多力氣。

門外響起一聲乾咳，少年驚慌地坐到床上，只聽一個謙卑的聲音輕輕道：「客官，可要茶水麼？」

這少年反手一抖額上汗珠，暗中吐了口長氣，大聲道：「不要！」

羅帳內立刻響起一連串銀鈴般的笑聲，震得那掛帳的銅鉤，也發出一連串「叮噹」的聲音，慘白少年長嘆一聲，低低說道：「我……我總以爲大哥就在門外，昨天晚上，我還做了許多噩夢，一會兒夢到師傅用鞭子責打我，一會兒夢到大哥大聲責罵我，一會兒又……又……」

嬌柔的語聲截口笑道：「一會兒又夢到四妹對你冷笑，是不是？」

慘白少年長嘆著垂下頭去，但那隻纖纖玉手突地一拉，他便跌入一個軟玉溫香的懷抱裡，有如山兔墮入獵人的陷阱一樣，再也無法脫身了。

羅帳再次墮下，但卻有一隻瑩白如玉的修長玉腿，似乎耐不住帳內的春暖，緩緩落在床邊，輕輕地搖晃著，那柔美而誘人的曲線，使得窗外的陽光，也像人的眼睛一樣，變得更明亮了起來。

小腿曲起，一隻纖掌，輕輕伸出羅帳，輕輕撫摸著那纖柔而嬌美的玉足，直到帳中「嚶嚀」嬌笑一聲，小腿突地伸得筆直，纖秀的足尖，也筆直地伸挺著，還帶著一絲輕微顫抖，就像是春風中的柳枝！

春意，更濃了！

羅帳中又起了顫抖的語聲：「沉沉，若是大哥真的來了，你怎麼辦？」

「我……我……」無法答話，只有長嘆。

玉腿，墜落了，羅帳中良久沒有聲息，然後，又是一隻玉腿落到帳外，羅帳一掀，一個春意撩人的美婦，輕輕自羅帳內站了起來，長長的紗衣，落到足邊，掩住了她修長的玉腿。

她輕輕一攏鬢髮，幽幽長嘆一聲，道：「沉沉，我知道你還是真的喜歡我。」

慘白少年，也呆呆地走出羅帳，呆呆地望著這偷情的美婦，長嘆著道：「我……真的喜歡你，但是大哥，他……隨時都會來的……我……我我實在害怕得很。」

那偷情的美婦——自然是郭玉霞了——霍然轉過身去，筆直地望著他，緩緩道：「若是大哥永遠不回來了呢？」

面容慘白的少年——石沉呆了一呆，詫聲道：「大哥不回來了？」

郭玉霞冷冷一笑，輕移蓮步，坐到床邊的椅上，緩緩道：「他若是沒有死，難道此刻還不該早就到了西安城麼？」

石沉面色一變，吶吶道：「你……你說什麼，我……」

郭玉霞冷笑截口道：「那天我在華山之巔，便看出那間竹屋外邊的絕壑之中，隨時都有惡兆，說不定隱藏著一些什麼兇惡之事，你看，那具死屍的面容，俱是滿帶驚駭之色，他身上既無刀劍之傷，掌傷亦不嚴重，他實在是被駭死的。」

最後一句話，她冰冰冷冷地說出來，石沉心頭一凜，脫口道：「駭死的！」

郭玉霞點了點頭，接著道：「後來，你追上了我，你有沒有看到我忽然輕輕一笑。」

石沉道：「但是……我以爲你是因爲看到了我才笑的。」

郭玉霞輕笑道：「我見著你雖然高興，但我那一笑，卻是爲了在山巔上傳下的一聲慘呼。」

石沉茫然道：「慘呼？我怎地未曾聽到？」

郭玉霞笑道：「那時你只顧纏著我，當然不會聽到，可是我卻聽得清清楚楚，那一聲既驚慌、又猛烈的慘呼，的的確確是你大哥發出來的，你想想，以你大哥的脾氣，若不是……若不是遇到足以制他死命的變故，怎會發出那麼淒慘驚駭的呼聲來。」

石沉目光直視，呆呆地凝注著前方，愣了半晌，一時之間，他心中也不知是該欣喜、慶幸，抑或是該悲哀、慌亂。

郭玉霞伸手一撥鬢髮，緩緩道：「本來我還不敢確定，但這些天來，你大哥蹤影不見，你再想想，以他的脾氣生性，若是未死，怎會直到此刻還沒有來到這裡？以他的聲名和他長的那副樣子，只要一入了西安城，還會沒有人知道？」

石沉暗嘆一聲，回過頭去，似乎悄悄擦了擦眼中的淚珠。

郭玉霞秋波轉動，面上漸漸泛起一陣令人難測的得意微笑，悠然說道：「老五遇上了要命羅刹，昨夜縱能逃得了性命，但從此以後，只怕再也不敢在江湖中露面了，甚至會落得連家也回不去，唉——」

她故意長嘆一聲，但面上的笑容卻更明顯，接著道：「想不到『止郊山莊』門下的弟子，就只剩下了你我兩人，那麼大的一份基業，都要我一個人去收拾，唉……沉沉，只有你幫著我了。」

石沉未回轉頭去，因為此刻他面上已流下兩粒淚珠，被那初昇的陽光一映，發出晶瑩的光彩，但是，這真情的淚珠，是否能洗清他心上的不安、愧悔與污穢呢？

日近中天，郭玉霞、石沉，並肩出了客棧，石沉腳步立刻放緩，跟郭玉霞保持著一個適當的距離——正如任何一個師弟與師嫂間的距離一樣，恭謹地跟在她身後，但是他的目光，卻又常常不由自主地投落在她的纖腰上——這卻絕不是師弟對師嫂應有的目光了。

西安古城的街道，顯然比往常有些異樣，這是因為昨夜的動亂而引起的驚悸，直到今日，仍未在西安城中百姓的心上消失，也是因為西安城中，有著紅黑兩色標幟的店家，今日俱都沒有營業，「南宮財團」顯然是遇著了不尋常的變故。

郭玉霞神色是安詳而賢淑的，她穩重地走向通往「慕龍莊」的道路，但是她的目光，卻不時謹慎的向四下觀望著，觀察這古城的變化，這也是她捨去車馬，寧願步行的原因，這聰慧狡黠的女子，永遠不會放棄任何一件值得她注意觀察的事。

異樣安靜的街道上，終於響起一陣馬蹄聲，郭玉霞忍不住向後一轉秋波，只見三匹鞍轡鮮明的高頭大馬，成「品」字形緩策而來。

當頭一匹五花大馬，馬上人是個英氣勃發，面貌清麗的錦衣少年，美冠華服，腰懸長劍，左手輕帶著韁繩，右掌虛懸，小指上鉤著一條長可垂地的絲鞭，頎長的身軀，在馬鞍上挺得筆直，流轉的目光，總帶著幾分逼人的傲氣，顧盼之間，神采飛揚，像是根本未將世上任何人看在眼裡。

但是他卻看到了郭玉霞明媚的秋波，韁繩一緊，馬蹄加快，紫金吞口的長劍，「叮噹」地拍擊在雪亮的馬鐙上，烏絲的長鞭，不住地隨風搖曳，眨眼間便已越到郭玉霞前面，肆無憚忌地扭轉頭來，明銳的目光，上下向郭玉霞打量著，嘴角漸漸現出一絲微笑。

石沉面色一寒，強忍怒氣，不去看他，郭玉霞面容雖然十分端重，但那似笑非笑的秋波，卻在有意無意間瞧了他幾眼，然後垂下頭去。

少年騎士嘴角的笑容越發放肆，竟不急不徐地跟在郭玉霞身畔，目光也始終沒有離開過郭玉霞窈窕的嬌軀。

他身後的兩個粉裝玉琢般的錦衣童子，四隻靈活的大眼睛，也不住好奇地向郭玉霞打量著，他兩人同樣的裝束，同樣的打扮，就連面貌身材，竟也一模一樣，但神態間卻是一個聰明伶俐，飛揚跳脫，另一個莊莊重重，努力做出成人的模樣。

石沉心中怒火更是高張，忍不住大步趕到郭玉霞身旁，錦衣少年側目望了他一眼，突地哈哈一笑，絲鞭一揚，放蹄而去，石沉冷冷道：「好個不知天高地厚的狂徒！」

右面的童子一勒韁繩，瞪眼道：「你說什麼？」左面的童子卻「刷」地在他馬股上加了一鞭，低叱道：「走吧，惹什麼閒氣！」

郭玉霞輕輕一笑，側首輕語道：「石沉，你看這少年是什麼來路？」

石沉冷笑道：「十之八九是個初出師門的角色，大約還是個富家弟子。」

郭玉霞秋波一轉，抬目望向這三騎的背影，緩緩道：「我看他武功倒不弱，只怕師門也有些來路。」她秋波閃動之間，心中似乎又升起了一個新的念頭，只是石沉卻根本沒有看出。

轉過兩條街道，便是那庭院深沉，佳木蔥蘢的「慕龍莊」了。

剛到莊門，突地又是一陣馬蹄之聲響起，那三匹健馬，放蹄奔來，石沉面色一變，冷冷道：「這小子跟定了我們麼？」

郭玉霞輕笑道：「少惹些閒氣。」忽見那錦衣少年身形一轉，飄飄落下馬鞍，恰巧落在郭玉霞身旁，石沉劍眉斜軒，一步搶了上去，目光凜然望向這錦衣少年，眉宇間滿含敵意。

錦衣少年面色亦自一沉，左手衣袖，一拂衫襟，冷冷道：「朋友，你……」

語聲未了，緊閉著的莊門，突然「呀」地一聲敞開，隨著一陣洪亮的笑聲，「飛環」韋七長衫便履，與那「萬里流香」任風萍並肩而出，口中笑道：「聞報佳客早來，老夫接迎來遲，恕罪恕罪。」

錦衣少年面容一肅，放開石沉趕了過去，抱拳當胸。

石沉雙眉一皺，暗忖道：「這少年究竟是何來歷，竟連『飛環』韋七俱都親自出迎？」心念轉動間，只見「飛環」韋七向那少年微一抱拳，便趕到郭玉霞身前，笑道：「龍夫人不肯屈留蝸居，不知昨夜可安歇得好？」

郭玉霞檢衽一笑，輕輕道：「韋老前輩太客氣了！」

石沉不禁暗中失笑：「原來人家是出來迎接我們的。」

那錦衣少年滿面俱是驚訝之色，怔怔的望著韋七與郭玉霞，直到石沉半帶譏嘲，半帶得意的目光望向他身上，他面上的驚訝，便換作憤怒，雙目一翻，兩眼望天，冷冷道：「這裡可是『慕龍莊』麼？」

任風萍目光閃動，朗聲笑道：「正是，正是。」

韋七回首一笑，道：「兄台難道並非與龍夫人同路的麼？」

錦衣少年冷冷道：「在下來自『西崑崙』絕頂『通天宮』，這位龍夫人是誰，在下並不認得。」

郭玉霞、石沉、韋七、任風萍，心頭俱都微微一震，「飛環」韋七道：「原來閣下竟是崑崙弟子，請……請，老夫恰巧在廳上擺了一桌粗酒，閣下如不嫌棄，不妨共飲一杯！」

要知崑崙弟子足跡甚少現於江湖，江湖中也極少有人西上崑崙，自從昔年「不死神龍」在崑崙絕頂劍勝崑崙掌門「如淵道人」後，武林中人所知唯一有關「崑崙」的消息，便是如淵道人的首座弟子「破雲手」卓不凡仗劍勝群雄，立萬創聲名，成爲武林後起群劍中的佼佼高手。

這錦衣少年既是「崑崙」弟子，就連「飛環」韋七也不禁爲之刮目相看，「萬里流香」任風萍更是滿面笑容，揖手讓客，生像是不知在什麼時候，他也變成了這「慕龍莊」的主人。

錦衣少年面上神情更傲，也不謙讓，當頭入了莊門。

石沉心中大是不憤，低聲向郭玉霞道：「此人若是那『破雲手』的同門兄弟，便也是『止郊山莊』的仇人，我倒要試他一試，看看崑崙弟子究竟有何手段。」

郭玉霞柳眉輕顰，悄悄一扯他衣襟，低語道：「隨機而變，不要衝動，好麼？」

清晨瀰漫在庭院大廳中的濃霧，此刻已無影無蹤，明亮的陽光，使得四下一無神秘的氣氛，就像是什麼事俱都沒有發生過似的，四下風吹木葉，蕭蕭作響，更是再也聽不到那神秘的語聲。

大廳中早已放置好一席整齊的酒筵，「飛環」韋七哈哈一笑，道：「龍夫人……」哪知他「上座」兩字還未曾出口，那錦衣少年已毫不客氣，大馬金刀地坐上了首席，彷彿這位置天生就應該讓他坐的，「飛環」韋七濃眉一皺，心中大是不滿，暗忖道：「你即便是崑崙弟子也不該如此狂傲。」心念一轉，暗中冷笑道：「他若知道這裡還有神龍子弟，態度只怕也要大爲改變了吧。」

石沉冷「哼」一聲，更是將心中不滿之意，溢於言表，卻見錦衣少年雙目望天，對這一切竟是不聞不見。

郭玉霞微微一笑，隨意坐了下來，石沉也不好發作，強捺怒氣，坐在她身畔，韋七身爲主人，更不能動怒，但卻乾咳一聲，將郭玉霞、石沉，以及任風萍三人的名號說了出來。

這三人在江湖中的地位俱是非比尋常，韋七只道這少年聽了他三人的名頭，定必會改容相向。

哪知錦衣少年目光一掃，冷冷道：「兄弟『戰東來』。」竟不再多說一字，竟未曾稍離座位，僅僅在郭玉霞春花般的面容上，多望了幾眼，亦不知他是故作驕矜，抑或是初入江湖，根本未曾聽到過這些武林成名俠士的名字。

韋七濃眉一揚，心中暗怒：「好狂傲的少年，便是你師兄卓不凡，也不敢在老夫面前這般無禮。」酒過初巡，韋七突地哈哈笑道：「戰兄雖是初入江湖，但說起來卻都不是外人，數年前貴派高足『破雲手』卓少俠初下崑崙時，也曾到敝莊來過一次，蒙他不棄，對老夫十分客氣，以前輩相稱，哈哈……」

「錦衣少年」戰東來冷冷一笑，截口道：「卓不凡是在下的師侄。」

眾人齊都一愣，韋七戛然頓住笑聲，戰東來仰天一笑，端起酒杯，一飲而盡，指著立在廳外的兩個錦衣童子道：「這兩人才是與卓不凡同輩相稱的師弟。」

任風萍一愣，離座而起，韋七強笑道：「兩位世兄千請同來飲酒，不知者不罪，休怪老夫失禮。」

那神態端莊的錦衣童子木然道：「師叔在座，在下不敢奉陪。」另一個童子嘻嘻笑道：「下次再來，韋莊主不要再教我們牽馬便是了。」

韋七面容微紅，只聽他又自笑道：「想不到卓師兄在江湖中竟有這麼大的名聲，大師伯聽到一定會高興得很。」

戰東來目光一掃，冷冷接口道：「在下此次冒昧前來，一來固是久仰韋莊主慷慨好義，禮賢下士的名聲——」他目光銳利地瞧了韋七一眼，韋七面容又自微微一紅，戰東來接著道：「再者卻是為了要探查我那大師侄的消息。」

石沉神色微變，瞧了郭玉霞一眼，戰東來緩緩道：「我這大師侄自下崑崙以來，前幾年還有訊息上山，但這幾年卻已無音訊……」語聲微頓，目光突地閃電般望向石沉，沉聲道：「石朋友莫非知道他的下落麼？」石沉心頭一震，掌中酒杯，竟潑出了一滴酒，戰東來冷笑道：「若是知道，還是快請朋友說出來好些。」

郭玉霞輕輕一笑，道：「破雲手的大名，我雖然久仰，但未曾謀面，怎會知道他的俠蹤？」

戰東來目光霍然轉到她面上，冷冷道：「真的麼？」

郭玉霞笑容更麗，道：「神龍門下弟子的話，戰大俠還是相信的好。」纖手一按，掌中的酒杯，忽地陷落桌面，但她手掌一抬，酒杯卻又隨之而起，動作快如閃電，自開始到結束，也不過是霎眼間事！

戰東來面色微變，望著她面上艷麗如花的笑容，突又仰天長笑起來，笑道：「就算夫人不是『神龍』門下，夫人的話，在下也是相信的。」

石沉冷「哼」一聲，任風萍哈哈笑道：「酒菜將冷，各位快飲，莫辜負了主人的盛意。」

話聲未了，只聽「呼」地幾聲勁風，劃空而來，廳前陽光，突地一暗，一聲瞭亮的鷹唳，幾隻蒼鷹，呼地自廳前飛過，又「呼」地飛了回來，在大廳前的庭院中，往復盤旋，不多不少，正是七隻。

「飛環」韋七神色一變，長身而起，那飛揚跳脫的錦衣童子，嘻嘻笑道：「想不到這裡也有大鷹，真是好玩得很。」身形忽然一聳，斜斜凌空而起，雙掌箕張，向那蒼鷹群中撲去。

他起勢從從容容，去勢快如閃電，只見他發亮的錦緞衣衫一閃，右掌已捉住了一隻蒼鷹的健翼。

郭玉霞嬌笑一聲，拍掌道：「好！」蒼鷹一聲急唳，另六隻蒼鷹突地飛回，雙翼一束，各伸鋼啄，向這錦衣童子啄去。

遠處弓弦一響，一聲輕叱：「打！」一道烏光應聲而至！

這一切的發生，俱是刹那間事，錦衣童子身形還未落下，這一道烏光已劃空擊來，另六隻蒼鷹的鋼啄，也已將啄到他身上。

郭玉霞「好」字剛剛出口，立刻驚呼一聲：「不好！」

任風萍、韋七、以及戰東來，也不禁變色驚呼，只見這錦衣童子右掌一鬆，雙腿一縮，身形凌空一個翻身，「噗」地一聲，衫角卻已被那道烏光射穿了一孔。

另一個錦衣童子手掌一揚，大喝道：「打！」七點銀光，暴射而出，竟分擊那七隻蒼鷹的

身上。

六隻蒼鷹清唳一聲，一飛沖天，另一隻蒼鷹左翼卻被暗器擊中，與那錦衣童子，齊地落到地上。

那道烏光，去勢仍急，刷地一聲，釘在大廳前的簷木上，竟是一隻烏羽烏桿的長箭，箭桿入木，幾達一尺，顯見射箭人手勁之強，駭人聽聞，那錦衣童子落到地上，目光望向這隻長箭，鮮紅的嘴唇，已變得沒有一絲血色。

戰東來面沉如水，離座而起，沉聲道：「韋莊主，這便是『慕容莊』的待客之道麼？」

「之道」兩字，還未說出，莊園外突地響起一陣嘹亮的高呼：「七鷹沖天，我武維揚！」喝聲高亢，直沖霄漢。

「飛環」韋七神色一變，脫口道：「七鷹堂——」

忽見一條黑衣大漢，掌中捧著一張大紅名帖，如飛奔來，韋七趕上幾步，伸手接過，翻開一看，只見這名帖之上，一無字跡，只畫著紅、黃、黑、綠、白、藍、紫、七隻顏色不同，神態各異，但翎羽之間，栩栩如生的飛鷹。

他神色又自一變，大喝道：「請！」飛步趕了出去，任風萍雙眉微皺，垂目喃喃道：「七鷹堂……七鷹堂！」目光突也一亮，向戰東來、石沉、郭玉霞微一抱拳，亦自搶步迎出。

戰東來卓立階前，望著他兩人的身影，目中突地露出一線殺機，垂首向那錦衣童子道：「玉兒，你可受了傷麼？」

錦衣童子「玉兒」緩緩搖了搖頭，但面容一片蒼白，方才的飛揚跳脫之態，此刻已半分俱無。郭玉霞幽幽嘆道：「小小年紀，已有這般武功，真是不容易，被人暗箭擦著了一下，又算得了什麼。」

戰東來冷冷一笑，道：「崑崙門下，豈能——」

話聲未了，庭園間已傳來一片人聲，聽前石地上那一隻已經受傷的蒼鷹，突地一振雙翼，掙扎著飛起，戰東來語聲頓處，手掌斜斜一揚，一陣沉重的風聲，應掌而出，那蒼鷹方自飛起，竟似突被一條無形長索縛住，雙翼展動數次，再也飛不上去。

戰東來目中殺機又現，手掌往外一登，只聽那蒼鷹哀鳴一聲，「噗」地，再次落到地上。

郭玉霞心頭一凜：「先天真炁！」轉目瞟了石沉一眼，石沉面色亦自大變，他兩人再也想不到這狂傲的少年竟有如此驚世駭俗的真實功夫，竟似比昔日崑崙掌門出道江湖時更勝幾分。

轉念之間，一座玲瓏剔透的假山石後，響起一聲暴叱，一條長大的人影，閃電般飛掠而出，身形一頓，俯下身去，輕輕捧起了那具蒼鷹的屍身，午間的陽光，映著他飄揚的白髮，黯淡的目光，使得這本極高大威猛的華服老人，神色間籠罩著一抹悲哀淒涼之意，巨大而堅定的手掌，也起了一陣陣顫抖。

他呆呆地木立半晌，口中喃喃道：「小紅，小紅……你去了麼？你去了麼……」

假山石後，又自轉出六個鬚髮皆白的華服老人，但步履神態之間，卻無半分老態，這六人神情、氣度、身形，俱都大不相同，衣著裝束，卻是人人一模一樣，只有腰間分縛著顏色不同的絲絛。

一個面容清癯，目光凜凜，神情極其瀟灑，面上微帶笑容，腰間縛有一條白色絲絛的老人，與「飛環」韋七、「萬里流香」任風萍，並肩當先而來，見了這滿頭白髮，腰縛紅帶老人的悲哀神態，面容微微一變，卻仍面帶著微笑地朗聲問道：「七弟，什麼事，難道紅兒受了傷麼？」

紅帶老人身形木然，有如未聞，口中喃喃道：「死了……死了……」突地厲聲大喝起來：「是誰殺死你的……是誰殺死你的……」

喝聲高激，聲震屋瓦，眾人只覺耳中「嗡嗡」作響。

那錦衣童子「玉兒」，本自立在他身側左近，此刻情不自禁地向後退了一步。

紅帶老人目光一轉，神光暴射，左掌托著那具蒼鷹的屍身，腳步一滑，右掌急伸，其快如風，向那錦衣童子肩頭抓去。

那錦衣童子似乎已被他神勢所懾，身形一側，竟然閃避不開，只覺肩頭一緊，已被那巨大而有力的手掌抓住。

只聽紅帶老人濃眉軒處，大喝道：「紅兒可是被你害死的？」

錦衣童子被他驚得怔了一怔，右掌突地閃電般穿出，直點他脅下「藏海」大穴。

紅帶老人目光一凜，胸腹一縮，哪知錦衣童子左腿已無聲無息地踢起，紅帶老人如不撤掌，立時便得傷在他這一腿之下。

這一掌一腿，招式雖平凡，但時間之快，部位之準，卻大出這紅帶老人意料之外，他手掌一撤，身形讓開五尺，哪知肩頭突地一麻，也被人一掌抓住，一個冷冰的語聲在他耳畔輕輕說道：「你那隻扁毛畜牲，是我殺死的。」

這一切動作的發生，俱都不過在霎眼之間，眾人神情俱都為之大變，「飛環」韋七更是滿面惶急之容，連聲道：「戰少俠──洪七爺，你……兩位這是幹什麼？」

另六個華服老人身形早已展開，絲帶飛揚，白鬚飄拂，已將戰東來與那兩個錦衣童子圍在中間。

戰東來左掌負在背後，右掌五指虛虛按著紅帶老人的肩頭，面上一副冷漠不屑之色，目光朝這六個華服老人面上，一個一個地望了過去，竟根本未將這三十年前便已聲震武林，天下鏢局中首屈一指的「七鷹堂」的「天虹七鷹」放在眼裡。

紅帶老人雙臂微曲，腰身半擰，空自雙目圓睜，鬚髮皆張，身形卻不敢移動半步，口中更不敢怒喝出聲。他此刻只覺一股暗勁，由肩頭「肩井」大穴，上達太陰、太陽，下控心脈，此刻雖是含而未放，藏而未露，但只要自己身軀稍一動彈，立刻便會被這一股奇異的暗勁震斷心脈而亡。

「天虹七鷹」中的另六個華服老人，此刻雖然驚怒交集，但投鼠忌器，卻是誰也不敢貿然出手。

郭玉霞秋波一轉，附在石沉耳畔，輕輕道：「想不到『武林七鷹』重出江湖，竟被一個少

年制住。」

石沉輕輕道：「他們此番到這裡來，只怕是爲了五弟的事，你看我們是不是應該爲他們出手？」

郭玉霞秋波轉處，只見「飛環」韋七滿面俱是惶急之容，「萬里流香」任風萍卻是神色安詳，從容負手，那兩個錦衣童子四隻靈活的眼珠，正在一閃一閃地向那六個華服老人的面上觀望著，天上風聲盤旋，地上黑影流動，振翼飛去的六隻蒼鷹，又已去而復返，翺翔在戰東來的頭頂上，似乎連他們都已看出了紅帶老人的危窘之狀，是以咯咯不住發出低沉而奇異的鳴聲。

突地，六隻蒼鷹齊地一束雙翼，宛如流星般墜下，向戰東來頭頂啄去，六個華服老人輕叱一聲，閃動身形，合撲而上，戰東來劍眉微剔，負在身後的手掌，向上一揮，只聽一陣激厲風聲，壓住了漫天鷹翼所帶起的勁風。六隻束翼俯衝而下的蒼鷹，竟在他掌風一揮之下，勢道爲之大緩，紅帶老人胸腹一縮，沉腰坐馬，戰東來冷笑道：「想走？」

笑聲未斂，紅帶老人已自倒了下去，腰繫白帶的老人伸臂一扶，他身形最快，首先掠到了近前，但此刻卻不能向戰東來出手。

兩個錦衣童子身形閃處，揚掌接住了紫帶老人與黃帶老人的攻勢，這兩人年紀雖輕，面對強敵，卻毫無懼色，紫帶老人與黃帶老人對望一眼，長袖拂處，突地後退數尺，「七鷹堂」數十年前便已名滿天下，到底不能與兩個垂髫童子動手。

蒼鷹勢道一緩，又自凌空下撲，但戰東來此刻卻已投身於腰間分繫翠、黑、藍三色絲絛的老人掌影之間。只見他衣袂飄飛，舉手投足，剎那間便已向這三個老人各各擊出一掌，口中冷笑道：「以多爲勝，還以畜牲助威，嘿嘿——中原武林之中，原來俱是這種角色。」

黑帶老人面色如冰，目光稜稜，有如未聞，藍帶老人腳步一錯，擰身退步，口中輕呼一聲，退到紫帶老人的身畔。

凌空下擊的蒼鷹，聽得這一聲輕呼，雙翼一展，又自沖霄飛起。

翠帶老人長笑一聲，朗聲道：「六弟，你且退下，讓老夫看看這狂徒究竟有何驚人的身手！」長笑聲中，長鬚拂動，已自拍出七掌，只見漫天掌影繽紛，只聽漫天掌風震耳，這翠帶老人身形最是瘦小，但掌力之剛猛，卻是駭人聽聞。

黑帶老人面色冷削，神情木然，此刻肩頭一聳，果然遠遠退開，但目光卻始終未離戰東來的身上。

白帶老人托著紅帶老人的身軀，輕輕一掠，掠到大廳簷下。

郭玉霞俯下身去，沉聲問道：「這位老前輩的傷勢重麼，我這裡還有些療治內傷的藥物。」她語聲中，充滿關切之意。

白帶老人微微一笑，道：「多謝姑娘了，舍弟只是被他點中穴道而已，片刻之間，便可恢復的。」目光閃動，仔細端詳了郭玉霞兩眼，對這聰明的女子，顯見已生出好感。

郭玉霞輕嘆一聲，伸出一隻纖纖玉手，爲紅帶老人整理著蒼白的鬢髮，低語著道：「這位老前輩，實在太大意了些。」

紅帶老人眼簾張開一線，望了郭玉霞一眼，又自闔起眼皮，石沉暗嘆一聲，忖道：「爲什麼她對任何人，都會這樣溫柔，難道她真的有一副慈悲的心腸麼？」

就在這刹那之間，翠帶老人與戰東來交手已有數十招之多，兩人身形飛躍，俱是以快擊快，但翠帶老人剛猛的掌力，卻已逐漸微弱，華服老人面容俱都大變，黃帶老人一步掠到郭玉霞身前，沉聲道：「這少年可是與你一路？」

郭玉霞抬起頭來，輕嘆道：「他若與我一路，就不會對老前輩們如此無禮了！」

白帶老人盤膝端坐，正在爲紅帶老人緩緩推拿，此刻頭也不抬，沉聲道：「這少年是崑崙門下，武功不弱，叫六弟可要小心些。」

黃帶老人目光下垂，呆了半晌，皺眉道：「七弟的穴道尙未解開麼？」白帶老人默然不語，黃帶老人長嘆一聲，轉目望向韋七，他眼神中滿是憤激、懷恨之意，突地雙掌一握，大步向韋七走了過去。

韋七滿心惶急，卻又無法勸阻，不住向任風萍低語道：「任兄，任兄，你看這如何是好？」

任風萍緩緩道：「身爲武林中人，交手過招，本是常事，韋莊主也不必太過份著急了。」言下之意，竟是全然置身事外。

語聲未了，黃帶老人已走到「飛環」韋七身前，冷冷道：「想不到『終南』門人，竟與『崑崙』弟子有了來往。」

「飛環」韋七愕了一愕，只聽黃帶老人冷冷道：「我兄弟此來，並無惡意，只不過是為了一位故人之子弟，到此間來請韋莊主高抬貴手而已，想不到閣下竟如此待客，哼哼——」

他冷笑兩聲，右掌疾伸，突地一掌向「飛環」韋七當胸拍去。

「飛環」韋七一驚退步，但黃帶老人掌勢連綿，右掌一反，左掌並起，一掌斜揮，一掌橫切，衣襟揚處，襟下亦自踢出一腿，他一招三式，快如閃電，根本不給「飛環」韋七說話的機會，「天虹七鷹」中，此老性情之激烈，並不在「紅鷹」洪哮天之下。

這邊戰端方起，那邊紫帶老人「紫鷹」唐染天，「藍鷹」藍樂天突地齊聲輕叱一聲，雙雙向戰東來撲去。

原來正與戰東來交手的「翠鷹」凌震天，昔年雖以「大力金剛手」連創江南十七寇，但此刻竟不是這狂傲少年的敵手，數十招一過，他敗象已現，戰東來冷笑一聲，竟又將左手負在身後，滿面輕蔑，不住冷笑，竟以隻手與這成名武林垂四十年的「翠鷹」過招，猶自佔了七分勝算，不但「天虹七鷹」見了改容變色，便是郭玉霞與石沉，亦是暗暗心驚。任風萍的目光中，卻又泛出了他初見南宮平時的神色。

錦衣童子齊地冷笑一聲，展動身形，又待擋住紫、藍雙鷹的去路，哪知眼前黑影一閃，一個冷削森寒的高瘦老人，已冷冷站在他們身前，兩道目光，有如嚴冬中的冰雪，見了令人不由自主自心裡升出一陣寒意。

他緩緩抬起手掌，錦衣童子心頭驀地一驚，忍不住向後退了一步，目光一齊凝注在這隻黝

黑枯瘦的手掌上，哪知他手掌抬起，便不再動彈，面容木然，也沒有任何一絲表情，只是目光冷冷的望著這兩個錦衣童子，他眼神像是有一種無法形容的魔力，便是「萬里流香」任風萍見了，心裡也不覺爲之一凜，轉過頭去，不敢再看一眼，暗暗忖道：「他目光之中，難道也蘊藏著一種奇異的武功麼？」

心念轉動間，突地一驚，想起了一種在江湖中傳說已久的外門功夫，情不自禁地回目望去，只見那兩個錦衣童子面色蒼白，四隻靈活的眼珠，睜得又圓又大，卻沒轉一下，只是呆呆地望著這黑帶老人的手掌，黑帶老人腳未抬起，向前進了一步，錦衣童子如中魔法，竟立刻向後退了一步。

黑帶老人連進三步，錦衣童子便也連退三步，只聽黑帶老人以一種極爲低沉而奇異的聲音緩緩說道：「站在這裡，不要動。」

錦衣童子果然呆呆站在那裡，動也不動，只是眼珠睜得更大，面色更加蒼白，黑帶老人緩緩道：「天黑了，睡覺吧！」錦衣童子一齊倒在地上，闔起眼簾，竟真的像是睡著了。

黑帶老人手掌一垂，轉過身子，目光忽然望到「萬里流香」任風萍的臉上。

任風萍話也不說，立刻垂下頭去，強笑道：「老前輩好厲害的功夫！」

黑帶老人冷冷道：「這不過是小孩子聽話而已，算什麼功夫。」雙目一合又張，仍未有出手之意。

任風萍暗暗忖道：「久聞江湖傳言『黑鷹冷、翠鷹驕、藍鷹細語，紅鷹咆哮，黃、紫雙鷹，孤獨狂傲，一見白鷹到，群鷹齊微笑。』別的尚未看出，這『黑鷹』冷夜天，確是冷到極處。」

他目光猶自望在足下，心念轉動間，突見一縷淡淡的白氣，自地面升起，繚繞在眾人足下，漸漸裊裊四散，他目光一亮，嘴角立刻泛起一絲奇異的笑容，抬目望去，庭園中的戰況，更是激烈了。

「黃鷹」黃令天袍袖飄拂，身形瀟灑，但眉宇間卻是一片森寒冷削，施展的雖是江湖常見的「雙盤三十六掌」，但準確的時間與部位，以及沉厚的掌力，卻已使「飛環」韋七難以應付。

「飛環」韋七的武功，雖是江湖中一流身手，但此刻心中顧忌，不敢放手，招式之間，守少於攻，數十招晃眼即過，他卻已漸漸招架不住，濃眉一揚，厲聲道：「西北『慕龍莊』與『七鷹堂』素無冤仇，閣下莫要逼人太甚！」

黃令天冷「哼」一聲，道：「我七弟在你『慕龍莊』身受重傷，南宮平被你終南派苦苦相逼，這難道還不算仇恨？」

「飛環」韋七面容一變，身軀的溜溜一轉，逼開一招「鳳凰展翼」，雙拳齊出，拳風震耳，擊在一招「擊鼓驚天」，口中大喝道：「南宮平……群鷹西來，難道便是為了南宮平麼？」

「黃鷹」冷笑道：「不錯！」撤掌換步，忽地踢出一腳，閃電般踢向韋七脈門，韋七變拳爲掌，下截足踝，他此刻雖仍不敢與「七鷹堂」爲敵，卻已被激發了心中豪氣，招式之間，再無顧忌。

哪知「黃鷹」黃令天腿勢向左一轉，右掌便已乘勢切向他左脅。

這一招變招快如急電，招式變換之間，全無半絲抽撤延誤，「飛環」韋七目光一張，不避反迎，一拳擊向「黃鷹」的胸腹，兩下去勢俱急，眼看便要玉石俱焚。

他天性本極激烈，是以才會施出此等同歸於盡的激烈招式。

「黑鷹」冷夜天眼觀四路，心頭一震，立刻騰身而起，哪知「萬里流香」任風萍卻已搶在他的前面，雙掌齊出，人影又分。

「黃鷹」黃令天、「飛環」韋七同時斜斜衝出數步，任風萍一招解圍，手下絕無輕重之分，竟是一視同仁。

「黑鷹」冷夜天一愣，收回手掌。

他這一掌本是擊向任風萍的後背，因爲他忖量任風萍的解圍出招，必定不會如此公正，此刻事出意料，掌力雖撤，但手掌邊緣，卻已自沾著任風萍的衣衫，只見任風萍側目一笑，道：「在下不過也只是『慕龍莊』的客人而已。」

冷夜天道：「原來如此。」面容雖冷削如舊，語氣卻已大是和緩。

只聽一聲輕叱，「黃鷹」身形再展，又已和韋七打做一處，盤旋在空中的六隻蒼鷹，此刻均已落在大廳的飛簷上，揚翼剔羽，神態鷙猛！

郭玉霞立在簷下，秋波瞟了她身旁猶在盤坐推拿的七鷹之首「白鷹」白勸天一眼，輕輕嘆道：「這位『萬里流香』任大俠，當真是位聰明人物，永遠騎在牆上，隨風而倒，永遠不會吃虧的。」她語聲雖不大，卻已足夠使白勸天聽到。

石沉凝注著廳前的戰局，目光瞬也不瞬，此刻突也輕嘆著道：「想不到這姓戰的竟有如此驚人的武功，他年紀也不過二十左右……唉！武學之中，難道真有一條速成的捷徑麼？」

郭玉霞微微一笑，秋波便又轉到戰東來身上，只見這來自「西崑崙」絕頂的少年，身形盤旋在「藍鷹」藍樂天、「紫鷹」唐染天、「翠鷹」凌震天三鷹之間，直到此刻爲止，仍然未呈敗象。

「七鷹堂」名懾黑白兩道，「天虹七鷹」，武功自有不凡之處，雖然自從七年之前，「天虹七鷹」洗手歸隱，南五北三八家「七鷹堂」鏢局，同時取下金字招匾，由南七北六十三省鏢局所有的成名鏢頭，飛騎換馬，一路送到「江寧府」的「七鷹堂」總局，以無根水洗去匾上的金字後，武林之中，便再無一人見到過「天虹七鷹」的身手。

而此刻這雄踞武林的七鷹兄弟施展起身手來，竟是寶刀未老，只見藍、紫、翠、三鷹白髮飄舞，叱吒連聲，剛猛的掌力，有如連天巨浪，浪浪相連，涌向戰東來身上。

他兄弟闖盪江湖數十年，與人動手千百次，此刻連手相攻，各人武功門路雖不同，但配合得卻是妙到毫巔。

戰東來獨戰三鷹，仍無絲毫敗象，只見他繽紛的掌影，有如天花一般，四下散出，驟眼望去，竟不知他一人究竟生了多少條手臂，明明看到他一掌拍向「藍鷹」，但一股強勁的掌風，卻擊向「翠鷹」與「紫鷹」身上，「藍鷹」心神一懈，卻又立刻有一道掌風，當胸擊來。

「崑崙神掌」，雖然早已名動武林，但他此刻所用的招式，卻絕非崑崙掌法，在場眾人，雖然俱是武林高手，卻無一人認得他這套掌法的來歷。

郭玉霞柳眉微皺，驚喟一聲，「白鷹」白勸天目光望處，見到她面上的驚異之色，轉目望去，神色間也不禁大是疑惑。

此刻庭園林木間，不知何時，已升起一陣白濛濛的霧氣，竟使得日色也變得有如月光般朦朧。

「黃鷹」黃令天與「飛環」韋七，不知何時，身手俱已放緩，似乎體內的真力，已漸感不濟，是以誰也不敢全力出手，再耗真力。

濃霧中，「黑鷹」冷夜天的面色，更是顯得陰沉而冷削，那兩個錦衣童子，仍然沉睡在地上，只有「萬里流香」任風萍，神色越發安詳，似乎對這一切事的變化，俱已胸有成竹。

白勸天目光掃過，面色微變，伸手在「紅鷹」洪哮天的「甜睡穴」上，輕輕一按，將之送到廳前的一張木椅上，沉聲道：「麻煩姑娘照顧一下。」

此時此刻，事態一變至此，重入江湖的「天虹七鷹」，實已身入危境，但這群鷹之首「白鷹」白勸天，神態間卻仍是穩穩重重，絲毫沒有慌張之態。

他向郭玉霞託咐一聲之後，便緩步走下石階，「黑鷹」冷夜天一步閃到他身側，沉聲道：

「大哥，老四使力太猛，此刻……」

白勸天微一擺手，截斷了他的言語，他此刻全神貫注，正在研究戰東來的身法招式，只見藍、紫、翠三鷹，招式散亂，已漸無還擊之力，只是憑著他們豐富的經驗與深湛的內力，尚能勉強支持，而戰東來旋轉著的身形，卻似越轉越急。

白勸天雙眉微皺，沉道：「六弟，你可看得出這少年步法的變化？」

「黑鷹」冷夜天緩緩道：「我也知道他這一路招式的巧妙，俱在步法的移動之間，但卻始終無法看出他腳步是如何移動的。」

「白鷹」白勸天手捋長髯，深深透了口氣，突地朗聲道：「老五住手。」

「黃鷹」微微一愕，呼地一掌劈去，身形倒退數尺，雙臂一掄，身軀擰轉，掠至白勸天身側，胸膛猶在不住起伏。

韋七亦是喘息不止，只聽任風萍冷冷道：「韋兄，你又結下了這等強仇大敵，只怕以後的麻煩更多了。」

韋七愕了一愕，忍不住長嘆一聲，吶吶道：「這……這算是什麼，好沒來由……算我倒楣就是了。」

任風萍冷笑一聲，道：「群鷹西來，爲的是南宮平，南宮平若是從此失蹤，韋兄縱有百口，這筆帳也還是要算在『慕龍莊』頭上的。」

「飛環」韋七面色一變，望著庭園嬝嬝飄散的白霧發起呆來。

「白鷹」白勸天直待「黃鷹」胸膛起伏稍定，方自輕嘆一聲，緩緩道：「你我兄弟，已有多久未曾一齊出手了。」

黃令天沉吟道：「自從……」語聲一頓，目光忽然凝注到戰東來身上，吶吶道：「對付這樣一個少年，難道我兄弟……」

白勸天長嘆截口道：「如此勝了，固不光采，但總比讓老四他們都敗在他手下好得多！」

黃令天沉吟半晌，瞧了冷夜天一眼，只見他面上仍是未動神色，亦不知是贊成抑或是反對，迷濛的霧，繚繞在他們兄弟身形面目之間，良久良久。

「白鷹」白勸天突地厲叱一聲：「走！」

他寬大的衣袖一揚！已到了戰東來繽紛的身影邊，藍、翠、紫三鷹精神俱都一震，白勸天已自雙掌齊飛，呼地一掌，拍了過去。

他態度雖然瀟灑穩重，但動起手來，招式卻慓悍已極，「黃鷹」黃令天嘆道：「大哥今日已動了真怒，看來你我兄弟今日又要一拚生死了。」

「黑鷹」冷夜天面上，突地泛起一絲笑容，緩緩道：「正是如此。」

語聲尚未結束，他身形已加入戰團，「黃鷹」黃令天雙手垂下，調息半晌，亦自和身撲上，白勸天三招一過，突地揮手道：「散開！」

藍、紫、翠、黃、黑五鷹身形一分，避開五尺，但仍不斷以強烈的掌風，遙遙向戰東來擊去，「白鷹」白勸天掌勢一引，突地和身撲向戰東來的掌影之中，刹那間但見戰東來腳步漸亂，身法漸緩，額角上也已沁出了汗珠。

任風萍負手旁觀，緩緩道：「久聞『白鷹』壯歲闖盪江湖時，本有『拚命書生』之名，若是與人動手，不死不休，方才我見他一派儒雅之態，還不相信，此刻方知盛名之下，果無虛士。」

他語聲一頓，突又冷笑幾聲，接口道：「但是這戰東來若是死在『慕龍莊』裡，那麼——韋兄，你看崑崙弟子可會放得過你？」

「飛環」韋七鋼牙一咬，狠狠地望了任風萍一眼，恨聲道：「你如此逼我，我偏偏……」語聲未了，只聽「白鷹」白勸天又是一聲清叱：「上！」

藍、紫、翠、黃、黑五鷹身形由散而合，齊地向戰東來撲去，這一番他兄弟五人各盡全力，三招一過，戰東來敗象便呈。

「萬里流香」任風萍神態越發悠閒，口中不住冷笑，緩緩道：「天虹七鷹，果真不是庸手，再過三招，這位崑崙弟子，只怕……」

「飛環」韋七突地長嘆一聲，垂首道：「我縱然投入貴幫，又有何用，我……我已老了，不中用了，你們何苦還要這樣逼我！」

任風萍面色一沉，道：「誰逼你了?你若不願，大可不必加入。」

「飛環」韋七黯然嘆道：「反正我的身家性命，俱都已將不保，唉……」

郭玉霞卓立階前，回首道：「沉沉，你看那邊韋七愁眉苦臉的樣子，任風萍洋洋得意的神情，你倒猜猜看，他們是爲了什麼？」

石沉目光不離戰局，此刻微一沉吟，緩緩道：「今日在『慕龍莊』發生了這般事，無論誰勝誰敗，『飛環』韋七俱是不了之局……唉！江湖中恩怨仇殺的糾紛，有時的確是不大合理的。」

郭玉霞微微一笑，道：「還有呢？」

石沉一愣，道：「還有什麼？」

郭玉霞輕輕道：「今日情況之複雜，你畢竟是看不出來。」她輕嘆著接口道：「我們方入『慕龍莊』時，韋七對任風萍的神態，就不太正常，任風萍的舉止，也不像客人模樣，他此次入關，必定是有著極大的圖謀，他甚至會強迫韋七入夥，而韋七年齡大了，又有身家，雄心壯志已失，是以不大願意，但他卻又對任風萍有些畏懼，只是其中的微妙關節，我還不大清楚就是了。」

她微笑一下，又道：「戰東來身懷絕技，初入江湖，除了尋找那『破雲手』之外，自然還想乘機揚名立萬，是以他才會擺出一副惹事生非的樣子，找著『天虹七鷹』動手，他本來就看不起鏢師之流的人物，何況『天虹七鷹』又都老了，哪知事情大大出了他意料之外，他不但自己出不成風頭，還害得韋七兩面爲難，任風萍左右得利，心裡自然是得意得很。」

她語聲方了，突聽身後輕輕一笑，道：「夫人觀人心事，宛如目見，當真叫人佩服得很。」語聲清晰，彷彿發自她耳畔，她心頭一震，花容失色，霍然轉身望去，大廳中煙霧繚繞，那『紅鷹』洪哮天仍在椅上，除此之外，便無人影，她心中愈是驚震，忍不住脫口道：「誰？」

石沉愕然回過頭來，道：「什麼事？」

郭玉霞輕輕道：「方才的語聲，你難道沒有聽到麼？」

石沉面色更是惘然，吶吶道：「什麼語聲？」

郭玉霞心頭一震，搖了搖頭，轉回身去，暗暗忖道：「這難道是『傳音入密』的功夫？」秋波一轉：「這些人裡，又有誰會這種內家絕頂功夫呢？」她心中雖仍驚疑不定，但面上已漸漸恢復鎮靜。

只聽耳畔那聲音又自響起：「在下入關以來，所聞所見，只有夫人能當得上是人中豪傑，在下若能與夫人合作，何患不成大事？夫人若是也有與在下相交之心，但請輕輕頷首三次。」

石沉滿心詫異地望著郭玉霞，只見她垂眉斂目，彷彿在留心傾聽著什麼，忽然又輕輕點了點頭，微微一笑，目光中開始動起奇異的光采，石沉忍不住問道：「大……大嫂，究竟是什麼事？」

郭玉霞微笑道：「沒有什麼……」纖手忽然向前一指，石沉不由自主地順著她的指尖望去，只見戰東來身手已越來越緩，而那武林群豪的攻勢，竟也並不十分激烈，出招動掌之間，竟彷彿是多日未睡，疲倦已極，只不過在強自掙扎著而已。

霧氣更濃重了，石沉突然感覺到，這乳白色的迷霧，委實來得奇怪，他甚至不能完全分辨大廳前、庭園間眾人的面容。

漸漸，他自身也感覺一陣沉重的倦意，遍佈全身，呼吸漸漸沉重，眼簾漸漸下垂，眼前的人影，也漸漸模糊、模糊……

他心頭一驚，但這陣倦意，竟是來得如此迅快，像是浪花捲去貝殼一般，霎眼間便吞沒了他的驚覺之意。他掙扎著張開眼睛，轉目望去，立在他身側的郭玉霞刹那間便像已變得十分遙遠，他放聲大呼：「大嫂，大嫂！……」

忽然間，他發現自己的呼聲竟也是那麼遙遠，他胸膛一挺，想衝出廳外，但那白濛濛的霧氣，卻沉重地壓在他身上，壓得他幾乎難以舉步，方自衝出數尺，便「噗」地坐到地上。

朦朧中，他彷彿覺得庭園中的人影、花木，俱已被濃霧吞沒，他看不見「飛環」韋七，看不見任風萍，看不見戰東來，也看不見那「天虹七鷹」，他看得見的，只有那濃厚的白霧。

朦朧中，他忽然感覺到有一陣腳步聲，緩緩自大廳中走出。他想回頭去看一眼，但那腳步聲已走到他身畔，他只能看到一雙像是發著亮光的鞋子，在縹緲的白霧中緩緩移動著。

然後，有一陣輕蔑的笑聲，在他耳畔響起：「天虹七鷹，西來折翼，崑崙弟子，東來鎩羽……」

接著，又有一陣得意的笑聲，彷彿是那任風萍發出的，他狂笑著道：「遠山高大，飄香風雨，中原武林，白霧淒迷……」

然後，一切歸於靜寂，無比的靜寂中，石沉終於沉沉睡去，讓無邊的黑暗將他吞沒。

十　身在何處

無邊的黑暗，無邊的靜寂……

南宮平悠悠醒轉，張開眼來，卻聽不到一絲聲音，也看不到任何東西，他黯然長嘆一聲，忖道：「難道這就是死麼？」

死亡，並不比他想像中可怕，卻遠比他想像中寂寞，他伸手一揉眼簾，卻看不到自己的手掌，只有那嘆息的餘音，似乎仍在四下嫋嫋飄散著，於是他苦笑一聲，又自忖道：「死亡雖然奪去了我所有的一切，幸好還沒有奪去我的聲音。」

他不知此刻身在何處！是西天樂土？抑是幽冥地獄？

剎那間，他一生中的往事，又自他心頭湧起，他思前想後，只覺自己一生之中，活的坦坦蕩蕩，既未存害人之心，亦未有傷人之念，無論對父母、對師長、對朋友，俱都是本著「忠誠」二字去做，虛假與奸狡，他甚至想都未想過。

於是他不禁又自苦笑一下，暗中忖道：「若是真有鬼神存在，而鬼神的判決，又真如傳說

中一般公正，那麼我只怕不會落入幽冥地獄中去的，但是……」他情不自禁地長嘆一聲！

「如果這就是西天樂土，西天樂土竟是這般寂寞，那麼我寧願到地獄中去，也不願永無終止地來忍受這寂寞之苦。」

想到這永無終止的黑暗與寂寞，他不禁自心底泛起一陣顫慄。他思潮漸漸開始紊亂，忽然，彷彿有一張蒼白而絕美的面容，在黑暗中出現，在輕輕地說：「無論多久，我都等你……」

這影子越來越大，越是清晰，無論他睜開眼睛或是閉起眼睛都不能逃避，於是他驀然瞭解到「死亡」的痛苦，那象徵著一種深不可測，永無終止，無邊無際，無可奈何的黑暗、寂寞、虛空，他自覺自己全身冰冷，一種絕望的恐懼，一直透到他靈魂的深處！

他驀然翻身躍起，他意欲放聲高呼……但是，他卻只能倒在冰冷的石地上，讓這種恐怖與絕望，撕裂著他的心。

若是他再能重新獲得一次生命，他深信自己對生命將會十分珍惜，他用力拉扯著自己的頭髮，但心底的痛苦卻使得他肉體全然麻木。

突地，他聽到一絲縹緲的樂聲，自黑暗中響起，曲調是那麼淒涼而哀怨，就彷彿是群鬼的低泣。

縹緲的樂聲中，突又響起一陣淒厲的呼喚：「南……宮……平……」呼聲似是十分遙遠，又彷彿就在他耳畔。他心頭一顫，忍不住機伶伶地打了個冷戰，翻身坐起，樂聲未止，淒厲的呼聲中，又夾雜著尖銳的長笑，一字一字地呼喚著道：「你……來……了……麼……？」

又是一陣淒厲尖銳的長笑，南宮平伸手一抹額上汗珠，大喝道：「你是人？是鬼？我南宮平死且不怕，還會怕鬼？」喝聲高亢，但不知怎的，竟掩不住那慘厲的笑聲。

南宮平緊握雙拳，只聽黑暗中又道：「你不怕死？你爲什麼流下冷汗？你的心爲什麼狂跳不止？死，畢竟是可怕的，是麼？」語聲忽遠忽近，忽急忽緩，忽而在東，忽而在西。

南宮平怔了一怔，鬆開手掌，死！的確是可怕的，這一點他必需承認。

只聽那慘厲的笑聲，卻忽而又在他耳畔響起：

「你一死之後，上有父母懸念，是謂不孝，於國於人未有寸功，是謂不忠，因你之死，而使朋友毒發，武林生事，是謂不仁、不義，你不忠不孝，不仁不義，你不入地獄，誰入地獄？」

南宮平又自一怔，滿頭冷汗涔涔而落，「難道我真的是不忠不孝，不仁不義的人麼？」思忖之間，那漸漸去遠的笑聲，又緩緩飄來，正北方響起一聲厲呼：「南宮平，你死得安心麼？」

南宮平一揮冷汗，忽地正南方一聲厲呼：「南宮平，你心裡是不是在難受？在害怕？」

正西方那尖銳的笑聲，久久不絕。

正東方一個沉肅的語聲，緩緩道：「我若還魂於你，你可願聽命於我？」

南宮平心念一動，忽地長身而起，厲聲道：「你是誰？竟敢在這裡裝神弄鬼！」

黑暗中慘厲的笑聲，果然立刻變為朗聲的狂笑：「我不過只是要你知道死亡的滋味，知道死並不好受，那麼你才知道生命的可貴。」

南宮平心氣一沉，揚手一掌，向語聲傳來的方向劈去，他暗暗慶幸，自己真力並未消失，哪知一掌劈去之後，那強烈的掌風，竟有如泥牛入海，在黑暗中消失無蹤。

狂笑的聲音又自說道：「此間雖非地獄，卻也相去不遠，你雖未死，但我已數十次可取你性命，此刻若要置你於死地，亦是易如反掌之事，你既已嚐過死之滋味，想必已知死之可怕……」

南宮平忽也仰天長笑起來，截口道：「是以你便要我從此聽命於你，是麼？」

只聽黑暗中應聲道：「正是。」

南宮平哈哈笑道：「我既已死過一次，再死一次，又有何妨！要我聽命於你這種裝神弄鬼，鬼鬼祟祟，見不得人的匹夫，卻是萬萬不行。」笑聲一頓，盤膝坐下，心胸之間，忽然一片空朗。

黑暗之中，靜寂良久，這種足可驚天動地的豪勇之氣，竟使得暗中那詭異神秘的人物也為之震懾，良久良久，方自冷冷說道：「你難道情願作個不忠不孝，不仁不義之人，在這黑暗的地窖中，忍受飢寒寂寞，諸般痛苦，然後默默而死？」

南宮平不言不動，直如未曾聽到，他其實又何嘗願意死去，只是他寧可接受死亡，卻也不願接受威脅與屈辱。此時此刻，充沛在他心胸之間的，已不只是豪俠義勇之念，而是一種至大至剛的浩然正氣，正是威武所不能屈，富貴所不能淫，生死所不能移。

只聽黑暗中彷彿輕輕嘆息了一聲道：「容你考慮半日，再想想死亡的痛苦。」然後四下又變成死一般靜寂。

黑暗之中，時光雖然過得分外緩慢，但飢餓之感，卻來得特別迅快，南宮平盤膝端坐，但覺飢腸轆轆，難以忍耐，各種情感，紛至沓來，他長身而起，謹慎地四面探索一下，才發覺自己果是置身於一個與地獄相去不遠的陰森地窖中，四下既無窗戶，亦無桌椅，所有的只是黑暗與寂寞。

但是，這兩樣世間最難以忍受的事，卻也不能移動他的決定，雖然，父母的懸念、師傅的遺命、狄揚的生死、梅吟雪的等待，在在都使他極爲痛苦，但是在他心底的深處，卻有一種堅定不移的原則，是任何事都無法移動的。

也不知過了多久，南宮平忽覺鼻端飄來一陣酒肉香氣，他貪婪地深深吸了一口，飢腸便更難耐，自幼及長，他第一次瞭解飢餓的痛苦，竟是如此深邃，他闔上眼簾，暗罵道：「愚蠢，竟以食物來引誘於我。」但香氣越來越是強烈，他心下不得暗中承認，這愚蠢引誘方法，竟是如此動人心魄。

他暗嘆一聲，集中心神，想將自己的思路，自鮮魚嫩雞上引出，只聽頭頂之上飄下一陣冷笑，方才那語聲又自緩緩道：「南宮公子，飢餓的滋味，只怕也不大好受吧？」

南宮平閉目端坐，有如老僧入定，輕蔑的笑聲，咯咯不絕，他心頭怒火上湧，張目喝道：

「我志已決，任何事都不能更改萬一，你還在這裡多言作甚？」

黑暗中的語聲哈哈笑道：「我此刻已在你面前，垂下兩隻肥雞，俱是松枝燻成，肥嫩欲滴，你不妨嚐上一嚐。」

南宮平心如磐石，但生理上的慾望，卻使他忍不住嗅了一嗅，只覺香氣果然比前更爲濃烈，黑暗中的語聲大笑又道：「這兩隻肥雞之中，一隻塗有迷藥，你吃下之後，便會迷失本性，完全聽命於我，另一隻卻全是上好作料，你如有豪氣，不妨與命運賭博一下！」

南宮平忍不住伸出手掌，指尖觸處，油膩肥嫩，一陣難言的顫抖，帶著強烈的食慾，剎那間直達他心底。

他手指輕輕顫動一下，突地縮回手掌，大喝道：「我豈能爲了區區食慾，而與命運賭博！」

黑暗中笑聲一頓，良久良久，突地輕嘆一聲，緩緩道：「似閣下這般人物，不能與我攜手合作，實乃我生平憾事。」

他語氣之中，已有了幾分恭敬之意，南宮平暗嘆一聲，只聽此人接口又道：「我敬你是條頂天立地的漢子，實在不忍下手殺你，也不忍以迷藥將你本性迷失，作踐於你，是以才將你留至此刻，但我若將你放走，實無疑縱虎歸山，有朝一日，我策劃多年的基業，勢必毀在你的手裡。」他語聲微頓，又自長嘆一聲，道：「我將你困在此處，實是情非得已，但望你死後莫要怨我，我必將厚葬於你。」

黑暗中微光一閃，南宮平只聽身旁「噹」地一聲，那語聲又道：「此刻我已拋下一柄匕首，你若難耐飢寒寂寞，便可以匕首自盡，你若回心轉意，只要高呼一聲，我便來釋放你，這地窖之頂，離地五丈六寸，四面牆壁，俱是精鋼，而且只有頂上一條通路，你不妨試上一試，若是力氣不夠，你面前那兩隻肥雞，並無絲毫毒藥，你吃了也可增加力氣。」他語聲沉重而誠懇，竟似良友相勸之言。

南宮平長吸了口氣，朗聲道：「你對我人格如此尊重，縱然將我殺死，我也絕對不會怨你。」

他語聲微頓，只聽頭頂之上，忽地隱約傳來一聲極爲輕微的嬌笑和語聲：「你們這樣子，真像是良友訣別似的，但是你要知道……」語聲漸漸輕微，終不可聞。

這嬌笑和語聲，在南宮平耳中竟是異常熟悉，他心頭一顫：「是誰？是誰？……」

只聽黑暗中忽又長嘆一聲，道：「兄弟若是能在十年之前遇到閣下，你我必能結成生死不渝的好友，只可惜，唉——閣下臨死之前，若是還有什麼需求，在下一定代你做到。」

南宮平心裡只是在思索那嬌笑語聲，聞言毫不思索地說道：「方才在你身側說話的女子是誰？你只要讓我看上一眼便是了。」

一陣靜寂，那語聲緩緩道：「只有這件事麼？」

南宮平道：「正是。」

那語聲沉聲道：「難道沒有遺言遺物，留交給你的父母、朋友？你難道沒有心腹的話，要告訴你的情人？你難道沒有未了的心事，要我代你去做？你難道不想看看，這使你正值英年而死的人，究竟是誰？」

南宮平怔了一怔，忽覺一陣悲哀的浪潮，湧上心頭，他仔細一想，自己未了的心事，實在太多，但事已至此，夫復何言？

刹那間他覺萬念俱灰，沉聲一嘆，緩緩道：「什麼事都毋庸閣下費心了。」垂下頭去，瞑目而坐。

那語聲奇道：「你方才要看的人……」南宮平道：「我也不要看了。」那語聲道：「但我既已答應於你，你不妨向上看她一眼。」

南宮平只覺眼前一亮，知道此人已開啓了地窖的門戶，但是他卻仍然垂首而坐，他此刻雖然懷疑那女子是個與他有著極爲密切關係的人，但是他也不願抬頭看她一眼，因爲他不願在自己臨死之前，還對世上任何一個人生出怨恨。

又是一陣靜寂，只聽「噗」地一聲，門戶重又闔上，黑暗中忽又盪漾起一陣幽怨淒楚的樂聲，那神秘的語聲緩緩道：「遠山高大，風雨飄香，風蕭水寒，壯士不返，南宮兄，別了。」

南宮平長嘆一聲，仍然端坐未動，但是這幽怨淒楚的樂聲，卻使他心中悲哀的浪潮，澎湃洶湧，往來衝擊，他暗中低語：「別了，別了……」忽覺面頰之上，有冰涼的淚珠滑過，英雄的眼淚，不到傷心絕望之極處，怎會輕易流落？

悲哀之中，他忽地產生了一種爲生命掙扎的勇氣，伸手摸著那柄匕首，緩緩走到牆邊，用盡真力，插將下去，只覺手腕一震，四面牆壁，果然俱是精鋼所造，他悲哀的嘆息一聲，倚在牆角，只覺死亡的陰影，隨著時光的流去，漸更深重。

但是生命的終點，卻仍是那般漫長，他不願自殘得自父母的軀體，但又只覺不能忍受這種等待死亡的痛苦，又不知道過了多久，忽覺身後牆壁一軟，眼前光線一亮，他已向後倒了下去。

他一驚之下，翻身躍起，久歷黑暗的眼睛，微微一闔，瞬即張開，只見自己面前三尺處，卓立著一個白髮蒼蒼的老人，面色凝重，目光黯淡，一手舉著一枝松枝火把，一手拉起南宮平的衣袖，南宮平身軀一讓，白髮老人手掌一推，那地窖的入口密道便又關起。

南宮平呆了一呆，才發覺自己已驟然脫離了死亡的陰影，一陣不可形容的激動與狂喜，使得他木立當地，久久不知動彈。

這高舉火把的白髮老人，赫然竟是那「慕龍莊」「飛環」韋七！此刻他濃眉深皺，彷彿心事重重，對南宮平微一招手，當先走出，火把映耀處，只見這地道之中，處處俱是蛛網，腳步一落，便有一陣灰塵揚起，顯見是久未動用，但道路迂迴，有如迷宮，建築之巧妙，卻令人嘆爲觀止。

南宮平望著他高大的背影，心中充滿感激，他有生以來，情感之激動，從未有此刻這般強烈，因爲他此刻已經經歷「死亡」的痛苦與絕望。

他乾咳一聲，只覺喉頭哽咽，難以成聲，吶吶道：「老前輩……」韋七頭也不回，低沉道：「噤聲！」轉過一條曲道，忽地伸手在牆角一按，只聽「呀」地一聲輕響，一片牆壁，平空向後退開三尺，韋七口中喃喃道：「七鷹呀七鷹，莫怪我救不得你們了，我只能盡力而爲……」語聲未了，已閃身而入。

南宮平驚疑交集，方自一愕，卻見「飛環」韋七已輕輕掠出，右脅之下，挾著一個暈迷未醒的錦衣少年，沉聲道：「抱起他。」南宮平依言將這錦衣少年平平托起，心中卻更是疑惑，只見「飛環」韋七推上門戶，轉身而行，他雖仍一言不發，但眉宇之間的憂愁，卻更加沉重。

輕微的腳步聲，隨著飛揚的灰塵，在這陰森的地道中盪漾著，南宮平忍不住輕輕道：「老……」方自出聲，「飛環」韋七已沉聲道：「你毋庸對我稱謝。」

南宮平道：「但是……這究竟……」

韋七長嘆一聲，截口道：「武林之中，將生大變，關外煞星，已入中原，老夫已受其挾持，數十年辛苦掙來之基業，已眼看不保了。」

南宮平心中更是茫然不解，方待動問，韋七接口道：「你手中這少年，身懷驚人絕技，乃是『崑崙』弟子，名叫戰東來，此刻中了一種極爲奇特的迷香白霧，我也無藥可解，但再過一陣，他便會自然醒轉，你兩人俱是少年英發，前途無限，但望你們逃離此地後，待機而動，莫使那魔頭真的稱雄天下。」

他語聲之中，滿含悲懷愁苦之意，南宮平劍眉一挑，沉聲道：「此人是誰？難道……」

韋七又自不等他將話說完，便截口道：「此人不但武功高不可測，善使各種巧奪天工、妙絕人寰的迷香暗器，而且手下還有一班奇才異能之士，助桀爲惡，其中尤以『戳天奪命雙槍』，『旋風追魂四劍』兩人之武功，更是駭人聽聞，人所難擋，你我萬萬不是其人敵手。」

南宮平心念一動，脫口道：「此人可是帥天帆？」

韋七怔了一怔，彷彿在奇怪南宮平怎地知道這個名字，南宮平只見他手中火把，微微顫動，右掌一伸，又在牆角上一按，口中方自一字一字地沉聲道：「正是帥天帆！」

語聲未了，已有一片天光，筆直射入，南宮平方知已至地道出口之處，韋七黯然嘆道：「此刻我這『慕龍莊』內，不知還有幾人仍被困於地下暗獄之中，但以我之力，卻只能救出你們兩人，因爲只有那兩間暗獄，另有他們所不知的出口，幸好你兩人俱是年少英俊，別人卻已大多老朽，但望你記住老夫今日的言語，此人武功潛力，實是深不可測，你切莫輕舉妄動！」

南宮平呆了半晌，吶吶道：「韋老前輩，你……爲何不也一齊出走，靜候時機，再作復仇之舉？」

「飛環」韋七長嘆道：「我已經老了，再無雄心壯志……」

南宮平急道：「但老前輩若是留在此間，豈非甚是危險！」

韋七黯然一嘆，垂下頭去，嘴角浮起一絲苦笑，緩緩道：「老夫在西北數十年的成就，在他們眼中，仍然有用，是以他們縱然知道我將你們兩人放走，也不會奈何於我。」

他語聲頓處，驀地抬頭大喝道：「我『慕龍莊主』，誰敢叫我走！咄！」腳步一轉驀地在南宮平身後一推，喝道：「去吧！」

南宮平身不由主地衝了出去，地道出口，已漸合攏，他惶聲道：「老前輩……」只聽地道之中，一陣沉重的語聲傳出：「龍生九子，子子不同，同門兄弟，亦有虎狼……」咯地一聲，入口處牆壁完全合攏，語聲亦自斷絕，南宮平默然木立在這滿生陰苔的暗壁之前，目中不禁又流下兩滴感激的淚珠。

仰望穹蒼，星光如故，夜，彷彿已深了，這短短一日中，他出生入死，歷經寂寞、黑暗、飢餓、絕望……各種痛苦，此刻又復佇立在這自由的星空下，心中但覺充滿悲哀與感激，竟全無一絲一毫歡欣之意。

他伸手一抹面上淚痕，喃喃道：「韋七前輩，但願你長生富貴，萬事如意……」俯首望去，只見自己懷中的錦衣少年，面容雖然一片蒼白，卻仍掩不住眉宇間的英俊之態，他不禁又自喃喃道：「戰東來呀戰東來，但願你也莫要忘了這再生之恩，莫要辜負了韋老前輩的一番心意。」

他再次仰視星辰，辨了辨方向，然後向西面叢林掠去，想到那「永遠都會等著他」的梅吟雪，他沉重的心情，突地飛躍而起，但是想到那中毒已深，危在旦夕的狄揚，他飛躍的心情又不禁變得十分沉重。

遠處突然飛來一片烏雲，掩住了星光與月色，他痛苦地頓住腳步——此刻他若再去「慕龍莊」，爲狄揚求取解藥，那麼他重返自由的機會，可說近乎完全沒有，他甚至只要一躍入「慕龍莊」的庭園，生命便將不保，他雖未將自己的生死看得重於朋友間的道義，但他此刻一死，豈非辜負了「飛環」韋七冒險將他救出的心意，豈非便是對這老人不起？

但是他若空手而回，那麼昨日一切的行動，豈非就變得毫無意義，他怎能袖手旁觀仗義助他的狄揚，在毒發中死去？

他徘徊在矛盾之間，當真是左右爲難，他忽然發覺這種矛盾所帶給他心靈的痛苦，並不比他徘徊在生死之間時輕淡。

星月掩沒，大地一片黑暗，他茫然企立在黑暗中，突覺身後一隻手掌。輕輕按在他項上大椎之下的「靈台」重穴上。

這「靈台穴」乃屬人身十二重穴，與心脈相通，內家秘笈所載，謂之「人心」，縱無內家點穴身手，而被外家拳足擊傷，亦是立時無救而死，但南宮平心頭一震之後反覺一片坦然，因爲此時此刻，痛苦的「死亡」反可變作他歡愉的解脫。

他不言不動，木立當地，生像是全然沒有任何事發生在他身上，靜待著死亡來臨，哪知過了半晌，那手掌仍然是動也未動。

南宮平劍眉微皺，冷冷道：「朋友爲何還不動手？」他甚至沒有思索這隻手掌究竟是屬於誰的，這心理正和他方才在暗獄時完全一樣。

雲破一線，露出星光，將他身後的人影，映在他面前的地上，這人影輕輕晃動了一下，像是對南宮平這般神態十分奇怪，然後，南宮平突聽身後，一聲嬌笑，輕輕道：「老五，你難道真的不怕死麼？」這聲音也和他方才在暗獄中聽到的幾乎一樣。

南宮平心頭一震，霍然轉身，脫口呼道：「大嫂！」

夜色中只見郭玉霞滿面嬌笑，嫣然立在他身後，南宮平長嘆一聲，道：「大嫂，你怎地來了？」

郭玉霞玉掌一揚，嬌笑著道：「你猜猜我手掌裡握著的什麼？」

南宮平心頭一動，脫口道：「解藥？是不是解藥？」

郭玉霞嫣然一笑道：「老五果然聰明，我掌裡握著的正是解藥。」她輕輕攤開手掌，將掌心的一粒朱紅丸藥，從自己的身影中移到星光下，幽幽嘆道：「我知道你爲了這顆解藥，不惜以性命冒險，但是你終究還是沒有得到，是麼？」

南宮平黯然一嘆，垂下了頭，只聽郭玉霞接著道：「世上有許多事，本不是憑著一股蠻勁可以得到的，你知道麼？」南宮平眉梢一揚，像是想說什麼，卻始終未曾說出口來。

郭玉霞道：「我到了慕龍莊，聽到了你的事，心裡很是難受，不管你對我怎麼樣，但你畢竟還是我的師弟，我能不衛護著你麼？」她語聲既是誠懇又是關心，目中雖然閃動著難測的光芒，但南宮平卻未見到。

他又自黯然一嘆，面上漸漸泛出慚愧之色，郭玉霞凝注著他的面色，緩緩接著道：「所以我爲著你，不惜與那任風萍虛僞的周旋，終於騙得了他的解藥，又騙得他帶我到你被禁的地方，然後偷偷跑去救你，卻想不到你已先逃了出來，我替你高興，又替你發愁，沒有解藥，依你的脾氣，寧願死了也不願回去的，所以我就冒險出來追你。」

南宮平心頭既是慚愧，又是感激：「大嫂畢竟是大嫂，我險些錯怪了她！」他心中暗暗忖道：「原來她一切都是為了我們同門兄弟。」抬起頭，郭玉霞的秋波猶在凝注著他，夜色中他忽然覺得他的大哥龍飛實在是個幸福的人。

郭玉霞微微一笑，卻又輕嘆道：「你大哥與你四妹走得不知去向，你又始終與我很疏遠，老三雖然陪著我，但是他卻是個古板方正的人，一天之中，難得和我說一句話，我擔心你大哥的去向，再加上憂愁和寂寞……唉！五弟，這些事你是不會知道的。」

南宮平只覺心裡甚是難受，默然良久，吶吶道：「大嫂……我想大哥只怕已回到了『止郊山莊』，小弟我……一等辦完了一些事，也要回到『止郊山莊』去的。」

郭玉霞幽幽嘆道：「我終究是個女子，你三哥也是個不會計算的人，若是有你在一起，沿路都有個照應，但是……」

南宮平朗聲道：「小弟雖不能沿路照應大嫂，但——」他騰出一手，自懷中取出一方漢玉，垂目放在郭玉霞掌中：「大嫂拿著這方漢玉，無論走到哪裡，都可得到小弟家中店舖的照應。」

他目光不敢仰視郭玉霞一眼，是以看不到郭玉霞秋波中得意的神色，一陣微風吹過，將她身上的淡淡香氣，吹入南宮平鼻端之中。

南宮平只覺一隻纖纖玉手，忽然握著了自己的手掌，他心頭一震，腳步一退，郭玉霞已將那粒朱紅丸藥放入他的掌中，輕嘆道：「五弟，你辦完了事，不要忘了回家去看看你大嫂，假

如你看到你的大哥，也不要忘了勸他快些回家。」

她語聲中似已有了哽咽之意，南宮平更是不敢抬頭了，垂首應是，只聽她突又嘆道：「大嫂為你盡了許多心，不知道你肯不肯也為大嫂做三件事？」

南宮平怔了一怔，立刻朗聲道：「即使大嫂沒有為我做事，小弟為大嫂盡心，也是應該的。」

郭玉霞道：「你懷中抱著的這人，是『崑崙』弟子，與我們本就有些宿怨，他武功極高，只怕我們同門五人都不是他的敵手，為了永絕後患，你快為大嫂在此人死穴之上點上一指。」

南宮平雙目一張，愕了半晌，朗聲道：「若是此人對大嫂有無禮之處，待他醒來，小弟立刻與他拚死一戰，便是死在他手裡，小弟也一無怨言，但此刻他仍暈迷不醒，又是別人交託於我的，小弟便是自己死了，也不能動他一指。」

郭玉霞面色一沉，冷冷道：「你手裡還拿著大嫂拚命為你取來的解藥，就已不聽大嫂的話，以後更不知要怎麼樣了。」

南宮平變色道：「我……我……」突地將掌中解藥，交回郭玉霞手中，沉聲道：「我寧可不要此藥，也不能做這種違背良心之事。」

他方待轉首而行，哪知郭玉霞突地嫣然一笑，道：「大嫂只是試試你，看你有沒有忘記師傅他老人家的教訓，你怎麼就對大嫂認真起來。」她一面說，一面又將解藥交給南宮平。

南宮平目光一轉，只見她面上一片幽怨之色，心中不禁又是一軟，吶吶道：「只要不是這種事，以後無論赴湯蹈火，小弟都願為大哥與大嫂去做的。」

郭玉霞道：「你對大哥和大嫂，難道是完全一樣麼？」

南宮平又自一愣，卻聽郭玉霞已接口道：「只要你對大哥與大嫂真的完全一樣，大嫂也就高興了。」她忽然伸出手掌，又道：「為了今天的話，我希望你和大嫂握一握手，表示你永遠不會忘記。」

南宮平目光一垂，夜色中只見她手掌五指纖纖，瑩白如玉，心頭不知怎地忽然升起一陣警戒之意，道：「我……我……」

郭玉霞道：「難道是你在嫌大嫂的手掌太髒？」

南宮平暗嘆一聲，伸出手來，在她的纖纖玉掌上輕輕一握，方待鬆開，突覺手掌一緊，一股溫香，自掌心直傳心底。

郭玉霞柔聲道：「五弟，你切莫忘了今夜……」

南宮平只覺心頭顫動，不等她將話說完，一揮手掌，轉身如飛掠去。

郭玉霞秋波閃動，望著他身影消失在黑暗裡，唇邊又自泛起一絲奇異的笑容，黑暗中突有一條人影如飛掠出，一把抓住她的手掌，大聲道：「莫忘了今夜什麼？」目光一轉，接著大聲喝道：「你手裡握著的是什麼？」

他喝聲之中充滿憤怒與妒忌，不問可知，自是石沉，郭玉霞面色一沉，手掌一甩，冷冷道：「你是我的什麼人？你管得著我？」

石沉面色一變，大怒道：「你……你……你這……」忽地長嘆一聲，垂首道：「你對大哥，我……但是你對他……」

郭玉霞冷笑一聲，攤開手掌，道：「這玉牌是老五送給我的，有了這玉牌，我在一天之內，可以調動數十萬兩金銀，你做得到麼？」

石沉怔了一怔，面上的憤怒，已變爲痛苦，雙掌緊緊握在一處，痛苦地撕扭著，郭玉霞冷冷瞧他一眼，冷冷轉過身去，石沉突地大喝一聲，一把抓住她的肩頭，似乎要將她纖美卻豐滿的嬌軀，在自己掌中撕裂，似乎要把她冰冷的心，自她軀體之中挖出。

郭玉霞面色一變，右掌自脅下翻出，直點他「將台」大穴，但手掌方自觸及他衣衫，她滿面的殺機，突地化作了春風，嫣然一笑，柔聲道：「你要做什麼？放開我，我痛死了。」

她語聲中竟突地充滿了嬌媚而蕩人的顫抖，這種顫抖直可刺入人們的靈魂與肉體的深處，那遠比她手指還要厲害得多。

石沉面上的肌肉，似乎也隨著她語聲而顫抖了起來，終於長嘆一聲，放開了手，垂下了頭。

郭玉霞一隻手輕輕揉著自己的肩頭，蕩聲道：「痛死了，快替我揉一揉。」

石沉情不自禁地伸出手掌，在她柔軟的香肩上輕輕撫摸了起來，郭玉霞闔起眼簾，仰首舒服地嘆了口氣，如雲的秀髮，便已觸著了石沉的面頰，她輕輕將頭靠在他的肩上，輕輕道：「對了……就是這裡……輕一點……」

隨著她這盪人心魄的語聲與香氣，石沉的手掌漸漸加急，漸漸垂落……目中漸漸露出了野獸一般的慾望……

郭玉霞輕輕地扭動嬌軀，夢囈般說道：「你這呆子，你想我怎會對老五怎樣……嗯，不要……我不過是想為他們出點力就是了……嗯，輕些嘛……這裡……不……行……」

她突地向後拍了一掌，嬌軀像游魚一般自石沉的懷抱中滑了出去，石沉「哎喲」一聲！

郭玉霞嬌笑道：「叫你不要，你不聽話就要吃苦。」她一手輕撫雲鬢，咯咯嬌笑了一陣，這顫動的笑聲，使石沉忘記了痛苦，忘記了理性，伸起腰來，又想撲過去。

哪知她笑聲突地一頓，冷冷道：「你要做什麼？」她面容神情，瞬息之間，便能千變萬幻，此刻竟突地由蕩婦的媚艷，而變為聖女般的尊嚴。

石沉愣了一愣，頓下腳步，那神情卻有如三春屋瓦上的野貓，突地被人潑下一盆冷水一般。

郭玉霞上下瞧了他兩眼，心中暗暗得意，知道這少年已完全落入了自己所設的陷阱，變成了她自己的奴隸，她暗喜於自己只是稍為佈施了一下肉體，便得到了這般的收獲，於是她面色又漸漸緩和，輕嘆一聲，道：「沉沉，你該知道，我是對你怎樣的，但是你為什麼總是要讓我難受，生氣呢？」

石沉茫然立在地上，痛苦地垂下頭去，遠處風吹林木，簌然作響，似乎也在為這沉迷於肉慾而不能自拔的少年嘆息。

郭玉霞秋波一轉，緩緩道：「你跟著我，我絕對不會讓你吃虧的，只要你乖乖地聽話，不要惹我生氣，我怎麼會不喜歡你？」她面色突地一沉，接口道：「但是你要知道，我雖然喜歡你，卻也不能為了你而放棄一切，武林中有許多事卻是你不要瞭解的，為了我們今後的前途，我不能不去做許多事，你知道麼？」

石沉茫然點了點頭，郭玉霞接道：「所以我無論做什麼事，你都不能管我，你要是答應，就可永遠和我在一起，否則……」她語聲突地一頓，擰腰轉首，緩緩走了開去。

石沉牙關緊咬，以手蒙面，心頭只覺既是憤怒，又是痛苦，恨不得一拳將她活活打死，一口一口地吃下肚去，但是郭玉霞突又回眸一笑，柔聲道：「你站在那裡幹什麼？來呀，風這麼大……」

於是石沉便情不自禁地隨後跟了過去，於是那嬌柔、甜美、顫抖、得意、動人的笑聲，便又在沉沉的黑暗，一無邊際的暗夜裡盪起……

黑夜，的確為人間隱藏了不少罪惡與秘密，使得這世界看來較為美麗些，此刻在南宮平眼中，這世界便是和善而美麗的。

他只覺世上惡人雖然也有，但善良的人們卻遠為多些，在他心底深處，雖仍存有一份莫名的驚慌與震盪，但清冷的夜風，卻已使他漸漸平復起來，飢餓與疲倦，竟也無法戰勝他的狂喜與興奮，於是，黑夜中，他身形便有如流星般迅快。

他仔細地將那粒朱紅丸藥，放入一個貼身的絲囊裡，這絲囊是他離家時慈母爲他親手編織的，在他寂寞與寒冷的時候，他常會在絲囊上輕輕撫摸幾下，他雖是英雄，但慈母的針線，永遠是遊子的最好安慰。

絲囊中有一方精緻的絲帕，上面精緻的繡著一首清麗的小詩，他記得是唐時一位詩人所寫的絕句，他也清楚地記得那詩句：「江南有丹橘，經冬猶綠林，豈伊地氣暖？自有歲寒心。可以薦嘉客，奈何阻重深，運命惟所遇，循環不可尋，徒言樹桃李，此木豈無蔭？」

清麗而深含哲理的詩句，精緻而飄逸出塵的字跡與刺繡，這也是他慈母爲他放在裡面的，說是以後要介紹寫下這些詩句字跡的人與他相識。

他也曾經幻想過，那一定是個清逸的讀書人，所以他那慈祥而高貴的母親，才會如此慎重的將之放在絲囊裡，此刻他將這丸藥放入，也看出他對這小小一粒丹丸的珍重，實在遠遠超過千百粒的明珠，明珠雖無價，但怎比得上一位良友的性命？

他仔細地分辨著路途，飛快地展動著身形，片刻間便已到了西安城外，看到了那昔日繁華一世，今成荒草瓦礫的廢墟，目光一掃，只見風吹草木，四下竟無人跡，他更快地施展身形，更仔細地以目光搜索，但四下卻仍不見梅吟雪的影子。

「難道她未遵守諾言，難道她竟已走了？」他心頭一沉，朗聲道：「梅……姑娘，梅姑娘……」荒野寂寞，呼聲飄盪，便是梅吟雪已隱在別處，但只要未離此間，她也該聽到這清朗的呼聲。

但四下仍是風吹草木，一無回應，南宮平只覺自己的呼吸，似乎比晚風還要寒冷：「她既不等我，爲何要騙我？狄揚身中巨毒，難道也被她帶走了，那麼我這解藥豈非……」

他沉重的嘆息一聲，不願再想下去，只是茫然移動著腳步，烏雲破處，月光又來，一線明亮的月亮，筆直地照了下來，他目光一轉，突見這一線月光，竟赫然照在梅吟雪的臉上。

他狂喜地大喝一聲：「妳在這裡！」方待飛步奔去，卻見梅吟雪蒼白而絕艷的面容此刻竟是冰冰冷冷，癡癡呆呆，秋波中雖有光芒閃動，面目上卻無半分表情，竟彷彿被人點了穴道，又像是中了魔法，癡癡地坐在一段殘牆下面。

南宮平只覺心頭一寒，知道她必已出了意外，一步掠了過去，烏雲一過，月光又隱，晚風中寒意森森，他顫聲道：「你這是……」

話聲未了，只見梅吟雪秋波一轉，癡癡地向對面望了過去，竟再也不望南宮平一眼。

她目光瞬也不瞬，南宮平不由自主地頓住語聲，轉首望去，突見到對面約莫五丈開外，一株楊樹下，竟也盤膝端坐著一條人影，枯坐如死，一無動彈，也只有一雙眼睛，在夜色中發著光采。

他定睛注視一眼，心頭驀地又是一跳，脫口道：「葉姑娘，你怎地也來到這裡！」他再也未曾想到，白楊樹下，枯坐的倩影，竟然就是那「丹鳳」葉秋白的弟子，既冷艷、又高傲的葉曼青。

哪知葉曼青聽了他的呼聲，竟也有如不聞不問，動也不動地坐在地上，南宮平心頭大奇，將掌中托著的戰東來輕輕倚在一堵殘垣旁，目光左顧右視，只見這對面枯坐的兩個絕色女子，竟全像是中了魔似的，有如兩尊石像。

他愕了半晌，走到葉曼青身前，吶吶道：「葉姑娘，你是否被人點中了穴道？」

葉曼青秋波中閃過一絲淡淡的笑意，但仍是動也不動地坐著，也不回答他的問話，他仔細端詳幾眼，只見她仍是一身翠衫，眉宇間仍是那般高傲而冷艷，全無半分被人點中穴道的跡象。

南宮平心頭更奇，轉身走到梅吟雪跟前，只見梅吟雪狠狠地望了他一眼，似乎在怪他為什麼對別人如此關心，南宮平惶聲道：「這究竟是怎麼回事？」她也是不動不答，有如突然變得又聾又啞。

他心中驚異交集，惶然失措，四下環顧一眼，心頭突又一驚，大聲道：「狄揚呢？他在哪裡？」

梅吟雪瞬也不瞬地望著葉曼青，葉曼青瞬也不瞬地望著梅吟雪，兩人竟俱都不再望他一眼，就像是根本無視於他的存在一樣。

一時之間，南宮平望望左邊的葉曼青，又望右邊的梅吟雪，心中只覺一片混亂，竟無法清理出一個頭緒。

目光轉處，突見荒草叢中，緩緩游出一條長約一尺的青蛇，蛇身一扭，便已到了葉曼青膝旁，葉曼青目中雖現恐怖之色，但身軀仍然動也不動，荒墟之中蛇多劇毒，南宮平大驚之下，一個箭步竄了過去，疾伸右掌，抓住了蛇尾，只見蛇身一曲一折，蛇首突地反咬而上，猩猩紅舌，閃電般噬向南宮平的脈門。

南宮平雖然一身武功，但對於弄蛇一道，卻是十分外行，此刻心頭一凜，反手向後一甩，目光隨之望去，心頭不覺又是一凜，他這順手一甩，竟將這條青蛇甩到梅吟雪身上。

他肩頭一聳，身形有如脫弦之箭般隨勢撲去，那青蛇似也受了驚嚇，在梅吟雪身上微一停頓，方自緩緩向她咽喉爬去。

梅吟雪面容已駭得更是蒼白，肌肉也起了一陣陣悚慄與扭曲，目光驚惶地望著青蛇的紅信，額上已滾下豆大的汗珠，但身軀仍然動也不動。

女子怕蛇，乃是天性，膽量再大的女子，一見蛇鼠，也會駭得魂不附體，但是她寧願讓青蛇在她嬌軀上游走，寧願被駭得舌冰口冷，甚至寧願被咬上一口，也不願動彈一下身軀，這究竟是爲了什麼？

南宮平一步掠來，疾伸右掌，五指如鉤，向蛇首抓去，他方才已有經驗，此刻運勁於掌，準備將這條青蛇一抓捏死。

哪知他手掌方出，身後突地傳來一聲輕叱：「動不得。」他一驚回頭，只見那萬達已自遠處奔來，此刻猶自氣息咻咻，但面容間卻是一片凝重之色，目光緊緊盯在那條青蛇上，順手將南宮平拉在身後。

南宮平劍眉一皺，詫聲道：「你……」

萬達微一擺手，截斷了他的話，輕輕移動著腳步，一步一步地向前走去，他面色更是凝重，就像是武林豪士在生死關頭間面對著他的敵手。

南宮平見到他如此緊張的神情，知道這條青蛇果然不出自己所料，必定奇毒無比，自己方才出手若是不能一擊奏效，豈非便斷送了梅吟雪的性命，一念至此，他身上不覺出了一身冷汗。

四下寧靜如死，使得他們心跳的聲音，聽來都有如雷鳴。

那青蛇醜惡而有鱗的身軀，已漸漸滑上了梅吟雪的肩頭，紅舌閃閃，幾乎觸著梅吟雪蒼白而僵木的面容，就連坐在對面的葉曼青，目中也流露出驚怖之色，一線月光，照在蛇身那粗如松毬的鱗甲上！

萬達的腳步更輕，更緩……

南宮平雙拳緊握，任憑額上的冷汗自頰邊流下，突見那青蛇紅信又是一閃，萬達右掌倏出，其疾如風，其快如電，食、中、拇三指，一把抓住了那青蛇七寸之處，五指一緊握，重重向地上一甩，青蛇僵臥地上，再也無法動彈。

這手法不但迅快無比，而且乾淨俐落已極，南宮平雙眉展處，鬆了口氣，方待脫口稱謝，哪知萬達面色仍是十分凝重，左足一抬，自靴筒中拔出了一柄精鋼匕首，左足便疾地踏將下去，又踏在青蛇的七寸之上，他右掌亦隨之落下，刀鋒閃動，血光乍現，萬達輕叱一聲：

「退！」

他身形動處，一退五尺，南宮平微微一驚，亦自隨之退去，只見那青蛇已被斬做三段，血光激射，幾達兩尺，但蛇首居然還在蠕動，突地向上一跳！

萬達大喝一聲，掌中匕首，疾地擲出，但見銀光一閃，蛇首已被匕首釘在地上。

直到此刻，萬達才算鬆了口氣，南宮平也不禁伸手一抹額上汗珠，但梅吟雪、葉曼青卻仍是僵坐在那裡，動也不動，方才那一幕驚心動魄的情事，竟像是並非發生在她們身上。

南宮平定了定神，只聽萬達口中喃喃道：「好險……好險……」

南宮平忍不住問道：「這究竟是怎麼回事？」

萬達道：「這青蛇中原並不多見，關外人卻畏之如鬼，他們大多喚牠為『布斯馬斯忒』，也不知是藏語或是回語，此蛇之毒，無與倫比，咬上一口，瞬息便死，而且其命極長，你方才既使能將牠一掌抓死，但牠毒牙之中，還是會噴出立刻便能致人於死的毒素來，我真想不到在此地竟會見到這般毒蛇。」

南宮平長嘆一聲，心中暗暗慶幸，今日若非有這樣一個老江湖在此，事情當真不可預測，目光不禁向那毒蛇一轉道：「我並非問你此事？我問你，這究竟……」他手指向梅、葉兩人輕輕一點，接道：「這究竟是怎麼回事，還有那狄兄到哪裡去了？」

萬達自懷中取出一方白布，仔細地裹起那匕首之柄，一面在蛇屍之旁，掘起一道土坑，一面長嘆道：「我和這位梅姑娘等待著你，日光漸亮，那位狄朋友的毒勢卻教人擔心，口中不住發著囈語，身軀也不住掙扎著起來，梅姑娘本想點住他的穴道，但我怕他毒已入血，若是點住穴道，毒聚一處，無法流動，就更加危險。」

他語聲微頓，輕輕向梅吟雪瞟了一眼，輕輕又道：「我那時本想尋一較爲隱僻陰涼之處存身，等你回來，自會呼喚我們，但梅姑娘卻執意不肯，她說她曾答應在此地等你，便是等到天崩地裂，海枯石爛，也不能走開一步。」

南宮平心頭一陣溫暖，忍不住也輕輕向梅吟雪望了一眼，梅吟雪秋波恰巧望來，兩人目光相遇，南宮平心頭跳動，口中茫然道：「然後呢？」

萬達道：「等到黃昏之後，我去弄來一些乾糧食水，哪知梅吟雪竟然半點不吃，只是喝了兩口冷水，不時焦急地望著你的去路，她口中雖不說，但我自然知道她是爲了什麼著急，其實我心裡何嘗不在爲你焦慮，天黑後，我又要去尋一些柴木等生火……」

他語聲再次一頓，目光向葉曼青一轉，接道：「就在那時候，這位葉姑娘聽到了狄揚的呻吟囈語聲，循聲找來了……」他眼神四邊一轉，話聲突然放低：「這位葉姑娘，也像是爲著你來的，她一眼看到梅姑娘，面色就一變，脫口道：『南宮平，你受了傷麼？』她一定猜出了梅姑娘是誰，也以爲跟著梅姑娘在一起的一定是你。」

南宮平不禁又暗嘆一聲，心頭卻不知是該覺溫暖，抑或是該覺茫然，他極力控制著自己想向葉曼青望一眼的欲望，卻又忍不住望了一眼，於是又有兩道眼波相遇，南宮平心房一跳，茫然道：「然後呢？」

然後——萬達乾咳一聲，輕輕道：「梅姑娘就冷笑著問她是誰？兩人……咳咳……兩人言語之間，立刻衝突了起來……咳咳……」他不住乾咳，顯見是言不盡意，但語氣神色之間，卻不啻說出梅、葉兩人之衝突，不過俱是爲了南宮平而已。

南宮平暗嘆一聲，茫然道：「然……後……呢……」他自也聽出了萬達的言下之意。

萬達道：「兩位姑娘在那裡說話，我自然不敢插嘴，也不便過來留意傾聽，到最後只聽得……咳咳……」他目光又自左右一轉。

南宮平忍不住脫口問道：「說什麼？」

萬達道：「我只聽梅姑娘冷笑說：『不錯，我年紀已有三四十歲了，自然可做你的老前輩，現在我要教訓你這後輩的無禮。』」

南宮平劍眉一皺，暗中奇怪：「如此說來，葉曼青既已稱她爲『老前輩』，她爲何還說葉曼青無禮？」他雖然聰明絕頂，卻也猜不到女子的心理，想那葉曼青若是口口聲聲以年齡來提醒梅吟雪，說她不過只能做南宮平的「老前輩」而已，梅吟雪焉能不怒？

心念一轉，萬達已接口道：「於是葉姑娘自然也……也發起怒來，這時狄揚又是一陣掙扎，我連忙去照顧著他，等他略爲平息，她們兩位姑娘又爭吵兩句，最後葉姑娘冷冷道：『江湖中人都稱你爲「冷血妃子」，想必你心緒性格，必定十分冷靜鎮定，我就與你一較坐功好了，無論在任何情況之下，若是誰稍有動彈，便算輸了。』」

南宮平心頭一動，暗忖道：「這葉曼青當真聰明絕頂，她與『丹鳳』葉秋白在華山絕頂，那等陰寒冷僻處枯困十年，別的不說，單只這坐功一訣，自比別人勝上三分。」心念至此，忍不住瞧了梅吟雪一眼，輕輕道：「她答應了麼？」

萬達緩緩道：「梅姑娘怎會不答應呢？……」話聲未了，南宮平突地想到，梅吟雪在那黝黯、陰森、狹窄的棺木中所渡過的十年歲月，這十年中的寂寞與痛苦，是需要多麼深邃的忍耐與自制才能度過？那麼靜坐較技之事，又怎能難得倒她？

一念至此，南宮平不禁長嘆一聲，目光各各向梅吟雪與葉曼青掃了一眼，忖道：「內功之中，『坐』字一訣，本是上乘心法，若是換了別的女子，互較『靜坐』，勝負之判，本自並不需要若干時光，飢餓、寒冷、黑暗、恐懼、寂寞……這些因素姑且不去說它，就說在如此陰森冷僻之地，隨時可以發生之一些變化，足以使任何女子難以保持鎮靜，但這兩個女人經歷自與人不同，性格更是與人大異，以她們所經歷，所忍受的一些事看來，一日兩日之內，誰也不會動彈一下。」

萬達突見南宮平面色大變，忽而欣喜、忽而感慨、忽而欽慕、忽而憂鬱，心中不覺大奇，忍不住頓住語聲。

突聽南宮平長嘆道：「她們這一比，真不知比到何年何月才會歇手。」

萬達雙眉一皺，輕輕道：「這且不去說它，兩位姑娘中，無論是誰輸了，只問你該當如何是好？」

南宮平呆了一呆，吶吶道：「那該怎麼辦呢？」

萬達嘆道：「怎麼辦呢？」

南宮平目光茫然凝注著遠方，萬達目光茫然凝注著南宮平，突聽南宮平大聲道：「那麼我那狄揚兄到哪裡去了？」

萬達沉聲嘆道：「萬里流香任風萍那銀鎚之上所施的毒藥，其毒的確駭人聽聞，不但能奪人性命，而且能迷人心智，那位狄朋友一日以來，一直有如瘋癲一般，星光初昇後，他更像是發起狂來，我一面要留意著梅姑娘的動靜，一面又要照顧著他，本已心難二用，到了梅姑娘與葉姑娘一訂下這奇異的比武之法，我心神一震，那位狄朋友突然掙開我的手掌，騰身而起，如飛一般向黑暗中奔去。」

南宮平面色一變，急道：「你們難道沒有趕緊追去麼？」

萬達道：「梅姑娘已與葉姑娘開始坐功較技，連動都不會再動一動，自然不會追去。」

南宮平變色道：「你呢？」

萬達嘆道：「我當時無暇他顧，立刻全力追去，哪知那位狄朋友身上雖中劇毒，身形之快仍是駭人聽聞，亦不知是因他輕功本就高妙，抑或是因毒性所催，我雖全力狂奔，但不到盞茶時分，便已連他的身影都無法看見。」

南宮平雙拳緊握，狠狠看了梅吟雪一眼，道：「你追不上他，便自管回來了，是不是？」

萬達嘆道：「我追不上他，實在無法可想，到處呼喚一陣，只得回到這裡，正巧看到那條青蛇。」

南宮平大喝一聲：「他是向哪邊去了？」

萬達手指向西一指，南宮平道：「帶我去。」

他伸手一拉萬達的手腕，向西面沉沉的夜色如飛奔去。

萬達只覺一股大力牽引著他，使他不由自主地向前奔去，心中不禁暗嘆忖道：「一別經年，想不到他武功竟有如此進境，只是……唉！也想不到他外表看來，雖然較前鎮定冷靜，但對人對事的熱情衝動，卻仍和以前一模一樣。」

他幾乎連腳尖都未接觸到地面，便已奔出數十丈開外，回首望去，烏雲又濃，梅吟雪與葉曼青的身影都已看不到了。

於是夜更靜寂，梅吟雪、葉曼青，情不自禁地向南宮平身形隱去的方向瞟了一眼，立即轉回目光，互相凝注，她兩人外貌雖然有如靜水，心緒卻彷佛狂瀾，寒冷的夜風，吹過來，又吹過去……

風寒露冷，她兩人對坐之間的空地上，那始終暈迷著的戰東來，突地開始輕輕的轉側，梅吟雪、葉曼青兩人，誰也不知道這一身錦衣的少年究竟是誰？是病了？抑或是受了傷？是南宮平的仇敵？抑或是南宮平的朋友？

只見他轉側幾下，忽然一躍而起，彷佛一隻中了箭的兔子似的，驚惶而奇怪，他手覆眼簾，四望一下，望見了梅吟雪與葉曼青，面上的神情，更是奇怪，一雙眼睛，也大大地睜了起來，脫口道：「這是什麼地方？我怎會在這裡？」

月黑風清，四野荒寂，一覺醒來，突然發覺自己身置此間，身旁竟坐著兩個國色天香的絕色女子，面色一片木然，四道眼神也木然望著他，對於他的問話，誰也不曾答理，就像是根本未曾聽到似的，他縱然心高膽大，此刻也不禁心驚肉跳，疑神疑鬼，呆了半晌，身軀一轉，高喚道：「玉兒，丹兒……」突又回轉身來，大聲道：「這究竟是什麼地方？我究竟怎會到了這裡？」

雲破雲合，月去月來，大地忽明忽暗，風聲忽輕忽重，但這兩個美到極點，也神秘到極點的絕色女子，卻仍然動也不動，甚至連秋波都不再望他一眼，戰東來心底忽地升起一陣寒意，「莫非我撞著了鬼麼？否則怎會好生生地就從『慕龍莊』到了這裡？」

他乾咳一聲，身形急轉，流星般向遠方掠去，梅吟雪、葉曼青心頭不約而同地爲之一震：「這少年好高明的輕功。」兩人俱在心中暗暗稱奇，但想到他方才的神情，卻又不禁暗暗好笑。

哪知方過半晌，只聽身側又是一聲乾咳，這錦衣少年背負雙手，目光亂轉，竟又緩步走了回來，仔仔細細地向梅吟雪瞧了幾眼，又仔仔細細地向葉曼青瞧了幾眼，走到梅吟雪身旁，俯下頭來，一連乾咳了幾聲，又道：「喂，喂，喂……你可聽到我說話麼？」

梅吟雪既不偏頭，也不轉目，戰東來既偏頭，又轉目，上上下下又瞧了她一遍，背負著手，走到葉曼青身旁，俯下頭來，道：「喂，喂，喂……」葉曼青也不偏頭，但她兩人目光之中，卻已都有了怒意，這少年言語舉動，怎地如此輕狂無禮。

只聽他突地大喝一聲：「喂。」這一聲大喝，中氣充沛，聲如鐘鼓，梅吟雪、葉曼青只覺心頭齊地一震，她兩人之鎮定冷靜，雖然超人一等，但眼皮卻也不禁爲之劇烈地動了一下。

戰東來仰天笑道：「原來你兩人並非聾子，哈哈……我本來還在爲你兩人難受，年紀輕輕，漂漂亮亮，若真的是聾子啞巴，豈非教人可惜得很！」他笑聲一頓，面色一沉，冷冷道：「你兩人既然不聾不啞，怎麼不回答本人的話，難道是不願理睬本人？難道是瞧不起本人麼？」

梅吟雪、葉曼青只覺這少年武功雖高，人物亦頗英俊，但神情語氣，卻當真狂傲可厭已極，兩人心中怒氣更盛，但兩人仍俱都未曾動彈。

戰東來負手走了幾步，望了望梅吟雪，又轉身望了望葉曼青，目光連轉數轉，忽又仰天大笑起來，道：「好好，我知道了，只怕是老天憐我一人孤身寂寞，特地送來了兩個美嬌娘給我。」他一望梅吟雪：「是麼？」又一望葉曼青：「是麼？」又哈哈笑道：「想來是不錯的了，你兩人不是都默認了麼？」

梅吟雪強忍怒氣，只希望葉曼青快些動一下，她好跳起來教訓這輕浮、狂傲、可厭的少年一番。

葉曼青瞬也不瞬地望著梅吟雪，更希望梅吟雪快些動一下，兩人你望著我，我望著你，怒火幾乎燒破了胸腔，但兩人誰也不肯先動一下。

戰東來突地一拍額角，頓住笑聲，兩條眉毛，緊緊皺到一齊，像是十分煩惱地長嘆著道：

「老天呀老天，你對我雖厚，可是又太惡作劇了些，這兩人俱是一般漂亮，你叫我如何是好，我只有一個身子，她兩人總要分一妻一妾，一先一後的呀！那麼誰作妻？誰作妾？誰是先？誰是後呢？」

他裝模作樣，喃喃地自語，搖搖晃晃地走過來，伸手一摸葉曼青的嬌靨，長嘆道：「這麼年輕，這麼漂亮，教我怎捨得以你作妾，教我怎忍心要你先等一等呢？」他又裝模作樣，喃喃自語，搖搖晃晃地走過去，在梅吟雪嬌靨上摸了一下，道：「可是，這個又何嘗比那個有差呢？」

梅吟雪、葉曼青，目中幾乎要噴出火來，她兩人誰也不看戰東來，只是狠狠地彼此望著對方，只希望自己能看到對方先動一下。

南宮平心中既是憤怒急躁，又是害怕擔心，他一面拖著萬達放足狂奔，一面恨聲道：「她怎地如此糊塗，竟教狄兄一人走了，明明知道狄兄中毒已深，明明知道我拚死去取解藥，唉！我若是尋不到狄兄……唉！狄兄的性命豈非等於送在她們手上。」

他越奔越遠，越奔越急，萬達道：「公子，她們兩個姑娘家坐在那裡，只怕……只怕有些危險吧。」南宮平腳步一緩，突又恨聲道：「那麼狄兄的性命又該如何？」肩頭一聳，如飛前掠。

萬達嘆道：「無論是誰？若能交到你這種朋友，實在是件幸運的事。」

南宮平道：「狄兄爲了我，才會身中劇毒，而……而現在，他……他……他……唉！我還能算做別人的朋友？我……我簡直……」他語聲急憤惶亂，已漸語不成句，他雖然輕淡自己的生死，但想到別人的生死，目中卻已急得流出淚來。

萬達默然半晌，忍不住道：「世上萬人之中，若有一人有你這樣的想法，這世界便要安樂得多了。」他語聲頓處，四望一眼，只見四野更顯荒涼。

南宮平引吭大呼道：「狄兄，狄兄你可聽得到小弟的聲音麼？」

萬達嘆道：「他神志現在已然昏迷，你便是在他耳畔呼喚，也無用處。」

南宮平長嘆道：「那怎麼辦呢？難道……」

萬達道：「此刻夜深暗黑，要想尋人，實是難如登天，他中毒雖深，但我已爲他護住心脈，一日半日之間，生命絕對無妨，你我不如先回去勸那兩位姑娘放手，她兩人本無仇怨，你的話她們只怕會聽從的，等到明日清晨，我們四人再分頭尋找。」

他腳不沾地，奔行了這麼久，實在已極爲勞累，此刻說話之間，也已有些氣喘。

南宮平微一沉吟，腳步漸漸放緩，道：「但……但……」突地一聲「喂」字，遠遠傳來，風聲之中，這一聲呼喚雖似極爲遙遠，但喝聲內力充沛已極，入耳竟十分清晰。

兩人驀地一驚，對望了一眼，南宮平道：「什麼人？」

萬達道：「什麼人？」

兩人同時開口，同時閉口，忽然同時轉身向來路奔回，飛掠一段路途，又有一陣大笑之聲隨風而來。萬達不由雙眉深皺。

南宮平道：「果然不出你所料，深夜之間，她們兩個女子，若是遇著變故……」

萬達道：「這兩位姑娘俱是一身絕技，真要遇著意外之變，難道她們還會爲了爭那一口氣而呆坐不動麼？」

南宮平長嘆道：「這兩人的心性，有時卻不能以理而喻……」

語聲未了，又是一陣大笑聲傳來，南宮平鬆開手掌，道：「我先去了！」

最後一字落處，他身形已在十丈之外，他提起一口真氣，接連十數個起落，便已到了梅吟雪、葉曼青的存身之地，閃目望去，只見他方才自「慕龍莊」抱出的那錦衣少年戰東來，此刻正站在梅吟雪身前，輕輕地撫摸著梅吟雪的鬢髮，口中咯咯笑道：「好柔軟的頭髮，真像綢子一樣光滑，我不知幾生修到……」

南宮平劍眉軒放，熱血上湧，大喝道：「戰東來，住手！」

戰東來正是神魂飄盪，只覺這兩個女子目中的怒氣，反而增加了她們的嫵媚，他暗道若是她兩人真的厭惡自己，爲何不動手掙扎，而只是動也不動地默默承受。

這一聲大喝，使他心神一震，霍然轉身，只見一個面目陌生的英俊少年，已如飛掠來，他又驚、又怒、又奇，厲聲道：「你是誰？怎會知道本人的名字？」

南宮平立定在他身前，目光如刃，沉聲道：「我自『慕龍莊』將你抱來此地，自然知道你的名字。」

戰東來怔了一怔，道：「你將我抱來……」

南宮平道：「你身中迷香之毒，昏迷不醒，若非韋七將你救出，你此刻生死實在難以預料。」

戰東來詫聲道：「身中迷香之毒？……韋七將我救出……」

南宮平怒道：「正是，你方離險境，怎地就對陌生的女子如此輕薄？」

戰東來微一搖手，道：「且慢且慢，這件事本人真有些弄不明白，如此看來，這兩位姑娘難道是你的朋友麼？」

南宮平面寒如水，道：「正是。」

戰東來哈哈笑道：「難怪你如此著急，不過……你且放心，本人素來寬大爲懷，你既說曾經有助於我，她兩人又是你的朋友，本人何妨分你一個，別的事過後你再向我解釋好了。」

這人言語間當真狂傲、無恥、可厭！

南宮平再也想不到是發自如此英俊的少年口中，他氣得全身都似已發抖起來，緊握雙拳，道：「這些話難道是人說的麼，你難道心中一絲都不覺得此話的卑鄙、無恥。」

戰東來面色一沉，厲聲道：「你說什麼？」

南宮平一字一字地沉聲道：「我要替你的父母師長，教訓教訓你這無恥之徒。」

戰東來雙目一翻，冷笑道：「你教訓我，好好……」雙手一負，仰面望天。

南宮平大喝道：「好什麼？」向前微一踏步，呼地一掌，向戰東來面頰之上劈了過去，他這一掌既無招式，亦無部位，實是怒極之下，隨手擊出，就一如嚴父之責子，嚴師之責徒。

戰東來哂然一笑，這狂傲的少年，怎會將這一掌看在眼裡，隨手一撥南宮平的手腕，冷笑道：「憑這樣的——」

哪知他語聲未了，突覺一股強烈的勁力自對方掌上發出，他再也未曾想到發出如此招式的人，掌上竟會有這般強勁的真力，只覺自掌至臂、自臂至肩、自肩至胸，驀地一陣震盪麻木，身不由主地，向後退出數步。

爲了「飛環」韋七的叮嚀與託咐，南宮平本無傷人之心，但戰東來面上的輕蔑與冷哂，卻使他無法忍受，當下輕叱一聲，身形隨之撲上，左掌扣拳，右掌斜擊，左拳右掌，一正一輔，疾如飄風般攻出七招，招招都不離戰東來前胸後背，肩頭腰下三十六處大穴那方寸之處。

戰東來右臂麻木未消，但身形閃動間，不但將這七招全都閃開，左掌亦已還了七招，兩人心頭俱都一凜，不敢再有絲毫輕視對方之意，此刻那「無孔不入」萬達已自隨後趕來，但見一片拳勢掌影，在夜色中飛舞飄迴，哪裡還能分辨出他兩人的身形招式。

他一生之中，走南闖北，武功雖不高，見識卻不少，此刻見這兩人轉眼之間便已拆了百餘招，心頭不覺暗暗心驚，只苦於對兩人拳招掌法中的精妙處，完全不能領會，亦不知兩人之間，究竟誰已佔了上風。

梅吟雪、葉曼青面色凝重，四道秋波，卻已開始隨著南宮平的身形轉來轉去，突聽戰東來一聲大喝，右掌一穿，掌勢如龍，加入了戰圈，他本以單掌對敵，此刻雙掌連環，掌式更是連綿不斷。

萬達望了望梅吟雪、葉曼青兩人的神色，心頭不禁為之一驚，暗忖道：「這兩人面上神色俱已大變，難道是南宮平已將落敗了麼？」

一念至此，他只望這兩人其中能有一人出手相助，轉念忖道：「此時此刻，這兩人其中若有人一出手，那麼她必定將南宮平的安危，看得比自己還重，但這兩人俱是冷若冰霜的女子，怎會有這般熱情？」

他焦急地在心中往復思忖，突聽南宮平一聲清嘯，雙掌齊飛，身形躍起！

萬達心中一喜：「他此番施出師門絕藝，瞬息間便可反敗為勝了。」

梅吟雪、葉曼青面色卻齊地大變，同時驚呼了一聲，雙臂一振，閃電般向戰東來撲去。

原來南宮平數日奔波勞苦，真力早已不濟，招式之間的變化，便也變得遲緩而生澀，他這一招「潛龍升天」施將出來，實是急怒之下，要與對手同歸於盡的招式，但梅吟雪、葉曼青旁觀者清，知道以他此刻的真氣體力，這一招施展出來，卻是凶多吉少。

戰東來冷笑一聲，腳步微錯，直待南宮平身軀離地五尺，他亦自清嘯一聲，方待飛躍而起，哪知就在這剎那之間，突覺身左、身右齊地飛來兩條人影，擊來兩股掌風，他大驚之下，雙臂迴掄，身軀的溜溜的一轉，有如陀螺一般滑開七尺。

此刻南宮平已自撲下，他雙掌斜分，手指箕張，身形有如流星下墜，這一招他引滿而發，戰東來突地退去，他便已收勢不及，方待挺胸昂首迴臂反掌，以「神龍戲雲」之勢，轉旋身形，哪知他雙掌乍翻，已有兩股柔和的掌風，托住他左右雙臂，他真氣一沉，便已輕輕落到地上。

只見梅吟雪、葉曼青四道秋波，齊地瞟了他一眼，突又齊地擰轉嬌軀，向戰東來撲去，這眼波之中，充滿關切的深情。

十一 多情多愁

南宮平心中只覺萬念奔騰，紛至沓來。

這兩個性情孤僻，冷若冰霜的女子，黑暗卻不能使其動心，毒蛇也不能使她們驚懼，即使是生死俄頃，她們仍然靜如山嶽，甚至連別人的輕薄與侮辱，她們都已忍受，但此刻南宮平的安危，卻能使她們忘去一切。

萬達目光望處，心中亦不覺大是感嘆，他雖在暗暗爲南宮平感到幸福，但老經世故的他，卻又似在這幸福中隱隱感到重重陰影。

感嘆聲中，梅吟雪、葉曼青兩條婀娜的身影，已有如穿花蝴蝶般將戰東來圍在中間，她兩人實已將這狂傲而輕薄的少年恨入切骨。

此刻四隻瑩白的纖掌，自是招招不離戰東來要害。

戰東來心神已定，狂態又露，哈哈笑道：「兩位姑娘真的要與我動手麼，好好，且待本公子傳你幾手武林罕見的絕技，也好讓你們口服心服。」

他笑聲開始之時雖然狂傲高亢，但卻越來越是微弱，說到最後一字，他已是面沉如水，再也笑不出來。

只因他這狂笑而言的三兩句話中，已突然發覺這兩個嬌柔而絕美的女子，招式之間的犀利與狠毒。

只見她兩人衣袂飄飛，鬢髮吹拂，纖纖的指甲，更不時在或隱或現的星光下閃動著銀白色的光芒，像是數十柄驚虹掣電般的利劍一樣，十數招一過，戰東來更是不敢有半點疏忽，數十招一過，他額上不禁沁出汗珠。

梅吟雪右掌一拂，手勢有如蘭花，卻疾地連點戰東來「將台」、「玄機」、「期門」、「藏血」四處大穴。

這四處大穴分散頗遙，然而她這四招卻似一齊點下，讓人分不出先後，戰東來擰腰甩掌，連退五步，只見她左掌卻在輕撫著自己鬢髮絲，嫣然一笑，道：「葉妹妹，你看這人武功還不錯吧，難怪他說起話來那麼不像人話。」

葉曼青怔了一怔，右掌斜劈，注指直點，攻出三招，她想不出梅吟雪此話有何含義，只是冷冷「嗯」了一聲。

梅吟雪嬌軀一轉，輕輕一掌拍在戰東來身左一尺之處，但戰東來若要閃開葉曼青的三招，身軀卻定要退到梅吟雪的掌下，他心頭一愣，雙臂曲掄，的溜溜的滑開三尺，堪堪避開這一掌。

梅吟雪手撫鬢髮，嬌笑著道：「他武功既然不錯，葉妹妹，你就避開一下，不要在這裡礙手礙腳好嗎？」

葉曼青柳眉一揚，銀牙暗咬，揚臂進步，一連攻出七招。梅吟雪咯咯笑道：「好武功，好招式——好妹妹，我可不是說你武功不行，但是你要對付他『崑崙』朝天宮傳下來的功夫，可真是還差著一點，你不如聽姐姐的話，退下去吧！」

笑語之間，又自輕描淡寫的攻出數招，但招招俱都犀利狠毒已極，有時明明一掌拍向空處，卻偏偏是戰東來身形必到之處，有時明明一掌拍向東邊，但落掌時卻已到了西邊。

戰東來心頭一凜：「這女子究竟是誰？如此狠毒的招式，如此狠毒的目光，竟已看出了我的師門來歷。」突地清嘯一聲，身形橫飛而起，他情急之下，畢竟施出了「崑崙」名震天下的飛龍身法。

梅吟雪又咯咯一笑，道：「好妹妹，你既然不聽姐姐的話，姐姐只有走開了。」話聲未了，她身形已退開一丈開外。

南宮平霍然一驚，沉聲道：「你這是做什麼？」

梅吟雪滿面嬌笑，道：「兩個打一個，多不好意思，讓她先試一試，你擔心什麼。」

南宮平面寒如冰，再也不去理她，目光凝注著戰東來身形的變化，只見他身軀凌空，矢矯轉折，有時腳尖微一沾地，便又騰空而起，有時卻根本僅僅藉著葉曼青招式掌力，身形便能凌空變化，就在這剎那之間，葉曼青似乎已被他籠罩在這種激厲奇奧的掌法之下。

但數招過後，葉曼青身法仍是如此，雖落下風，未有敗象，她雙掌忽而有如鳳凰展翼，忽而有如丹鳳朝陽，腳下看來未動，其實卻在時時刻刻踩著碎步，步步暗合奇門，卻又步步不離那一尺方圓。

梅吟雪雙眉微微一皺，似乎在奇怪她竟能支持如此長久而不落敗，但秋波轉處，又嫣然笑道：「原來『丹鳳』葉秋白還教了她一套專門對付這種武功的招式步法，但是葉秋白只怕也不會想到，她並未用這招式來對付『神龍』弟子，卻用它來對付了『崑崙』門下。」

南宮平冷「哼」一聲，仍未望她一眼。

萬達悄悄走來，道：「葉姑娘只怕——」

南宮平道：「即使以二擊一，我也即將上去助她。」

萬達偷偷望了梅吟雪一眼，只見她面上突然地泛起一陣黯然的神色，垂下頭來幽幽嘆道：「你放心好了，我……我……」突地一個箭步竄了出去，揚手向戰東來拍出一掌。

葉曼青此刻已是嬌喘微微，力不勝支，戰東來攻勢主力，一經轉到梅吟雪身上，她便暗嘆一聲，退開一丈，呆呆地望著戰東來的身形出起神來。

南宮平瞧她一眼，似乎要走到她身旁，但終未抬起腳來。

萬達長長鬆了口氣，低聲道：「難怪『孔雀妃子』名震天下——」他話雖未說完，但言下之意對梅吟雪的武功欽佩得很。

葉曼青暗自黯然一嘆，緩緩垂下頭去，星月光下，滿地人影閃動，彷彿是春日餘暉下，迎風楊柳的影子，她再次嘆息一聲，轉過身去，緩步而行。

南宮平輕喝道：「葉姑娘——」一步掠到她身旁，接口道：「你難道要走了麼？」

葉曼青仍未抬起頭來，緩緩道：「我……我要走了。」

南宮平道：「但家師——」

語聲未了，突聽梅吟雪輕叱一聲：「住手！」

南宮平、葉曼青一齊轉過身去，只見戰東來方自攻出一招，聞聲一怔，終於頓住身形，縮手回掌道：「什麼事？」

梅吟雪輕輕一撫雲鬢，面上突又泛起嫣然的嬌笑道：「我與你無冤無仇，你和我拚命做什麼？」

戰東來滿面俱是詫異之色，呆呆地瞧了她幾眼，只見她明眸流波，巧笑倩兮，似乎正在含情脈脈地望著自己，不禁伸手一拍前額，大笑道：「是呀，你和我無冤無仇，我和你拚命做什麼？」

他一面大笑，一面說話，手掌卻偷偷擦了擦額上的汗珠。

梅吟雪嫣然笑道：「我們兩人非但不必拚命，而且像我們這樣的武功，若是能互相傳授一下，江湖上還有誰是我們的敵手？」

她口口聲聲俱是「我們」，聽得南宮平面色大變。

戰東來卻已變得滿面癡笑，不住頷首道：「是呀，我們若是能互相傳授一下——哈哈，那

太好了，那簡直太好了。」

梅吟雪笑道：「那麼我們為什麼不互相傳授一下呢？」

戰東來大笑道：「是呀，那麼我……」

南宮平忍不住厲叱一聲：「住口！」

梅吟雪面色一沉，冷冷道：「做什麼？」

戰東來雙眉一揚，雙目圓睜，大喝道：「做什麼，難道你——」

梅吟雪截口道：「不要理他。」目光冷冷望了南宮平一眼，道：「我和你非親非故，我的事不用你管，龍布詩的遺命，更與我無關，你還是與你的葉姑娘去替他完成遺命好了。」

南宮平木然立在地上，牙關緊咬，雙拳緊握。

只見梅吟雪向戰東來嫣然一笑，道：「我們走，先找個地方吃些點心，我真的餓了。」

戰東來面上亦自升起笑容，道：「走！」兩人對望了一眼，對笑了一笑，一齊展動身形，掠出三丈，戰東來卻又回首喝道：「你若要尋我比武，好好回去再練三年，那時大爺還是照樣可以讓你一隻手。」話聲未了，他身形早已去遠，只有那狂傲而充滿得意的笑聲，還留在黑暗中震盪著。

南宮平木立當地，只覺這笑聲由耳中一直刺入自己的心裡，刺得他心底深處都起了一陣顫抖，他握緊雙拳，暗暗忖道：「梅吟雪，梅冷血，梅吟雪，梅冷血……」心頭反來覆去，竟都是這兩個名字，再也想不到別的。

葉曼青目送著梅吟雪的身影遠去，突地冷「哼」一聲，道：「你爲什麼不去追她？」

南宮平長嘆一聲，口中卻冷笑道：「我爲什麼要去追她？」

葉曼青冷冷道：「好沒良心的人。」袍袖一拂，轉過臉去。

南宮平怔了一怔，呆望著她，心中暗問自己：「我沒有良心，她如此對我，還是我沒有良心……」突見葉曼青又自回轉頭來，道：「她對你好，你難道不知道？你難道根本沒有放在心上？」

南宮平怔了半晌，緩緩道：「她這是對我好麼？」

葉曼青冷「哼」一聲，道：「她若是對你不好，怎會對你的安危如此關心，什麼事都不能叫她動彈一下，但見了你……咳咳……」話聲未了，忽然想起自己何嘗不是如此，輕咳兩聲，垂下頭去，如花的嬌靨上，卻已泛起兩朵紅霞。

南宮平終於忍不住長嘆一聲，心中實是紊亂如麻，梅吟雪往昔的聲名，以及她奇怪的生性，奇怪的處世與待人的方法，使得他無法相信她對自己的情感，也因爲這相同的理由，使得他不能原諒她許多他本可原諒她的事。

這是一種極爲複雜的情感，也正是人類情感的弱點，他無法向別人解釋，也不能對自己解釋。

爲了她沒有好好的照顧狄揚，爲了她故意對葉曼青的羞侮，她雖然也曾故意以冷漠來對待他，但是正直無私的南宮平陷入了感情的糾紛後，也不禁變得有些自私起來，他只想到：「我並未如何對她，她為何要對我如此？」

於是他不禁長嘆著道：「她為什麼要這樣對我？她為什麼要這樣對他？」

葉曼青一整面色，抬頭道：「你可知道她是如何喜歡你，見了有別的女孩子找你，就……就……」她故意作出十分嚴肅之態，接口道：「她卻不知道我來找你，只是為了我曾答應令師。」

南宮平思潮一片紊亂，亦不知是愁、是怒、是喜，忽而覺得梅吟雪所做的事，件件都可原諒，只是自己多心錯怪了她，便不禁深深譴責自己，但忽而又覺得她所作所為，畢竟還是有些不可原諒之處，於是他就想到她對戰東來的微笑，於是他心底開始起了陣陣刺痛……

唉！多情少年，情多必苦。

暖風瑟瑟，烏雲突散，大地一片清輝，老經世故的萬達，一直冷眼旁觀著這些少年兒女的情愁困擾，想起自己少年時的氣短情長之事，心中又何嘗不在暗暗感嘆、唏噓。

他深知多情少年墮入情網時情感的紛爭紊亂，是以他並不奇怪南宮平此刻的惶然失措，忽憂忽喜的神態，他只是對葉曼青的幽怨、愁苦，而又無可奈何，不得不為梅吟雪解說的心境極為同情，因為他已瞭解這少女看來雖冷酷，其實也是多情。

於是他忍不住沉聲嘆道：「梅姑娘雖然走了，但她只不過是一時激憤而已，只可憐那狂傲而幼稚的少年，勢必要──」

南宮平冷「哼」一聲，截口道：「無論戰東來多麼狂傲幼稚，她也不該以這種手段來對付別人。」

萬達嘆道：「話雖如此，但……」

他語聲方一沉吟，南宮平突地大喝一聲：「葉上秋露！」

萬達一怔，吶吶道：「葉上秋露，可就是——」

南宮平道：「就是家師留下給我的寶劍，我一直放在狄揚身旁。」他一直心緒紊亂，加以遭遇奇變，直到此刻，方才想起那口利劍。

萬達怔了半晌，吶吶道：「狄揚狂奔而去的時候，他手中似乎有光芒閃動……」

南宮平猛一頓足，道：「走，我若……」

葉曼青目光霍然轉了過來，冷冷道：「你要到哪裡去？」

南宮平道：「我……」

葉曼青根本不等他回答，截口又道：「無論你要到哪裡，先看了你師傅的留書再去也不遲。」

南宮平嘆道：「家師的留書，莫非已在姑娘身邊？」

葉曼青緩緩自懷中取出一封信箋，秋波一轉，輕輕放到地上。

南宮平俯身拾起，沉吟道：「但家師之命，是在三日之後……」

葉曼青冷冷道：「你此刻既已不回『止郊山莊』，先看又有何妨，令師的三件未了心願，若是定然要我一齊與你去做，就最好快些去做，若非定要我做，我也好早些脫身事外。」

她語氣之間，似乎恨不得越早離開南宮平越好，她目光之中，卻又滿充幽怨之意。

南宮平木立半晌，緩緩拆開了那封信箋，那熟悉而蒼勁的字跡，便又映入他眼簾，只見上面寫的是：「平兒知悉！吾既去矣，『止郊山莊』終非你久留之地，令尊一生事業，亦待賴你維持，令尊夫婦非常人也，老來已厭富貴……」

他目光一陣停留，心頭暗暗感激，感激他師傅對他父母的尊敬，思親之情，思師之情，使得他心頭一陣激動，良久良久，才能接著往下看去。

「你身世超特，際遇非常，日來之成就，尤未可限量，大丈夫不可無妻，內助之力，至緊至要，葉姑娘曼青蘭心慧質，足可與汝相偕白首，此乃吾之心願一也。龍飛若無子息，你生子後望能宗祧二姓，傳我龍氏香煙，此乃吾之心願二也。」

南宮平只覺突地一陣熱潮飛上面頰，再也不敢去望葉曼青一眼，他實未想到師傅的「未了心願」竟是此事，乾咳一聲，接著看下去：

「再者，武林故老之間，有一神秘傳說，世上武功之聖地，既非少室嵩山，亦非崑崙武當，而在於一殿一島，此島名『群魔』，殿名『諸神』，俱在虛無縹緲之間，世人難以尋覓，『群魔之島』，乃世上大奸大惡之歸宿，『諸神之殿』，自乃大忠大善之樂土，然非武功絕高之人，難入此殿此島一步。」

南宮平心頭激盪，只覺此事之中，充滿神秘詭異，目光不瞬，接著下看：

「吾少年時已聽到有關此一殿一島之傳說，然說此事者，曾再三告誡於我，一生之中，只能將此事轉敘一次，吾一生遨遊尋覓，亦未能得知此兩地之所在，今吾去矣，特傳敘你與曼青，然汝等亦不能輕易轉敘，切記切記，汝等若屬有緣，或能一探此兩地之究竟，繼吾之未了心願。」

南宮平一口氣將它看完，不禁闔上眼簾，腦海之中，立刻泛起了兩幅圖畫……

煙雲縹緲，紫氣氤氳之間，矗立著一座金碧輝煌，氣象萬千，黃金作瓦，白玉為階的寶殿，殿中白髮老人，三五成群，講文說武，俱是人間難以猜測的精奧，殿外遍生玉樹，滿佈瓊瑤，時有仙禽異獸，玉女金童倘佯其間。

另一處卻是惡水窮山，巨浪滔天，終年陰霾濃霧不散，時有陰森淒厲的冷笑，自黑暗中直沖霄漢，毒蟲惡獸，遍生島上，血腥之氣，十里皆聞，大海中迷失方向的船隻，時時都會被島上的惡魔攫走……

葉曼青凝目望處，只見他手中捧著那方紙箋，忽而面生紅雲，忽而驚奇感嘆，忽而瞑目含笑，忽而雙眉緊皺，她心中不覺大是奇怪，忍不住問道：「你看完了麼？」

南宮平心頭一跳，自幻夢中醒來，道：「看完了。」雙手一負，將紙箋隱在背後。

葉曼青冷笑一聲，道：「你不願將令師的遺言給我看，我不看也罷。」

南宮平吶吶道：「並……並非不願……」

葉曼青面寒如冰，冷冷截口道：「我只問你，令師那三件未了的心願，是否與我有關？」

南宮平輕咳兩聲，吶吶道：「這個……嗯……這個……」心中暗嘆一聲，忖道：「不但與你有關，而且，唉……」

葉曼青柳眉一揚，道：「若是與我無關，我就走了。」一理鬢髮，大步前行。

南宮平道：「葉姑娘……」

葉曼青冷冷道：「什麼事？」

南宮平道：「嗯……這個……」他心中既是急躁，又是羞慚，實在不知該如何是好，只得又自在心中暗嘆忖道：「師傅雖已有命，但……這卻是萬萬不能實行之事，唉！別了，今日一別，再見無期，但願你……」突覺手掌一鬆，掌中的紙箋，竟被葉曼青劈手奪去。

葉曼青大步而行，走過他身側，突地擰腰轉身，一把將紙箋奪去，口中冷冷道：「令師曾叫我與你一同觀看，你縱要違背師令，我卻不忍違背他老人家託咐我的話。」她一面說話，一面目光移動，才只看了兩眼，已是紅生滿頰，方才在面上的冷若冰霜的森寒之氣，此刻全不見了。再看兩眼，她突地「嚶嚀」一聲，將一隻瑩白如玉的纖掌，掩住了紅如櫻桃的嬌靨，顫聲道：「你……你……」

南宮平木立當地，滿面尷尬，吶吶道：「我……我……」心中只覺既是羞慚不安，矛盾痛苦，卻又有一種溫馨甜意，粼粼盪漾，忍不住瞧她一眼，只見她一雙秋波也恰巧向自己飄來，兩人目光相對，葉曼青突又「嚶嚀」一聲，放足向前奔去。

她雖在大步奔行，卻未施展輕功，似乎正是想等別人伸手拉她一把。

南宮平呆望著她的身影，腳步卻未移動半步，晚風來去，靜寂的深夜中，突地異聲大起！

葉曼青腳步微頓，只聽一陣陣有如吹竹裂絲的呼哨，隨風而至，由遠而近。

南宮平面上亦自微微變色，只覺這哨聲尖銳淒切，刺耳悸心，一剎那，天地間便彷彿都已被這奇異的哨聲佔滿。

南宮平側目望向萬達，道：「這是怎麼回事？」

葉曼青遍體一寒，擰腰縱身，刷地掠回南宮平身側，道：「這……是……什……麼？」這哨聲中那種無法描述的陰森之意，竟使這冷漠而剛強的女子，說話也顫抖起來。

夜色之中，只見萬達面色灰白，目光凝注前方，一雙手掌，卻已探入懷中，卻又在懷中簌簌顫動，只震得衣衫也為之起伏不定，竟似沒有聽到南宮平的問話似的，這老江湖面上竟露出如此驚悸的神態！

南宮平心頭更是大震，面上卻只能向葉曼青微微一笑，道：「不要怕，沒有……」話聲未了，前面荒墟中已現出一條人影，倒退著一步一步地走了過來，彷彿是在他身前所出現之事，已令他不敢回身奔跑。

吹竹之聲越來越急，此人身形卻越退越緩，竟已駭得四肢麻軟，不能舉步。

南宮平乾咳一聲，道：「朋……」他話聲方自發出，此人突地驚呼一聲，霍然回轉身來。只見他面容枯澀，目光散漫，頭頂之上，牛山濯濯，全無一根毛髮，服裝之奇異，更是駭人聽聞，有如半隻麻袋套在身上一般。

南宮平呆了一呆道：「朋……友……」哪知他方自說出二字，此人又是一聲驚呼，躲在他

身後，道：「朋友……」下面的話，他竟然也是說不出來。

葉曼青驚異地瞧了他一眼，目光轉處，突見數十條青鱗毒蛇，自黑暗的陰影中湧出，黯淡的星光月色，映著牠們醜惡而細緻的鱗甲，發出一種醜惡而懾人心魄的光芒，葉曼青嬌喚一聲，情不自禁地靠入南宮平的懷抱。

只聽萬達猛然大喝一聲，雙掌齊揚，一片黃沙，漫天飛出，落在他們身前五尺開外。

吹竹之聲，由高轉低，每一條毒蛇之後，竟都跟隨著一個褸衣亂髮，陰森詭異的乞丐，這些人高矮雖不同，形狀亦迥異，但面容之上，卻各各帶著一種陰沉之氣，慢無聲息地自黑暗中湧出，彷彿一群自地獄中湧出的幽靈。

葉曼青右腕一伸，將南宮平緊緊抱了起來，突覺南宮平全身竟在顫抖不已，她不禁奇怪，秋波一轉，才知道原來是那奇服禿頂的怪人，也已將南宮平緊緊抱住，他全身不住顫抖，南宮平也不禁受了傳染，此刻轉目瞧了葉曼青一眼，心中亦不知是驚恐？是詫異？抑或是一種能夠保護他人的得意快樂之感，也許是這三種情感都有一些。

冰涼的青蛇閃動著牠那醜惡的光芒，在冰涼的泥地上蠕蠕爬行，看來雖慢，其實卻快，霎眼間已爬到萬達所撤出的那一圈黃砂之前。

萬達神色凝重，目光炯炯，見到這一群青蛇俱在黃砂之前停住，有的盤作蛇陣，有的伸縮紅信，這一群其毒無比的青蛇，竟無一條敢接近那一圈黃砂的一尺之內。

南宮平目光一掃，已數出這一群乞丐竟有十七人之多，此刻這十七人俱是目光陰森，內含殺機，但口中竟都在哀哀求告：「行行好，大老爺，請你把口袋裡的東西，施捨一些。」

這求告之聲微一停頓之後，便又重複響起，一聲接著一聲，十七張口一齊發出，一齊結束，不斷重覆，永無變更。

南宮平既是驚詫，又覺奇怪，忍不住回首望了那奇服禿頂的怪人一眼，只見他鶉衣百結，身無長物，雙手卻緊緊抱著一條麻袋，麻袋之中，亦是虛虛空空，哪裡有絲毫值得被人乞求之物？

他目光數轉，心念亦數轉，實在想不出這其中究竟有何玄妙之處，但是一種路見不平，幫助弱者的俠義之氣，卻使他對身後這貧窮而可憐的老人大爲同情，突見萬達一個箭步，掠在那一段未被掩埋的蛇尾之前，似乎有意將之隱藏起來，不被這一幫奇異的乞丐看見，他雙臂斜飛，雙掌緊握，掌中顯然又滿握著兩把可避蛇蟲的黃砂。

吹竹之聲，久已停頓，哀告之聲，亦越來越見低沉，若是不看他們的面目，這哀告的聲音真是動人惻隱憐憫，但他們面上的陰森殺機，卻使得這哀告聲中滿充寒意。

萬達雙臂一振，大喝道：「朋友們可是來自關外的『獄下之獄』麼？」

哀告之聲，齊地頓住，十七雙眼睛，瞬也不瞬地凝注在萬達面上，一個身量頎長，瘦骨嶙峋，目中炯炯生光，面上卻毫無血色的異丐，徐徐向前走了過來，他腳步飄飄盪盪，好像是隨時都會被風吹倒，身上鶉衣又寬又大，被風一吹，齊地揚起，彷彿幽靈一般飄過那道黃砂，望著萬達陰陰一笑，一字一字地輕輕說道：「你認得我麼？」

黑夜之中，驟見如此人物，萬達雖然行事老辣，此刻也不禁遍體生寒，顫聲道：「朋友們可就是江湖傳聞的『幽靈群丐』？」

這幽靈一般的異丐又是陰惻惻一聲冷笑，道：「不錯，獄下之獄，幽靈鬼丐，窮魂惡鬼，強討惡化……嘿嘿，你未曾下過十九層地獄，怎會認得我們這一群惡鬼？」

他「嘿嘿」冷笑數聲，忽又仰天哀歌道：「窮魂依風，惡鬼送終，不捨錢財，必定遭凶……」四下群丐，一齊應聲相和。

遠遠聽來當真有如幽冥之中的啾啾鬼語，聲聲懾人心魄。

萬達情不自禁地倒退一步，沉聲道：「幽靈群丐，素來不討千兩以下黃金，萬兩以下白銀，在下等身無長物，朋友們莫非尋錯了人麼？」

南宮平心念轉動，亦自從記憶中搜尋出這一群異丐的來歷，不禁回首望了一眼，暗奇忖道：「素來未曾入關的『幽靈群丐餓鬼幫』此刻來到這裡，難道竟會是爲了這個有如乞丐一般的老人麼？」

只聽這異丐笑聲一頓，冷冷道：「尋的本不是你，你難道喜歡惹鬼上門？」

他身形忽然一閃，掠到南宮平身前，冷冷又道：「年紀輕輕的小孩子們，更不可惹鬼上身，更不要擋鬼的路，知道麼？」

南宮平朗聲道：「閣下是依風依幫主，抑或是宋鍾宋幫主？」他面色已是沉沉靜靜，既不驚訝，亦不畏懼。

這異丐目光一閃，突然喋喋怪笑道：「惡鬼宋鍾雖然不在，我『窮魂』依風一樣可以送人的終，你既也知道我們這一幫餓鬼的來歷，還要站這裡，莫非要等餓鬼吃了你麼？」

四下群丐，一齊拍掌頓足，咯咯笑道：「吃了你！吃了你！」

葉曼青心神已定，突地冷笑一聲道：「裝神弄鬼，真沒出息。」

「窮魂」依風齜牙一笑，道：「十八九歲的大姑娘，倒在男人懷裡，還要多嘴說話，十九層地獄裡都沒有你這樣不要臉的女鬼！」

葉曼青雙頰一紅，又羞又惱，嬌叱道：「你說什麼？」揚手一掌劈去。

哪知她纖掌方自劈出，南宮平已輕輕扯著她衣袖，道：「且慢。」

葉曼青道：「這幫人裝神弄鬼，強討惡化，還跟他們多說什麼？」

南宮平正色道：「身爲乞丐，向人討錢，本是天經地義之事，江湖中人，名號各異，以鬼爲名，也算不得是什麼惡行，人家對我們並無惡意，僅是請我們讓道而已，我們怎可隨便向人出手？」

「窮魂」依風本來滿面冷笑，聽到這番話，卻不禁大大怔了一下，他自出江湖以來，還未聽過別人對他如此批評。

葉曼青亦自一怔，終於輕輕垂下手掌。

這冷傲的女子，此刻不知怎地，竟變得十分溫柔。

那禿頭老人驚喚一聲，顫聲道：「你……你……你……你難道要讓這幫餓鬼來搶我這窮老頭的東西麼？」

南宮平微微一笑，朗聲道：「久聞『幽靈群丐』，遊戲人間，取人財物，必不過半，而且劫富濟貧，在下早已久仰得很，但今日貴幫竟會對這老人如此追逼，卻教在下奇怪得很！」他言語總是誠誠懇懇，坦坦蕩蕩，絲毫沒有虛假做作。

「窮魂」依風哈哈一笑，道：「想不到你年紀輕輕，竟會對我們這幫餓鬼知道得如此詳細。」此刻他笑聲彷彿出自真心，語氣便也沒有了鬼氣。

萬達暗嘆忖道：「多年前我不過僅在他面前提過幾句有關『餓鬼幫』的話，想不到他直到今日還記得如此清楚。」

只聽「窮魂」依風笑聲一頓，緩緩道：「你既然知道得如此詳細，想必也知道幽靈群鬼，出手必不空回，還是少管閒事的好。」

他身形忽又一閃，要想掠到南宮平身後，禿頂老人大喊道：「救命……」

南宮平卻已擋在依風身前，沉聲道：「閣下竟還要對個貧窮老人，如此追逼，真使得在下對貴幫的名聲失望得很。」

「窮魂」身形頓處，突地冷笑道：「貧窮老人？你說他是貧窮老人？他若不比你富有十倍，而且為富不仁，幽靈群鬼怎會向他出手？」

南宮平愣了一愣，禿頂老人大喊道：「莫聽他的，莫聽他的，我怎會有錢……」

葉曼青道：「姓依的，你說這老人比他富有十倍？」

今夜一定回首就走……」

「窮魂」冷笑道：「正是。」

葉曼青道：「你若錯了，又當怎樣？」

「窮魂」依風道：「幽靈鬼丐，雙目如燈，若是錯了，我們這幫惡鬼，寧可再餓上十年，今日我要的只不過是他那口袋中的東西一半，難道還不客氣麼，幽靈鬼丐，素來不願對窮人出手，否則今夜怎會容你這丫頭在這裡多口？」

葉曼青道：「真的？」

依風冷笑道：「無知稚女，你知道什麼，老東西看來雖然一貧如洗，其實卻是家財百萬，連走五步，仍然擋在他身前，「窮魂」依風一直注目在他腳步之上，突又冷笑一聲，道：「看來倒像是個富家公子，只可惜身上還沒有十兩銀子。」

葉曼青冷冷道：「你知道他是誰麼？」

「窮魂」依風上下望了南宮平幾眼，身形忽然向左走了五步，南宮平眉頭微皺，亦自跟他

南宮平暗驚道：「人道江湖中目光銳利之人，能從人腳步車塵之上，看出其中錢財珠寶的數目，想不到『窮魂』之目光，竟銳利如此。」

葉曼青道：「難道這老人身上藏有銀子？」

依風道：「雖無銀子，但銀票卻有不少，但是我要的也不是銀票，而是……」

話聲未了，禿頂老人突然轉身狂奔。

「窮魂」依風冷笑道：「老東西，你跑得了麼？」話聲未了，這禿頂老人果然又倒退著走了回來，原來在他身前，竟又有數條青蛇，擋住了他的去路。

「窮魂」依風道：「大姑娘，不要多話了，除非是『南宮世家』裡的公子，江湖中誰也不會比這老東西更有錢了，你兩人好生生來管這閒事作什麼？今日幸虧遇見了我，若是遇見宋惡鬼，你們豈非要跟著倒霉。」

葉曼青冷笑一聲，道：「你可……」

南宮平沉聲道：「在下正是南宮平。」

依風目光一呆，倒退三步，突然當胸一掌向南宮平擊來。

這一掌出人意外，快如閃電，只見他寬大的衣袂一飄，手掌已堪堪觸及南宮平胸前的衣衫。

南宮平輕叱一聲，旋掌截指，不避反迎，左掌護胸，右指疾點依風肘間「曲池」大穴。

這一招以攻爲守，正是他師門秘技「潛龍四式」中的絕招，哪知他招式尙未用老，「窮魂」依風又已退出三步，長嘆道：「果然是『神龍』門下，『南宮』子弟，好好……老東西，今日便宜了你。」

舉掌一揮。四下吹竹之聲又起，黃砂外的青蛇紅信一吐，有如數十條匹練般竄入這「幽靈群丐」的衣袖裡。

南宮平道：「依幫主慢走。」

依風道：「打賭輸了，自然要走，餓鬼幫雖然窮討惡化，卻不會言而無信，就連被那老頭子弄死的一條青蛇，今日我都不要他賠了！」

這「幽靈群丐」行動果然有如幽靈，霎眼間便已走得乾乾淨淨，只有「窮魂」依風臨去時破袖一揚，將地上的黃砂，震得漫天飛起。

葉曼青嫣然一笑，道：「這幫人雖然裝神弄鬼，倒還並不太壞！」

南宮平卻在心中暗暗忖道：「幽靈群丐，必定與師傅極有淵源，否則怎會在一招之下，便斷定了我的師門來歷？」

萬達道：「餓鬼幫行事雖然善惡不定，但被其選中的對象，卻定是為富不仁之輩。」他語聲微頓，目光筆直望向那禿頂老人。

禿頂老人的目光，卻在呆呆地望著南宮平，面上的神色既是羨慕，又是嫉妒，卻又像是帶著無比的欽佩，忽然當頭向南宮平深深三揖，他臂下挾著麻袋，頭卻幾乎觸著地上。

南宮平微一側身，還了三揖，道：「些須小事，在下亦未盡力，老丈何需如此大禮？」

禿頂老人道：「是極是極，些須小事我本無需如此大禮，我只要輕輕一禮，便已足夠。」

南宮平、葉曼青齊地一怔，只聽他接著道：「但你救的是我的財物，而非救了我的性命，是以我這第一禮，必定要十分恭敬的。」

南宮平、葉曼青楞然對望一眼，禿頂老人接著又道：「南宮世家，富甲天下，你既是南宮公子，必定比我有錢得多，是以我怎能不再向你一禮，是以我這第二禮，必定也要十分恭敬的。」

葉曼青呆了半晌，道：「如此說來，你這第二禮，僅是向他的金錢行禮了？」

禿頂老人道：「正是。」

葉曼青既覺好氣，又覺好笑，忍不住道：「那麼你的第三禮又是為何而行？」

禿頂老人道：「我這第三禮，乃是恭賀他有個如此有錢的父親，除了黃帝老子之外，這父親可稱天下第一，如此幸運之事，我若不再恭恭敬敬地行上一禮，豈非也變得不知好歹了麼？」

南宮平木立當地，當真全然怔住，他實在想不到人間竟有如此「精采」的言論。

葉曼青聽了這般滑稽的言論，忍不住笑道：「如此說來，別人若是救了你的性命，你還未見如此感激，更不會對那人如此尊敬了？」

禿頂老人道：「自然。」

葉曼青道：「金錢就這般重要？」

禿頂老人正色道：「世間萬物，絕無一物比金錢重要，世間萬物，最最可貴的便是一塊銀子，唯一比一塊銀子更好的，便是兩塊銀子，唯一比兩塊銀子更好的，便是……」

他話聲未了，葉曼青已忍不住放聲嬌笑起來。

南宮平乾咳一聲，道：「如……」話未說出，自己也忍俊不住。

禿頂老人看著他們大笑，心中極是奇怪，怫然道：「難道我說錯了麼？」

葉曼青道：「極是極是，唯一比兩塊銀子更好的，便是三塊銀子，唯一比……」忽又倒在南宮平身上，大笑起來。

陰森的荒野中，突地滿充笑聲。

萬達笑道：「如此說來，你必定極為有錢了，那『幽靈群丐』想來必未看錯。」

禿頂老人面色一變，雙手將麻袋抱得更緊，連聲道：「沒有錢，俺哪裡有錢……」情急之下，他連鄉音都說出來了。

南宮平忍住笑聲，道：「老丈知道愛惜金錢，在下實在欽佩得很……」

葉曼青截口道：「此刻要錢的人走了，你也可以自便了……」她忽然想起了自己的行止，笑容頓歛，輕輕道：「我也該走了。」

萬達乾咳一聲，道：「今日遇著公子，得知公子無恙，我實在高興得很，但此間事了，我卻要到關外一行，不知公子你何去何從？」

南宮平道：「我……」

他忽覺一陣寂寞之感湧上心頭，滿心再無歡笑之意，長嘆一聲，道：「我想回家一趟，然後……唉……」放眼望去，四下一片蕭索。

葉曼青垂頭道：「那麼……那麼……」

南宮平嘆道：「葉姑娘要去何處？」

葉曼青目光一抬，道：「你……你……」

她手掌中仍緊握著「不死神龍」的留箋，她目光中充滿著幽怨與渴望，只希望南宮平對她說一句，她也會追隨著南宮平直到永恆。

南宮平心頭一陣刺痛，道：「我……我……」卻吶吶地說不出話來。

萬達暗嘆一聲，道：「葉姑娘若是無事，何妨與公子同往江南一行，但望兩位諸多珍重，我先告辭了。」

長身一揖，轉首而行。

南宮平抬頭道：「狄揚中毒發狂，下落未明，你難道不陪我去尋找了麼？」

萬達腳步一頓，回轉身來。

禿頂老人忽然道：「你說那狄揚可是個手持利劍，中毒已深的少年？」

萬達大喜道：「正是。」

禿頂老人道：「他已被『餓鬼幫』中的『艷魄』依露連夜送到關外救治去了，若不是他突來擾亂一下，只怕我還跑不到這裡來哩，看來這『艷魄』依二娘對他頗為有情，絕對不會讓他吃苦，你們兩人只管放心好了。」

南宮平鬆了口氣，卻又不禁皺眉道：「不知『艷魄』依二娘又是個怎樣的女子？」

萬達道：「吉人自有天相，此番我到了關外，必定去探訪狄公子的下落，依我看來，依二娘亦絕非惡人，何況她若非對狄公子生出情愫，怎會如此匆忙跑回關外，她若真對狄公子生出情愫，便定會想出千方百計為狄公子救治，精誠所至，金石為開，情感之一物，有時當真有不可思議之魔力。」

葉曼青只覺轟然一聲，滿耳俱是「情感之一物，有時當真有不可思議之魔力」幾字，她反覆咀嚼，不能自已，抬起頭來，萬達卻已去遠了。

她不禁幽幽長嘆一聲，南宮平亦是滿面愁苦。

遠處忽然傳來萬達蒼老的歌聲：「多情必定生愁，多愁必定有情，但願天下有情人……」歌聲漸漸縹緲，終不可聞。

葉曼青木立半晌，突地輕輕一跺腳，扭首而去，她等待了許久，南宮平卻仍未說出那一句話來，於是這倔強的女子，便終於走了。

南宮平呆望著她的身影，默念著那世故的老人的兩句歌詞：「多情必定生愁，多愁必定有情……」心中一片愴然，眼中的倩影越來越多，他忽覺是梅吟雪的身影，又忽覺仍是葉曼青的影子。

多日的勞苦飢餓，情感的紊亂紛爭，內力的消耗，多情的愁苦……他忽覺四肢一陣虛空，宛如在雲端失足，「噗」的倒在地上。

禿頂老人驚叫一聲，走在遠處的葉曼青，越走越慢的葉曼青，聽得這一聲驚叫，忍不住霍然轉回身來，當她依稀覺得南宮平的身影已跌在地上，她便飛也似的奔了過來，世上所有的力量，都不能使她棄他不顧。

東方已漸漸露出曙色，大地的寒意更濃，但又怎能濃於多情人的愁苦……

世間萬物，最是離奇，富人偏多貪鄙，智者亦多癡脾，剛者易折，溺者善泳，紅顏每多薄命，英雄必定多情，多病者必定多癒，不病者一病卻極難起，內功修為精深之人，若是病了，病勢更不會輕，這便是造化的弄人。

曉色淒迷中，一輛烏篷大車，出長安、過終南，直奔洵陽。那奇裝異服，無鬚無髮的怪老人，雙手仍然緊緊抱著那口痲袋，瞑目斜靠在車座前。

車廂中不時傳出痛苦的呻吟，與憂愁的嘆息，禿頂老人卻回手一敲車篷，大聲道：「大姑娘，你身上可曾帶得有銀子麼？」

車廂中久久方自發出一個憤怒的聲音：「有！」

禿頂老人正色道：「無論走到哪裡，銀錢總是少不得的。」他放心地微笑一下，又自瞑目養起神來，車到洵陽，已是萬家燈火，他霍然張開眼睛，又自回手一敲車篷，道：「大姑娘，你身上帶的銀子多不多？」

車廂內冷冷應了一聲：「不少。」

禿頂老人側目瞧了趕車的一眼，大聲道：「找一家最大的客棧，最好連飯鋪的。」

洵陽夜市，甚是繁榮，禿頂老人神色自若地穿過滿街好奇地訕笑，神色自若地指揮車伕與店伙將重病的南宮平抬入客棧，葉曼青垂首走下馬車，禿頂老人道：「大姑娘，拿五兩銀子來開發車錢。」

趕車的心頭大喜，口中千恩萬謝，只見禿頂老人接過銀子，拿在手裡拈了一拈，喃喃道：「五兩，五兩……」趕車的躬身道謝，禿頂老人道：「拿去。」手掌一伸，卻又縮了回來，道：「先找三兩三錢二分來。」趕車的怔了一怔，無可奈何地找回銀子，心中暗暗大罵而去。

禿頂老人得意洋洋地走入客棧，將找下的銀子隨手交給了店伙，道：「去辦一桌十兩銀子一桌的翅筵，但要一齊擺上來。」

店伙心頭大喜，心想：「這客人穿著雖破，但賞錢卻給得真多。」千恩萬謝，諾諾連聲而去。

禿頂老人走入跨院，懷抱麻袋，端坐廳上。

店伙送茶遞水，片刻便擺好酒筵，陪笑道：「老爺子要喝什麼酒？」

禿頂老人面色一沉，正色道：「喝酒最易誤事，若是喝醉，更隨時都會損失銀錢，你年紀輕輕，當知金錢來之不易。」

店伙呆了一呆，連聲稱是。

禿頂老人又道：「方才我給你的銀子呢？」

店伙連忙陪笑道：「還在身上。」

禿頂老人道：「去替我全部換成青銅制錢，趕快送來。」

店伙怔了一怔，幾乎釘在地上，良久良久，方自暗暗大罵而去。

禿頂老人望著面前的酒菜，神采飛揚，摩拳擦掌，口中大聲道：「大姑娘，你若要照顧病

人，我就一人吃了。」

廳側的房中冷冷應了一聲，禿頂老人喃喃道：「我若不知道『南宮世家』真的比我有錢，你便是千嬌百媚，我也不會與你走在一路。」將麻袋放在膝上，舉起筷子，大吃大喝起來。

他吃喝竟是十分精到，直將這一桌酒菜上的精采之物全部吃得乾乾淨淨，店伙無精打采地找回銅錢，他仔仔細細數了一遍，用食、中、拇指拈起三枚，沉吟半晌，中指一鬆，又落下了兩枚，將一枚銅錢放在桌上，忍痛道：「賞給你。」

店伙目定口呆，終於冷冷道：「還是留給你老自用吧。」

禿頂老人眉開眼笑，道：「好好，我自用了，自用了。」收回銅錢，捧起麻袋，走到另一間房，緊緊地關起房門。

店伙回到院外，忍不住尋個同伴，搖頭道：「世上錢癡財迷雖然不少，但這麼窮兇極惡的財迷，我倒還是第一次看見。」

黯淡的燈光下，葉曼青手捧一碗濃濃的藥汁，輕輕地吹著，這是她自己的藥方，自己煎成的藥，她要自己嚐。

門外的咀嚼聲、說話聲、銅錢叮噹聲，以及南宮平的輕微呻吟聲，使得她本已紊亂的思潮，更加紊亂，她顫抖著伸出手掌，扶起南宮平，顫抖著伸出手掌，將自己煎成的藥，餵入南宮平口裡，她與他雖然相識未久，見面的次數，更是少得可憐，但是她對這永遠發散著光與熱的少年，卻已發生了不可忘懷的情感。

「友誼是累積而成，愛情卻發生於刹那之間。」她記得曾經有一位哲人，曾經說過一句充滿著哲理的話，她曾經無數次對這句話發出輕蔑地懷疑，但此刻，她卻在刹那間領會出這句話的價值。

她記得古虹、狄揚，以及那不可一世，目空一切的少年名俠「破雲手」，她曾經與他們在那寂寞而艱苦的華山之巔，共同度過多年寂寞而艱苦的歲月，她深深地瞭解他們的性情，堅忍，以及他們對「仇恨」與「榮譽」兩字所付出的代價，她也曾對這些少年由歲月的累積而生出友誼的情感。

但是她與南宮平卻在初相見的刹那之間，便對他發生戀情，也曾經歷過許多天由戀情而產生的思念與悲歡，帶著那四個青衫婦人，她重回華山之巔的竹屋後，她便又帶著懷念師傅的悲淒眼淚，下了華山，此後那一串短暫而漫長的時日，她就無時無刻不在思念著南宮平那沉靜的面容與尖銳的言語。

她無法猜測在那華山之巔的竹屋中，究竟發生過什麼事，就正如她此刻無法猜測南宮平對她究竟是怎麼樣的情感。

黑暗過去，陽光再來，陽光落下，黑暗重臨……三天，整整地三天，她經歷過黑暗與光明，她忍受了許多次咀嚼聲、談話聲、以及銅錢的叮噹聲……她在她紊亂的情感中，經歷過這漫長的三天，她目不合睫，她徬徨無主，她煎藥，嚐藥，餵藥，雖然藥的份量一天比一天輕，但是她的憂慮與負擔，卻不曾減少，因爲暈迷不醒的南宮平，仍然是暈迷不醒。

她對那迄今仍不知其姓名的禿頂老人，早已有了一份深深的厭惡，她拒絕和這吝嗇、貪財而卑鄙的老人在言語或目光上有任何的接觸，但是她卻無法拒絕這討厭的老人和她與南宮平共住在一間客棧，一處相同的廂院裡。

因爲她還有各種原因——顧忌、人情、風俗、習慣、流言，以及她一種與生俱來的羞澀，使得她不「敢」和南宮平單獨相處在一起，所以她不「敢」拒絕這吝嗇、貪財而卑鄙的老人，和她與南宮平共住在一間客棧，一處相同的廂院裡。

有月無燈，禿頂老人在帳鉤下數著銅錢，銅錢數盡，夜已將盡，他和衣躺上床，片刻便已鼾聲如雷，睡夢間他忽然驚醒，因爲他忽然發覺隔壁的房間裡有了一陣異常的響動。

只聽南宮平有了說話的聲音，禿頂老人本待翻身而起，終卻睡去，睡夢之中，手掌仍然緊緊地抱著那破爛的痲袋。

第二日午後，南宮平便已痊癒，到了黃昏，他已可漸漸走動，葉曼青輕輕扶他起了床，這風姿冷艷的女子，此刻是那麼疲勞和憔悴。南宮平目光不敢望她，只是垂首嘆道：「我生病，卻苦了你了。」

葉曼青輕輕一笑，道：「只要……只要你的病好，我無論做什麼都是高興的。」

南宮平心頭一顫，想不到她竟會說出如此溫柔的言語，這種言語和她以前所說的話是那麼不同，他卻不知道僅僅在這短短三天裡，一種自心底潛發的女性溫柔，已使葉曼青對人生的態度完全改變，一種不可抗拒的力量，使得她情不自禁地露出她對南宮平的情感，再也無法以冷傲的態度或言語掩飾。

南宮平忍不住側目一望，自窗中映入的天畔晚霞，雖將她面頰映得一片嫣紅，卻仍掩不住她的疲勞與憔悴，他忽然想到一句著名的詩句：「衣帶漸寬終不悔，爲伊消得人憔悴。」他垂下頭，無言地隨著她走出房，心底已不禁泛起一陣情感的波瀾，他雖已自抑制，卻終是不可斷絕。

箕居廳中，又在大嚼的禿頂老人目光掃處，哈哈一笑，道：「你病已好了麼？」

南宮平含笑道：「多承老丈關心，我……」

禿頂老人哈哈笑道：「我若是你，絕對還要再病幾天。」

南宮平一愣，只聽他接口笑道：「若不是你這場大病，這女娃兒怎肯請我在這裡大吃大喝，若不是你這場大病，這女娃兒怎肯表露出她對你的情感，你多病幾天，我便可多吃幾天，你也可多消受幾日溫柔滋味，這豈非皆大歡喜，你何樂不爲？」

他滿口油膩，一身襤褸，雖然面目可憎，但說出的話卻是這般鋒利。

葉曼青垂下頭，面上泛起一片紅雲，羞澀掩去了她內心的情感，只因這些話實已說中了她的心底。

南宮平無可奈何地微笑一下，道：「老丈如果有閒，盡可再與我們共行……」他忽然想起自己絕不能和葉曼青單獨走在一起，因爲他也不知道該如何抑制自己的情感，是以趕快接口道：「等我病勢痊癒，便可陪著老丈小酌小酌，些許東道，我還付得起。」

禿頂老人哈哈笑道：「好極好極……」突地笑聲一頓，正色道：「你兩人雖然請了我，但我對你兩人卻絕不感激，只因你兩人要我走在一起，完全是別有用心，至於我麼……哈哈！也樂得吃喝幾頓。」

這幾句話又說中了南宮平與葉曼青心底，南宮平坐下乾咳幾聲，道：「老丈若有需要，我也可幫助一二……」

禿頂老人笑聲又一頓，正色道：「我豈是妄受他人施捨之人？」

南宮平道：「我可吩咐店伙，去爲老丈添製幾件衣裳。」

禿頂老人雙手連搖，肅然說道：「我和你無怨無仇，你何苦害我？」

南宮平不禁又爲之一愣，道：「害……你？」

禿頂老人雙手一搓，長身而起，走到南宮平面前，指著他那一件似袍非袍、似袋非袋的衣服道：「你看我這件衣服是何等舒服方便，要站就站，要坐就坐，根本無需爲它花任何腦筋。」

他又伸手一指他那牛山濯濯的禿頂，道：「你可知道我爲了要變成這樣的禿頂，費了多少心血，如此一來我既無庸花錢薙髮，也不必洗頭結辮，我不知費了多少心血，才研究出最最不必浪費金錢的人生，你如今卻要來送我衣服，我若穿了你的衣服，便時時刻刻要爲那件衣服操心，豈非就減少了許多賺錢的機會，這樣，你豈非是在害我！」

南宮平、葉曼青忍不住對望一眼，只覺他這番言語，當真是聽所未聽，聞所未聞的理論，卻使人一時之間，無法辯駁。

禿頂老人憤怒地「哼」了兩聲，回到桌旁，一面在吃，一面說道：「你兩人若是要我陪你們，就請以後再也不要提起這些話，哼哼！我若不念在你的金錢實在值得別人尊敬，此刻早已走了。」

葉曼青暗哼一聲，轉回頭去，南宮平長嘆一聲，道：「金錢一物，難道當真是這般重要麼？」

禿頂老人長嘆一聲，道：「我縱然用盡千言萬語，也無法向你這樣的一個公子哥兒解釋金錢的重要，但只要你受過一些磨難之後，便根本毋庸我解釋，也會知道金錢的重要了。」

南宮平心中忽地興起一陣感觸，忖道：「但願我能嚐一嚐窮的滋味，但要我貧窮，卻是一件多麼困難之事。」

他自嘲地哂然一笑，禿頂老人正色道：「我說的句句實言，你笑個什麼？」

南宮平緩緩道：「我在笑與老丈相識至今，卻還不知道老丈的姓名。」

禿頂老人道：「姓名一物，本不重要，你只管喚我錢癡就是了。」

南宮平微微一笑，道：「錢癡……錢癡……」笑容忽斂，道：「方才我笑的本不是爲了這個原因，老丈你……」

禿頂老人「錢癡」道：「人們心中的思想，任何人都無權過問，也無權猜測，你心裡究竟在想些什麼，與我有什麼關係，人們與我相處，只要言語、行動之間能夠善待於我，他心裡便是望我生厭，恨我入骨，我也無妨，我若是整日苦苦追究別人心裡的思想，那我便當真要變成個瘋癡之人了。」

這幾句話有如鞭子般直撻入南宮平心底，他垂下頭來，默然沉思良久，禿頂老人「錢癡」早已吃飽，伸腰打了個呵欠，望了葉曼青一眼，淡淡道：「姑娘，我勸你也少去追究別人心裡的事，那麼你的煩惱也就會少得多了。」

葉曼青亦在垂首沉思，等到她抬起頭來，禿頂老人早已走入院裡，燈光映影中，只見院外匆匆走過十餘個勁裝疾服，腰懸長刀，背上斜插著一面烏漆鐵桿的鮮紅旗幟的彪形大漢，抬著一口精緻的檀木箱子，走入另一座院中。

這些大漢人人俱是行動矯健，神色慓悍，最後一人目光之中，更滿含著機警的光采，側目向禿頂老人望了一眼，便已走過這跨院的圓門。

禿頂老人目光一亮，微微一笑，口中喃喃道：「紅旗鏢局，紅旗鏢局……」

南宮平默然沉思良久，緩緩走入房中。

禿頂老人「錢癡」又自長身伸了個懶腰，自語著道：「吃得多，就要睡，咳咳，咳咳……」亦自走入房中，緊緊關上房門。

葉曼青抬起頭來，望了望南宮平的房門，又望了望那禿頂老人的房門，不由自主的長長嘆息了一聲，緩步走入院中。

人聲肅寂，燈光漸滅，葉曼青也不知在院中佇立了多久，只聽遠遠傳來的更鼓——一更，兩更……三更！

敲到三更，便連這喧鬧的客棧，也變得有如墳墓般靜寂，葉曼青卻仍孤獨地佇立在這寂寞的天地裡，她心中突然興起了一陣被人遺忘的蕭索之感，她恨自己爲什麼會與一個情感已屬於別人的男子發生感情。

回望一眼，房中燈光仍未熄，孤獨的銅燈，在寂寞的廳房中，看來就和她自己一樣。

突地，屋脊後響起一聲輕笑，一個深沉的口音輕輕道：「是誰風露立中宵？」

語聲之中，只有輕蔑與訕笑，而無同情與憐憫，葉曼青柳眉一揚，騰身而起，低叱道：「誰？」叱聲方了，她輕盈的身軀，已落在屋背上，只見一條人影，有如輕煙般向黑暗中掠去，帶著一縷淡淡輕蔑的語聲：「爲誰風露立中宵？」

這人身形之快，使得葉曼青大爲吃驚，但這語聲中的輕蔑與訕笑，卻一直刺入了葉曼青靈魂的深處，她低叱一聲：「站住！」手掌穿處，急追而去，在夜色中搜尋著那人影逸去的方向。

朦朧的夜色，籠罩著微微發亮的屋脊，她只覺心頭一股忿怒之氣，不可發洩，拚盡全力，有如驚虹掣電般四下搜尋著，到後來她也不知自己如此狂奔，是爲了搜索那條人影，還是爲了發洩自己心底的怨氣。

南宮平盤膝坐在床上，彷彿在調息運功，其實心底卻是一片紊亂，他不知道葉曼青仍然孤立在院中，更不知道葉曼青掠上屋脊。

他只是極力屏絕著心中的雜念，將一點真氣，運返重樓，多年來內功的修爲，使得他心底終於漸漸平靜，而歸於一片空明……

不知過了多久，他突聽鄰院中似乎發出一聲短促的呻吟，一響而寂，再無聲息，他心中雖然疑惑，但也一瞬即沒。

然後，他又聽到門外院中有一陣衣袂帶風之聲，自屋脊上掠下，風聲甚是尖銳輕微，顯見此人輕功不弱，他心頭一凜，一步掠到窗外，右掌揚處，窗戶立開，慘淡的夜色中，那雲髮蓬亂，目帶幽怨的葉曼青，正呆呆地站在他窗外。

兩人目光相對，這一刹那間，有如火花交錯，葉落波心，他心湖之中，立刻盪起一陣漣漪，亦不知是否該避去她含情脈脈的秋波。

葉曼青黯然一嘆，道：「你還沒有睡麼？」

南宮平搖了搖頭，忽然問道：「葉姑娘你莫非是看到了什麼？」

葉曼青道：「方才我在院中，曾經發現了一個夜行人，我追蹤而去，卻沒有追到！」

南宮平雙目一張，駭然道：「憑葉姑娘你的輕功，居然還沒有追上！」

葉曼青面頰微紅，垂首道：「我也不知道此時此地，卻會有這樣的武功高手，最奇怪的是此人既非善意前來，卻也沒有什麼惡意，是敵是友？來此何爲？倒真是費人猜疑得很。」

南宮平皺眉沉吟半晌，緩緩道：「大約不會是惡意而來的吧，否則他爲何不逕然下手？」

他口中雖如此說，心中卻在暗暗嘆息，他深知自己此刻在江湖中的敵人，遠比朋友爲多，爲了她，爲了這樣一個無情的「冷血」女子，他爲什麼會做出那些事！樹下這麼多強敵？正如世上任何人一樣，對於他自己的情感，他也無法解釋。

相對無言，夜色將去，南宮平長嘆一聲，道：「風寒露重，葉姑娘還不進來！」他言語之中雖只含著一份淡淡的關切，卻已足夠使葉曼青快樂。

她嫣然一笑，走入大廳，南宮平已迎在廳中，旁著那一盞銅燈，兩人相對而坐，卻再也無人敢將自己的目光投在對方面上。

一聲雞啼喚起晨光，一絲晨光，喚起了大地間的各種聲響。

禿頂老人「錢癡」探首而出，睡眼惺忪，哈哈笑道：「你們兩人倒真有這般興趣，居然暢談終宵，哈哈……到底是年輕人。」

語聲之中，又有一雙睡眼惺忪的眼睛，在門邊露出，陪笑道：「客官起來的倒早！」這睡眼惺忪的店伙，匆忙地換過茶水，忽然轉身道：「客官們原諒小的，實在不好意思，但客官們的房店飯錢……」

聽到「房店飯錢」，禿頂老人「錢癡」回身就走，走入房中，關起房門。

南宮平微微一笑，道：「無妨，你儘管算出是多少銀子。」

店伙展顏笑道：「不多不多，雖然那位大爺吃得太講究了些，也不過只有九十三兩七錢銀子。」

這數目的確不少，但在南宮平眼中卻直如糞土，但轉念一想，自己身上何嘗帶得有銀子，轉首笑道：「葉姑娘可否先代付一下。」他生長豪門大富之家，自幼時對錢財觀念看得甚是輕淡，是以才能毫不在意地說出這句話來。

葉曼青呆了一呆，亦自微笑道：「我從來很少帶著銀子。」她深知南宮平的家世，是以此刻也毫不在意。

南宮平微微一怔，只見店伙的一雙眼睛，正在灼灼地望著自己，面上已全無笑意，南宮平心念一轉，想起自己身上的值錢珠寶，俱已送了別人，便淡淡說道：「你去取筆墨來，讓我寫張便箋，你立時可憑條取得銀子。」

店伙雖不情願，卻也只得答應，方待轉身離去，廳旁房門突地開了一線，禿頂老人「錢癡」探首道：「店小二，你怕些什麼，你可知道這位公子是誰？莫說百八十兩，就是幾千幾萬，也只要他一張便箋，便可取到。」店伙懷疑地望了南宮平一眼。

禿頂老人「錢癡」哈哈笑道：「告訴你。他就是『南宮世家』的南宮大公子。」

店伙面色突地大變，南宮平不禁暗嘆忖道：「這些人怎地如此勢利，只要一聽到……」

哪知他心念方轉，這店伙突地縱聲大笑起來，笑了幾聲，面色一沉，冷冷道：「我雖然見過不少騙吃騙喝的人，還沒有見過像你們這樣惡劣、愚笨，竟想出這……」

葉曼青杏眼一張，厲聲道：「你說什麼？」

店伙不禁後退一步，但仍冷笑著道：「你們竟不知道在這裡方圓幾百里幾十個城鎮中，所有原屬『南宮世家』的店舖生意，在三日之間全賣給別人了，『南宮世家』屬下的伙計，已都去自尋生路，居然還敢自稱是『南宮世家』的『南宮大公子』，哼哼！」他冷「哼」兩聲，接口道：「今日你們若不快些取出店錢，哼哼……」他又自冷「哼」兩聲，雙手叉腰，怒目而視。

南宮平卻已被驚得愣在地上，葉曼青亦自茫然不知所措。

這一個驚人的變故，發生得竟是那麼突然，富可敵國的「南宮世家」，為什麼要如此匆忙緊急地賣出自己的店舖生意？

這原因實在叫人無法猜測，難道說冰凍三尺的大河，會在一夜間化為春水！

禿頂老人站在門旁，目定口呆，顯然也是十分驚駭。

就在這南宮平有生以來，最最難堪的一刹那中，鄰院中突地傳來一陣異常的動亂。許多個驚惶而恐懼的語聲，紛亂地呼喝著：「不得了……不得了……」

店伙心頭一驚，忍不住轉身奔去，南宮平突地想起昨夜聽到的一聲短促的呻吟，以及葉曼青見到的奇異人影……

「難道昨夜鄰院，竟發生了什麼兇殺之事？」

一念至此，他也不禁長身而起，走進院中，葉曼青立刻隨之而去，在這雙重的變故中，他兩人誰也沒有注意到那禿頂老人「錢癡」的動態。

鄰院中人頭蜂擁，驚惶而紛亂的人群，口中帶著驚呼，不住奔出奔入，有的說：「真奇怪，真奇怪，昨夜我們怎地沒有聽到一絲響動？」

有的說：「奇怪的是名震天下的『紅旗鏢局』，竟也發生了這種事，幹下這件案子的，真不知是什麼厲害角色。」

紛亂的人聲，驚惶的傳語，使得還未知道真相的南宮平心裡先生出一陣悚慄。

南宮平目光一抬，只見這跨院的圓門之上，赫然迎風招展著一面鮮紅的旗幟，乍看彷彿就是「紅旗鏢局」仗以行走江湖的標幟，仔細一看，這旗幟竟是以鮮血染成，在鮮紅中帶著一些慘淡的烏黑，教人觸目之下，便覺心驚！

他大步跨入院中，院中是一片喧鬧，但廳房中卻是一片死寂。

一個身著長衫，似是掌櫃模樣的漢子，站在緊閉著的房門外，南宮平大步衝了上去，這店掌櫃雙手一攔，道：「此處禁止……」

話猶未了，南宮平已將他推出五步，幾乎跌在地上，要知道南宮平雖是久病初癒，但功力究竟非比等閒，此刻驚怒之下，出手便不覺重了。

他心中微生歉意，但此時此刻，卻無法顧及，伸手推開房門，目光一轉，心房都不覺停止了跳動！

初昇的陽光，透穿緊閉的門窗，無力地照在廳房中，照著十餘具零亂倒臥著的屍身——這些昨日還在揮鞭馳馬，昂首闊步，矯健而慓悍的黑衣漢子，此刻竟都無助而醜惡地倒臥地上。

十二　南宮驚變

一個滿面虬髮，雙睛怒凸的大漢，一手抓著窗格，五指俱已嵌入木中，半倚著灰白色的土牆，倒斃在地上，他猙獰的面容，正與土牆同一顏色，他寬闊的胸膛上，斜插著一面紅旗，那烏黑的鐵桿，入肉幾達一尺，鮮血染紫了他胸前的玄黑衣服。

另一個濃眉闊口的漢子，手掌絕望地捲著，仰天倒在地上，亦是雙睛怒睜，面容猙獰，充滿著驚恐，他掌中嵌著一片酒杯的碎片，胸膛上也插著一面烏桿的紅旗。

他身側覆面倒臥著一條黑衣大漢，一手搭著他同伴的臂膀，雖然看不見面容，但半截烏黑的鐵桿，自前胸穿入，自背後穿出，肢體痙攣地蜷曲著，顯見死狀更是慘烈痛苦。

還有八、九人，有的倒臥椅邊，有的端坐椅上，有的衣冠不整，有的甚至未著鞋襪，便自屋中奔出，但方自出門，便倒斃在地上。

這些人死狀雖然不同，但致死的原因卻是完全一樣——被他們自己隨身所帶的紅旗插入胸膛，一擊斃命。

他們左手的姿態雖然不同，但他們的右掌卻俱都緊握刀柄，有的一刀還未擊出，有的甚至連刀都未拔出鞘來。

南宮平目光緩緩自這些屍身上移過，身中的血液彷彿已凝結。

立在門畔，他驚呆地愣了半晌，葉曼青面色更是一片蒼白，虛軟地倚在門上，那店掌櫃呆視著他們，竟也不敢開口。

南宮平認得這些黑衣大漢，都是「紅旗鏢局」司馬中天手下的鏢師，這些「紅旗鏢客」們在武林中雖無單獨的聲名，但卻人人俱是武功高強，行事機警的好手。

「鐵戟紅旗震中州」司馬中天之所以能名揚天下，「紅旗鏢局」之所以能在江湖間暢行無阻，大半都是這些「紅旗鏢客」的功勞。

而此刻這些武林中的精銳好手，竟有十餘人之多一齊死在這小小的洵陽城中，這小小的客棧裡，死狀又這般淒慘、恐怖而驚惶，當真是一件令人不可思議之事！

是誰有如此膽量來動「紅旗鏢局」？是誰有如此武功能令這些武林好手一招未交，便已身死？這簡直不像人類的力量，而似惡魔的傑作！

南宮平定了定神，舉步走入房中，房中的帳幔後，竟也臥著一具屍身，似乎是想逃避、躲藏，但終於還是被人刺死。

也是一桿紅旗當胸插入，南宮平俯下身來，扶起此人的屍身，心頭突地一動，只覺此人身上猶有微溫，他試探著去推拿此人的穴道，既無中毒的徵象，穴道也沒有被人點中，那麼如此多人為什麼會眼睜睜地受死？難道這麼多人竟無一人能還擊一招？

又是一陣驚恐的疑雲，自南宮平心頭升起，突覺懷中的屍身微微一陣顫動，南宮平心頭大喜，輕輕道：「朋友！振作些！」

這「紅旗鏢客」眼簾張開一線，微弱地開口道：「誰？……你是誰？」

南宮平道：「在下南宮平，與貴鏢局有舊，只望你將兇手說出……」

他言猶未了，這「紅旗鏢客」面容突又一陣慘變，喃喃道：「南宮平……南宮……完……了……完了……」

南宮平大驚道：「完了！什麼完了？」只見這「紅旗鏢客」目光呆呆凝注著屋角，口中只是顫聲道：「完了……完……」

「了」字還未說出，他身軀一硬，便永生再也無法言語。

南宮平黯然長嘆一聲，忍不住回首望去，只見那屋角竟是空無一物，他凝目再望一眼，才覺得那裡似乎曾經放過箱子木器之類的東西，但此刻已被人取去。

「劫鏢！」這一切看來都是被人劫了鏢的景象，但這一切景象中，卻又包含著一種無法描摹的，神秘而又恐怖的意味。

南宮平心念閃動，卻也想不出這最後死去的一個「紅旗鏢客」，臨死前言語的意義，「難道此事與『南宮世家』有什麼關係？」

一念至此，他心中突然莫名所以地泛起一陣寒意。

回首望去，只見葉曼青亦已來到他身後，滿面俱是沉思之色，口中沉吟道：「南宮……完了……」忽然抬起頭來，輕輕道：「這『紅旗鏢局』可是常爲你們家護送財物麼？」

南宮平頷首道：「不錯。」

葉曼青道：「那麼他們這次所護之鏢，大約也是『南宮世家』之物，所以他被人劫鏢之後，在慚愧與痛苦之中，才會對你說出這樣的話來。」

南宮平沉思半晌，竟然長長嘆息了一聲，意興似乎十分落寞。

葉曼青道：「你嘆什麼氣呢？『南宮世家』即使被人劫走一些財物，也不過有如滄海之一粟，算得了什麼？」

這句話中本來有些譏諷之意，但她卻是情不自禁，誠心誠意地說出來的，無論多麼惡劣尖刻的言語，只要是出自善意而誠懇之人的口中，讓人聽來，其意味便大不相同。

南宮平嘆道：「我哪裡會爲此嘆氣。」但面上泛起一絲苦笑，接著道：「有些道理極爲簡單明顯之事，我卻偏偏要去用最最複雜困難的方法解釋，豈非甚是愚蠢？」

葉曼青嫣然一笑，突聽門外響起一片狗吠之聲，聲音之威猛剛烈，遠在常狗之上。

接著，門外金光一閃，一條滿身金毛，閃閃生光，身軀如弓，雙目如燈，短耳長鼻，驟眼看來，宛如一匹幼馬的金色猛犬，急步走入房中。

這條猛犬不但吠聲、氣度俱與常犬大不相同，頸圈之上，竟滿綴黃金明珠，雖不住俯首在地上嗅聞，但顧盼之間，卻仍有犬中君王之勢。一個鷹目鷂鼻，目光深沉的黑衣人，手中挽著一條黃金細鏈，跟在這猛犬之後，此人氣度雖亦十分陰鷙機警，但一眼望去，反似一名犬奴。

門外人聲嘈亂，議論紛紛，但都在說：「想不到這西河名捕『金仙奴』今日居然會來到洵陽，有他在此，這件劫案大約已可破了。」

黑衣人目光掃了南宮平、葉曼青兩人一眼，雙眉微微一皺，回首道：「林店東，在我未來之前，你怎能容得閒雜人等來到這裡？」

立在門外的店東，滿面惶恐，吶吶道：「這……這……」

黑衣人冷「哼」一聲，沉下臉來，葉曼青見這金色猛犬生像如此奇特，忍不住要伸手撫摸一下，哪知她手掌還未觸及，這猛犬突地大吼一聲，滿身金毛，根根豎立，黑衣人變色道：「那女子快些退後，你難道不要命了麼？」

葉曼青柳眉一揚，只覺南宮平輕輕一拉她衣袖，便不禁將已到口邊的怒喝壓了回去，只見黑衣人已俯下身子，輕拍著這猛犬的背脊，道：「不要生氣，不要生氣，他們再也不敢碰你的了。」神態間也宛如奴才侍候主子一般。

那猛犬口中低吼了兩聲，犬毛方自緩緩平落，黑衣人霍然站起身來，厲聲道：「你兩人是誰？還站在這裡作什？」

葉曼青冷冷道：「我站在這裡你管得著麼？」

黑衣人冷笑一聲，道：「好個無知的女子，你可知道我是什麼人？竟敢妨害我的公務。」

葉曼青亦自冷笑一聲，道：「我怎麼不知道你是什麼人，你左右不過是這條小狗的奴才而已。」

她語聲甚是高朗，門外眾人聽來，俱不禁面色大變，暗暗為她擔心。

原來這條黃金猛犬，名叫「金仙」，不但兇猛矯健，普通武林中人，幾難抵擋牠一撲之勢，而且嗅覺最是靈異，無論兇殺劫案，只要牠能及時趕到，就憑一點氣息，牠便必定可以追出那些兇手或盜賊的去向及藏匿之處。

多年來被牠偵破的兇案，已不知凡幾，犬主黑衣人「金仙奴」，竟也因犬而成名，成為北六省六扇門中最有名的捕頭。

只是他雖是人憑犬貴，而且自稱「金仙奴」，卻最最忌諱別人提到此點，此刻葉曼青在無意中如此尖銳地刺到他隱痛之處，刹那間他本已蒼白的面容便已變得一片鐵青，回首大喝道：「來人呀，替我將這女刁民抓下去！」

葉曼青仰天冷笑數聲，道：「本應狗是人奴，此刻卻變了人是狗奴……嘿嘿，嘿嘿。」

右掌突地一抬，目光冰冷地凝注著已自衝入門內的四個手舉鐵尺鎖鏈的官差身上，道：「你們若有誰敢再前進一步，我立刻便將你們斃在掌下。」

黑衣人「金仙奴」雙眉一揚，暗中鬆開了掌中所挽的金鏈，道：「真的麼？」

話聲未了，南宮平已橫步一掠，擋在葉曼青身前，道：「且慢！」

黑衣人抬眼一望，只見面前這少年容顏雖然十分憔悴，但神色間卻自有一種清華高貴之氣，手掌不禁向後一提，那猛犬也隨之退了一步，他方才本有放犬傷人之意，此刻卻不敢輕舉妄動，只是沉聲道：「你是什麼人？難道也和這女……」

南宮平微微一笑，截口道：「在下久聞閣下乃是西河名捕，難道連忠奸善惡之分都分不清楚？」

金仙奴道：「兇殺之場，盜竊之地，豈有忠誠善良之人！」

南宮平面色一沉，道：「那麼金捕頭是否早已認定了在下等不是主謀，便是共犯？在下等在此間，便是專門等著金捕頭前來捉拿於我？」

金仙奴四望一眼，只見到窗外的人群，都在留意著自己的言語，冷「哼」一聲，道：「此刻雖尚不能決定，但片刻後便知分曉了。」手掌一鬆，俯手一拍，道：「金老二，再要麻煩你一次了。」

金鏈一脫，那名犬「金仙」便有如飛矢一般直竄出去，眨眼之間，便在這前後左右，大小四間房中繞了一圈，昂首低吠了三聲，突地竄到南宮平及葉曼青足下，嗅了兩嗅，突又竄開，以方才的速度，又在前後四間房中繞了一圈，昂首低吠三聲，竟又繞著牆壁四下狂奔起來，越奔越緩。

金仙奴面上本是滿帶驕傲自信之色，但等到「金仙」第二次繞屋狂奔時，便已露出焦急、奇怪之意，「金仙」每奔一圈，他焦急奇怪之意便更強烈幾分，到了後來他額上竟似已沁出汗珠，情不自禁地隨著「金仙」繞屋急行，終於越行越緩，額上的汗珠卻越流越急，口中喃喃道：「老二，還沒有尋出來麼，老二，還沒有……」

葉曼青仰首望天，冷冷一笑，卻見那名犬「金仙」突地停下步子，轉向門外走去，門外眾人目光俱都凝注在這條名犬身上，此時立刻讓開一條道路。

金仙奴長長鬆了口氣，得意地斜瞟南宮平及葉曼青一眼，沉聲道：「兄弟們，休要讓這兩人走了。」大步隨之走去。

南宮平輕輕道：「他若是真的能查出這兇案的兇手，我倒要感激他了。」

葉曼青道：「跟去。」

那四個官差一抖鐵鏈，道：「哪裡去？」

葉曼青身形一轉，手掌輕輕拂出，只聽一連串「叮噹」聲響，那四個官差掌中的鐵尺鎖鏈已一齊掉在地上。

他們四人幾曾見過這般驚人的武功，四個人一齊為之怔住，眼睜睜地望著南宮平與葉曼青走出門外，誰也不敢動彈一下。

只見那猛犬「金仙」去到院中。略一盤旋，突然一挫、一躍，跳過了院牆，金仙奴毫不遲疑地隨之掠過，「金仙」已在這院中的房門外狂吠起來。

金仙奴神情緊張，回首大喝道：「這院住的是什麼人？」

此刻眾人已湧到院中，聽到這一聲呼喝，不約而同地一齊轉身望去，南宮平與葉曼青亦已緩步而來，恰巧迎著數十道驚訝的目光。

金仙奴喝道：「果然就是你兩人住在這裡！」

葉曼青道：「住在這裡又怎樣？」

金仙奴道：「那麼你就是劫財的強盜，殺人的兇手。」

人群立刻嘩然，那林姓店東一連退了三步，誰也不敢再站在兩人身側。

南宮平沉聲道：「閣下的話，可是負責任的麼？」

金仙奴道：「十餘年來，在我金仙奴手下已不知多少兇手盜賊落網，幾曾有一件失誤？你兩人還是乖乖束手就縛的好。」

南宮平目光一瞥那猶在狂吠不已的猛犬，突地想起了那貪財的神秘老人「錢癡」，面色不禁為之一變，趕上幾步一掌推開了房門，只見房中空空，哪裡還有那老人的影子！

金仙奴哈哈笑道：「你同黨雖然早已溜走，但我只要抓住了你，何愁查不出你同黨的下落？」手掌一反，自腰間撤下一條鏈子銀槍，道：「你兩人可是還想拒捕麼？」手腕一抖，將鞭抖成一線，緩緩向南宮平走了過去。

本自立在院中的人群，一齊退到了院外，林店東更是早已走得不知去向，南宮平雙眉一皺，道：「閣下事未查明，便……」

金仙奴道：「有了我『金仙』的鼻子，還要再查什麼？」

銀光閃處，摟頭一鞭向南宮平擊下，葉曼青只怕南宮平病勢未癒，嬌叱一聲，方待出手，只聽身後一陣勁風，方才還在昂首狂吠不已的猛犬「金仙」，此刻竟無聲無息地向她撲了過來，來勢之疾，絲毫不亞於武林中的輕功高手。

這猛犬本來就十分高大，雙足人立，白牙紅舌，恰巧對準了葉曼青的咽喉，四下人群驚喟一聲，眼見如此清麗的女子，剎那間便要傷在森森犬齒之下。

葉曼青身形一側，無比輕靈地溜開三尺，她這種身法幾乎已和輕功中最稱精奧的「移形換位」之術相似，哪知這猛犬「金仙奴」竟能如影附形般隨之撲來，兩條前足，左右閃動，宛如武夫掌中的兩柄短劍，未至敵身，先閃敵目，葉曼青暗暗驚忖道：「難怪此犬能享盛名，身手看來真比一般練家子還要矯健靈活幾分。」

她本無傷及此犬之心，此刻心中更有些愛惜，左手一揮，閃電般拍在「金仙」頭頂之上，輕叱道：「退下去！」擰腰一轉，只見南宮平雖是大病初癒，但對付「金仙」掌中的一條銀鞭，仍是綽綽有餘，他以無比巧妙的步法閃動身形，那條虎虎生風的銀鞭，根本沾不到他一片衣角。

眾人此刻又是大驚，又在暗中竊竊私語：「這少年男女兩人，看來當真就是那邊兇殺劫案的兇手，否則他們怎會有這樣的武功？」但等到「金仙」第二次往葉曼青身上撲去時，他們卻又不禁發出一聲驚呼。

葉曼青輕叱道：「畜牲！」回身一掌，這次她掌上已用了四成真力，哪知「金仙」低吠一聲，竟避了開去，伏在地上，虎虎作勢，似是不將葉曼青咬上一口，便絕不放手似的。

突聽一陣嘈亂的腳步聲，院外已奔來數十名官差，有的手持紅纓長槍，有的拿著雪亮鋼刀，南宮平雙眉微皺，閃身避開了金仙奴一招「毒蛇尋穴」，沉聲道：「你若再不住手，將事情查辦清楚，莫怪……」

語聲未了，突聽一聲厲喝：「住手！」喝聲有如晴天霹靂，已使眾人心頭一震，喝聲未了，又有一陣疾風自天而降，一柄槍尖縛著一面血紅旗幟的烏桿鐵戟，刷地一聲，自半中直落下來，筆直地插入院中的泥地裡，長達一丈的鐵桿，入土幾有三尺！

金仙奴一驚住手，轉身奔入院中，只聽遠處一個蒼老洪亮的聲音：「金捕頭，兇手已查出了麼？」

說到最後一字，一個銀鬚白髮，高顴闊口的華服老人，已有如巨鵰般帶著一陣勁風掠入院中，金仙奴滿面喜色，道：「司馬老鏢頭來了，好了好了……」回身一指，「兇手便在那裡！」

華服老人目光隨著他手指望去，面上突地現出怒容，沉聲道：「兇手便是他麼？」

金仙奴道：「不錯，但除了這男女兩人之外，似乎還有共謀……」

華服老人突地大喝一聲：「住口！」

金仙奴爲之一怔，後退三步，華服老人已向南宮平迎了過去，歉然笑道：「老夫一步來遲，倒教賢侄你受了冤枉氣了。」

南宮平展顏一笑，躬身長揖了下去，道：「想不到老伯今日也會來到此間……」

華服老人伸手一拉他臂膀，面上笑容一斂，回首道：「金捕頭，請過來一趟。」

金仙奴既覺驚奇，又覺茫然，一步一步地走了過來，掌中的銀鞭低低垂在地上，像是條死蛇似的。

華服老人道：「你說的『兇手』就是他麼？」

方才那等驕狂的兩河名捕，此刻似乎已被這華服老人的氣度所懾，楞了半天，說不出話來。

華服老人沉聲道：「若是你以前的辦案方式，也和這次一樣，倒真教老夫擔心得很。」

金仙奴瞧了那猛犬「金仙」一眼，這條猛犬自從見到這華服老人後，竟亦變得十分溫馴，

金仙奴吶吶道：「晚輩也不敢深信，但事實……」

華服老人冷笑一聲，道：「事實？你可知道他是誰麼？」

他語聲微微一頓，接口道：「他便是當今『南宮世家』主人的長公子，武林第一名人『不死神龍』的得意門徒南宮平！」

這幾句話說得聲節鏗鏘，金仙奴面色一變，目光開始發愣地望向南宮平。

南宮平微微一笑，道：「這本是……」

「是」字尚未說出，已見一道烏光自人群中擊來，南宮平身形一閃，華服老人大喝一聲，舉手一掌，將那道烏光，擊的斜開一丈，雙肩一聳，向人叢中飛掠而去。葉曼青一言不發，纖掌一穿，也向人叢中掠去，恰恰和華服老人不差先後同時到達了暗器射出的方向。

那猛犬「金仙」竟也跟在華服老人身後，人群一陣騷亂，華服老人與葉曼青同時落到地

上，同時四望一眼，但見人頭擁湧，人人俱是滿面驚慌，哪裡分辨得出誰是發射暗器之人！

兩人一齊微皺眉頭，轉過身來，葉曼青微微一笑，道：「老前輩可就是稱『鐵戟紅旗震中州』的司馬老英雄麼？」

華服老人道：「不錯。」目光上下一掃，接道：「姑娘可就是名滿江湖的『孔雀妃子』麼？」

葉曼青含笑搖了搖頭。

突聽人叢中一個長衫漢子，手指外面，喊道：「走了走了……」他喘了口氣，惶聲接道：「方才我親眼看到他射出暗器，但不敢說，哪知他乘著……」

華服老人司馬中天及葉曼青，不等他將話說完，早已隨著他手指的方向，如飛掠去。

這長衫漢子目光中閃著一絲詭笑，悄悄自人叢中退了開去，只見面前人影一花，南宮平已擋在他面前，冷冷道：「朋友這就要走了麼？」

長衫漢子怔了一怔，南宮平道：「我與朋友你無冤無仇，素不相識，你爲何無端要以暗器傷我？」他緩緩伸出手掌，掌上握著一方絲巾，絲巾上赫然竟有一隻烏光緻緻、前尖後銳、似針非針、似梭非梭，形式極爲奇特的暗器。南宮平接道：「如此絕毒的暗器，如非深仇大敵，爲何輕易施用？」

長衫漢子神色驟變，道：「你說什麼，我……我全不知道。」突地舉手一掌，向南宮平直擊過去！

南宮平冷笑一聲，微一閃身避過，長衫漢子似也欺他體力太弱，進身上步，又是一掌。

哪知他這一掌招式還未用到，忽覺身後衣領一緊，他大驚之下，回目望去，只見司馬中天面寒如冰，立在他身後喝道：「鼠輩，竟敢在老夫面前弄鬼。」雙臂一振，竟將此人從地上舉了起來，遠遠拋了出去。

南宮平暗嘆一聲，忖道：「這老人到了這般年紀，怎地生性還是如此火爆？如將此人摔死，怎麼還查得出他的來歷？」他大病初癒，真力未復，雖有救人之心，卻無救人之力。

就在這刹那之間，突地又有一條人影，電射而來，隨著那被司馬中天擲出的長衫漢子的去勢，將之輕輕一托，同時掠開一丈，眼見已將撞上對面的屋簷，身形倏然一翻，將掌中的長衫漢子隨手拋回。

「鐵戟紅旗震中州」司馬中天不由自主，一把將之接住，葉曼青卻已亭亭立在他身前。

司馬中天道：「姑娘好俊的輕功，莫非是食竹女史，丹鳳仙子的門下麼？」

葉曼青盈盈一笑，道：「老前輩神目如電，晚輩葉曼青正是丹鳳門下。」

司馬中天哈哈笑道：「姑娘身法輕靈有如鳳舞九天，除了丹鳳仙子外，誰有如此弟子？江湖之中，新人輩出，人人俱是一時俊傑，真教老夫高興得很。」將掌中的長衫漢子，輕輕放在地上，只見此人早已面色如土，氣息奄奄。

南宮平一步趕來，俯身道：「朋友究竟是爲了什麼原因？受了何人指使而來暗算於我？只要朋友說出來，我絕不會難爲於你。」

長衫漢子接連喘了幾口氣，目光四望一眼，面上突地露出驚恐之色，咬緊牙關，不發一言。

金仙奴訕訕地走了過來，道：「小的倒有叫人吐實的方法，不知各位可要我試一試？」

司馬中天冷「哼」一聲，道：「此人定不會與劫案有關，你大可放心好了，世上強盜笨人雖多，但卻也不會有人愚蠢至此，犯下巨案還等在這裡，至於別的事麼……哼哼，不勞金捕頭你動手，老夫也自有方法問得出來。」

金仙奴愕了半晌，面上神色，陣青陣紅，突地轉身叱道：「誰叫你們來的，還等在這裡幹什麼？」那些差役對望一眼，蜂擁著散了。

司馬中天冷冷一笑，突地出手如風，捏住了那長衫漢子肩上關節之處，沉聲道：「你受了誰的指使，快些從實說出。」話猶未了，這長衫漢子疼得滿頭冷汗，但仍然咬緊牙關，一言不發，司馬中天濃眉軒處，手掌一緊，這漢子忍不住呻吟出聲來。

南宮平微喟一聲，道：「他既不肯說出，我也未受傷損，不如算了。」

司馬中天道：「賢侄，你有所不知，南宮世家，此刻正遇著重重危難，此人前來暗算於你，幕後必有原因，怎能算了。」

南宮平微微變色道：「什麼危難？」

司馬中天長嘆一聲，眉宇間憂慮重重，道：「此事說來話長，幸好賢侄你已在啓程回家……唉，到時你自會知道了。」

南宮平更是茫然，不知道家裡究竟生出了什麼變故，雙眉一皺，垂下頭去，俯首沉思了半晌，忽見一縷淡淡的白氣，自地面升起，瞬即瀰佈眾人的腳底。

他心頭一動，抬首只見紅日當空，轉念間不覺大驚喝道：「霧中有毒，快退！」身形一轉，連退數步，司馬中天微微一愕，道：「什麼事？」手掌不覺一鬆，那長衫漢子目光一亮，奮起餘力，在地上連滾數滾，滾入了那淡淡的白霧中。

人群一亂，司馬中天厲叱一聲：「哪裡逃？」飛快地追了過去。

南宮平微一頓足，道：「快離此院，遲則生變。」

葉曼青伸手一托他肩膀，輕輕掠上屋脊，放眼望去，只見那長衫漢子似乎已混入了雜亂的人叢中。

司馬中天長髯飄拂，遊魚般在人叢中搜尋著，金仙奴又提起了那條金鏈，但鏈上的猛犬「金仙」，竟已不聽他的指揮，低吠著跟在司馬中天身後。

葉曼青輕輕道：「你留在這裡，我去幫著司馬老鏢頭將那人抓回。」

南宮平嘆道：「不用了，此人的來歷，我已知道了，想不到的是，這人竟在短短一段日子裡，便已將勢力培佈如此之廣。」

葉曼青茫然道：「什麼人？」忽見南宮平面色又自一變，頓足道：「不好。」轉身一掠，但氣力不濟，險此跌倒。

葉曼青縱身扶住了他肩膀，問道：「你要到哪裡去？唉！有些事你爲什麼總是不肯明白告訴我？」

南宮平嘆道：「此事之變化究竟如何，我也猜測不到，但……唉，我此刻但願能插翅飛回家裡……」他心頭忽然生出警兆，彷彿有許多種災難已將降臨他和他家人身上，想到那「風雨飄香牌」的黨羽勢力分佈如此之迅速，他心中憂慮不覺更深。

葉曼青幽幽一嘆，道：「你要回家了麼？」

南宮平道：「你……你……」

葉曼青眼波一亮，道：「你可是要我陪你回去？」

南宮平黯然點了點頭，心頭更是紊亂，除了對自身隱藏的憂慮外，又加了一份兒女情絲的困擾。

葉曼青喜道：「那麼，我們快走。」拉起南宮平，飛快地掠去，只要有南宮平和她在一起，其他的事，她便都不再放在心上，這就是女子的心，大多數女子的心裡，僅有足夠的地方容納愛情，別的事全都容納不了。

白霧漸濃，人群由亂而散，「鐵戟紅旗震中州」司馬中天雙拳緊握，滿面怒容，他一生闖盪江湖，卻不料晚來屢生巨變，而此刻竟被一個江湖小卒自手掌中逃脫，他心中既是氣惱，又覺驚異，回首望處，金仙奴猶自立在他身後，發愣地望著他，那猛犬「金仙」，也柔馴地依在他腳邊。

他輕嘆一聲，拍了拍「金仙」的頭頂，道：「江湖風險，金捕頭，你難道還不想退休麼？」

金仙奴垂下頭去，吶吶道：「晚輩……」

司馬中天道：「這條狗，你也該送回去了。」

金仙奴道：「金仙跟著我十餘年，我……我實在……」

司馬中天嘆道：「人生無不散的筵席，何況……你可知道牠的主人此刻比你還需要牠。」

他此刻只覺心中一片蕭索，心中的豪氣，體內的真力，卻似已隨風消失在這奇異的濃霧中。

金仙奴垂手木立了半晌，只見迷濛的霧氣中，突地現出了五條人影，一個嬌柔的語聲輕笑著道：「司馬前輩，你老人家還認得我麼？」

司馬中天凝目望去，只見一個明眸流波，巧笑嫣然的玄衫美婦姍姍走過來，大喜道：「老夫老眼未花，怎會不認得你，呀……好極好極，石世兄也來了，龍飛呢？他到哪裡去了，你至今還未見著他？」

嫣然巧笑的正是郭玉霞，她笑容未斂，輕嘆一聲，道：「我……我到處找他，但是……唉，這都怪我，也許是我不知不覺地做了什麼讓他不高興的事，否則……唉，他怎麼會……」

她笑容終於完全消失，換了無比幽怨的神色。

司馬中天濃眉一皺，道：「素素呢？莫非跟他在一起？」

郭玉霞輕輕點了點頭，司馬中天道：「咳，這孩子。」

立在郭玉霞身側的，除了面容木然的石沉外，便是那氣度從容，神態瀟灑的「萬里流香」任風萍，此刻他輕咳一聲，道：「這位莫非就是名震天下的『鐵戟紅旗』麼？在下任風萍，拜見老前輩。」

司馬中天道：「任風萍……哦，好極好極，不想今日竟能見著任大俠。」目光一轉，忽見遠遠立在他三人身後，有如奴僕一般的，赫然竟是昔年鏢局中的巨頭，「七鷹堂」中的翠、黃雙鷹，不禁一步趕了過去，大喜道：「黃兄、凌兄，你們難道不認得你這老兄弟了麼？」

哪知「黃鷹」黃令天、「翠鷹」凌震天兩人對望了一眼，竟似完全不認得他似的，木立當地。

司馬中天呆了一呆，乾咳道：「黃兄、凌兄……」黃令天、凌震天仍是不言不動，面上一片木然。

司馬中天大喝道：「黃兄……」突地狠狠一跺腳，大聲道：「紅旗鏢局與七鷹堂雖是同行，走的卻是兩條路，想不到你兄弟氣量竟是這般狹窄。」

凌震天、黃令天仍然有如未聞，郭玉霞、任風萍對望一眼，目光中閃過一絲得意的笑容，石沉卻不禁露出一絲憐憫的神色。

郭玉霞輕輕一拉司馬中天衣角，附在他耳畔，輕輕道：「司馬前輩，有些朋友交不交都沒有什麼關係，你老人家說是麼？」

司馬中天大聲道：「極是極是，有些朋友交不交都沒有關係。」

郭玉霞秋波一轉，道：「呀，你看這條狗多麼神氣，想來必定就是那條大名鼎鼎的『金仙』了。」

金仙奴躬身一禮，道：「在下金仙奴。夫人如有差遣……」

司馬中天突地一拍手掌，道：「我險些忘了告訴你，平兒也在這裡！」

郭玉霞道：「南宮五弟麼？」

司馬中天道：「正是。」

轉目望去，白霧似已漸稀，但院中卻空無人跡，司馬中天大聲呼道：「平兒，平兒……」

郭玉霞輕輕一笑，道：「只怕他已走了。」

司馬中天詫道：「走了？」

郭玉霞道：「最近老五不知爲了什麼，一看到我和三弟，就遠遠避開，其實……唉！他即使做了什麼錯事，我們同門兄弟，難道還不能原諒他麼！」她語聲微頓，幽幽嘆道：「這孩子……又聰明，又能幹，什麼都好，我只望他將來能成一番大事業，哪知他……唉！」

司馬中天雙目一張，道：「他怎樣了？」

郭玉霞道：「唉，他到底年紀輕，爲了一個聲名狼藉的女人，竟不惜犯下眾怒，爲了梅冷血，他竟將『飛環』韋七韋老英雄都殺死了。」

司馬中天既驚且怒，大喝道：「真的？」

郭玉霞垂首長嘆一聲。

任風萍搖頭嘆道：「色字頭上一把刀……唉！」

司馬中天雙拳緊握，喃喃道：「南宮世家已是岌岌可危，他還要如此做法，他還要如此做法……」目光一抬，恨聲道：「你可知道那姓梅的女子，拿著他的信物漢玉，將自此以北，西安附近許多家南宮分店中可以提調的銀子全都取去了？」

郭玉霞目光輕輕瞟了任風萍一眼，瞬即做出茫然的神色，驚道：「真的麼？」

司馬中天道：「十數萬兩銀子，在南宮世家看來，本非大事，但此刻……唉！」四望一眼，長嘆著垂下頭去。

郭玉霞秋波閃動，道：「難道南宮世家已遇著非常之變麼？」

司馬中天道：「非常之變，非常之變……大廈將傾，大廈將傾……」

突見一條黑衣勁裝、背插紅旗的大漢，髮髻蓬亂，神色敗壞，狂奔而入，「噗」地跪到地上，胸膛起伏，喘著氣道：「總鏢頭，不好了……」

司馬中天面色大變，厲聲道：「什麼事？」

那黑衣勁裝的「紅旗鏢師」接口道：「武威、張掖、古浪、永登、新城、蘭州六處的八家南宮店舖，一共賣了一百四十萬兩銀子，小的們換成珠寶，方自運到秦安，就……就……」

司馬中天鬚髮皆張，跺足道：「就怎地了。」

黑衣大漢道：「就無影無蹤地被人劫走了，除了小的因爲在前面探路，其餘的兄弟，全都，全都……被咱家自己的紅旗插入要害死了，看情形他們似乎連手都沒有還出一招。」

他話未說完，「鐵戟紅旗震中州」，已大喝一聲，暈倒在地，猶未散盡的白霧，繚繞在他蒼白的鬚髮之間。

郭玉霞、任風萍面上竟也是一片驚駭之色，彷彿對這驚人的劫案也全然不知道。

過陝西，入鄂境，自洵陽，過白河，至堰城，一路上俱是野店荒村。

殘陽已落，堰城郊外的一個小小村落裡，炊煙四起，正是晚飯時分，五六個褸衣赤足的漢子，正在這村裡僅有的一個吃食攤子前，花一文錢買些花生，花兩文錢買些炊餅，三文錢沽些白酒，四文錢秤兩肥肉，箕踞在長凳上，就著肥肉花生，吃口炊餅，飲口白酒，談論著天南地北，以及一些見不得人的事。

鍋裡的肉湯沸騰著，小攤的主人滿意地望著面前的這些吃客，偶然慷慨地多切一片豬頭肥肉，換取兩句奉承的言語。

突然，有人目光一亮，輕輕道：「看，好漂亮的一對人物，老闆，看來你的大買賣要上門了。」

老闆目光一轉，只見道路上大步行來一雙少年男女，神情間雖然帶著些疲倦憔悴，但氣度卻仍是瀟灑而高貴的，卑微的老闆咧嘴一笑，低語道：「人家才不會照顧到這裡，我看你們……」

哪知他話還沒有說完，這一雙少年男女已筆直向他走了過來，那青絲翠衫、姿容如仙的少女，自懷中取出四枚制錢，輕輕道：「買四文錢的餅。」所有的人一齊呆住了。

這四枚制錢是以一條紅色的絲絛編住的，發呆的老闆呆了半晌，趕緊包起一大片烙餅。

翠衫少女接了過來，輕輕道：「堰城快到了吧？」

許多張嘴巴一齊開口道：「就在前面。」

翠衫少女輕輕道了謝，急急走了，過了許久，這些發愣的漢子才紛紛議論起來，而且看樣子還要再議論幾天。

翠衫少女將烙餅分成兩半，大的一半，遞給了那沉默、憔悴，但卻十分英俊的少年，輕笑道：「想不到吧，四文錢可以買這麼多餅。」她撕了一小塊，津津有味地嚼了起來，彷彿在咀嚼著貧窮的滋味。

那少年垂首望著手裡的餅，神色黯然嘆道：「那四枚制錢，你本不應拿出來的。」

翠衫少女輕輕一笑，道：「爲什麼？我又不是偷來搶來的。」

少年道：「我知道那必定是你心愛的東西，但是我……」

翠衫少女嫣然道：「不要多說了，快吃了它，你可知道你現在最需要吃東西，好有力氣趕路，到了堰城，我們就可以到你家店鋪裡去拿兩匹馬，一定還要多帶些銀子。」

少年感激地長嘆一聲，忽然輕輕道：「這些天，假如沒有你，我……我……唉！」

翠衫少女的一雙秋波，驟然明亮了起來，像是兩粒方被洗過的明星，因爲她目中的陰霾，此刻已被情感的雨露洗淨。

堰城！夜市燈光通明，他們走上夜街，尋找著紅黑交織的顏色，詢問著：「你可知道『南宮世家』的店鋪在哪裡？」

「呀！南宮世家麼，這城裡本來有一家糧食店是他們家裡的，但是幾天前卻已盤給別人了，店裡的伙計，也早都星散！唉，真奇怪！」

別人俱在奇怪，南宮平心中更是何等地驚惶而焦急。

翠衫少女也愕了許久，但她瞧了瞧她身旁的少年，便又嫣然笑道：「這有什麼奇怪，說不定南宮老爺子不想再做生意了。」她拉著那少年走出堰城，一面還在笑道：「我真想去偷他一票，以後再加倍去還，可是……可是我又沒有這份膽子。」

她的柔笑，她的慰語，卻始終解不開那少年緊皺的雙眉。

他心中不住地暗問自己：「這究竟是怎麼回事？這究竟是怎麼回事？」他無法猜測，更無法解釋，蒼穹昏黯，夜色低沉，他只覺寒生遍體，抬頭望處，只見一堵山影，橫亙在淒迷的夜色中，似乎已與蒼穹相接，他暗中調息一遍，自覺尚有餘力登山，胸膛一挺，當先走去。

他身側的翠衫少女一顰雙眉，輕輕道：「你身子還未完全復元，只怕……」

這少年道：「無妨。」

翠衫少女道：「你自信可以越過去麼？」

少年默不作答，只是緩緩點了點頭。

翠衫少女道：「你師門的內功，果然不同凡響。」展顏一笑，道：「上山去最好了，清風明月，山花野果，都是不要花錢的東西。」

這少年忽然長嘆一聲，緩緩道：「但願天下的富貴人，都能嚐一嚐貧窮滋味……」

橫亙在堰城郊外的山嶺，便是武當山脈，此處距離天下武術名門「武當派」的所在地「武當主嶺」雖仍不近，但山勢雄峻，已不失名山之氣概。

夜色深沉，名山寂靜，在一處向陽的山巖上，重拂的山藤間，卻突地傳出一聲幽幽的嘆息，一個少女的聲音輕輕道：「這世界有時看來是那麼遼闊，有時看來卻又那麼窄小，有時看來是那麼喧鬧擁擠，但此刻……天地間都彷彿只剩下我們兩個人了。」

一隻纖纖玉手，緩緩自小藤間穿出，山風乘勢吹開了重拂的山藤，朦朧的星光便筆直地映入了山藤後的洞窟，映在一張冷艷而清麗的面靨上。

她身上的衣衫，被星光一洗，更見蒼翠，微顰的雙眉，似愁似喜，她明亮的秋波，半帶羞澀，終於輕輕轉到她身後的少年身上——南宮平斜倚著潮濕的山壁，不知在想些什麼，他和葉曼青之間的距離，似乎很近，又似乎頗爲遙遠。

他已感受到葉曼青的嬌羞與喜悅，因之他十分不願說話。

葉曼青星眸微合，輕輕又道：「你看，這山藤就像是珠簾一樣，這山巖也像是一座小樓，小樓珠簾半捲，確是一處風景絕佳的所在。」

南宮平輕輕苦笑一聲，仍然默無一語。

葉曼青道：「你倦了，我們真該好好歇息一下……」一陣長久的靜寂，突聽南宮平腹中「咕嚕」一聲，葉曼青輕笑道：「呀，你又餓了。」

她伸手一掏，竟又從懷中掏出一角烙餅，道：「給你。」

南宮平只覺一陣感激堵住喉嚨，吶吶道：「你……你沒有……」

葉曼青道：「這兩天我吃得太多了。」垂首一笑，接道：「我知道你不肯一個人吃的。」邊說邊將烙餅分成兩半。

南宮平接了過來，緩緩咀嚼，只覺這烙餅的滋味既是辛酸、又是甜蜜，若非多情人，又怎能嚐得到這其中的滋味。

他甚至分辨不出自己此刻嚥下肚裡的，究竟是烙餅，抑或是感激與嘆息。

葉曼青一笑道：「難怪那禿頭老人會變成財迷錢癡，原來金錢真的重要得很……」語聲一頓，皺眉道：「你看那劫案，會不會就是他幹的？」

南宮平道：「以他一人之力，怎能在片刻間殺死那些紅旗鏢局的鏢師？」

葉曼青道：「那麼，他爲什麼會忽然偷偷跑掉呢？」

南宮平苦笑道：「我也不知道！」

葉曼青長長嘆息著道：「無論是多麼聰明的人，也無法猜到別人的心事，那禿頭老人所說的話，的確有些道理。」忽覺南宮平一把拉住她手腕，道：「噤聲！」

只聽一陣大笑之聲，自上傳來，自遠而近，一人邊笑邊道：「我若沒有重大的事，怎敢隨意阻攔四位道長的大駕？」

葉曼青面色一變，輕輕道：「你聽這口音像是誰的？」

南宮平毫不思索，道：「錢癡！」這口音滿帶山西土腔，入耳難忘。

葉曼青道：「他怎麼也到了這裡……」

南宮平道：「噓——」

只聽另一個嚴肅沉重的口音道：「貧道們有要事急待回山，施主若有什麼話，就請快些說出。」

錢癡道：「我一路跟在道長們後面，已有兩日，爲的就是要尋一個隱秘的說話之地。」

對方那人似乎愕了一愕，方自道：「上面那片山巖如何？」

錢癡道：「好極好極，就是上面那片山巖好了。」

南宮平、葉曼青心頭一凜，屏住聲息，只聽嗖然幾道風聲，掠上山巖。

兩人不由自主地自垂拂的山藤間向外望去，只見四個青袍白襪、烏簪高髻、腰下佩著長劍、背後斜揹著一個黃布包袱的道人，在這霎眼之間，已立在他們洞窟外的一片山巖上。

那「錢癡」脅下仍然緊緊挾著那隻麻袋，帶著滿面得意的詭笑，站在道人們對面，要知外明裡暗，加以山藤頗密，南宮平與葉曼青雖可望見他們，他們卻看不到南宮平。

四個青袍道人，年齡俱在五旬開外，神情更都十分嚴肅沉靜，顯見俱都大有來歷，其中一人紫面修髯，神情尤見威猛，此刻濃眉微皺，道：「施主的話，此刻已可說出了吧？」

「錢癡」舉手一讓，笑道：「坐，請坐。」自己先已盤膝坐了下來。

紫面道人道：「貧道們平生不喜與人玩笑。」

「錢癡」笑容一斂，道：「時間便是金錢，我也沒有工夫與人開玩笑。」

四個青袍道人對望一眼，盤膝坐了下去，一個面色陰沉的道人手掌一翻，悄悄握住了腰間的劍柄，冷冷道：「施主究竟有何見教？」

「錢癡」目光一掃，道：「此刻彷彿已近三更，是麼？」

紫面道人「哼」了一聲，「錢癡」已接口道：「前夜三更……」

他方自說出四字，四個青袍道人已自面色大變，齊聲叱道：「你說什麼？」四隻手掌，齊地握住了腰畔的劍柄。

南宮平心頭駭然一動，只聽「錢癡」哈哈笑道：「前夜三更，四位道長大展身手之際，只怕再也不會想到，還有人正在作壁上觀吧！」

他語聲微頓，不等別人答話，又道：「但我事先亦是再也不會想到，施辣手、劫鏢銀的蒙面客，竟會是名聞天下，領袖武林，堂堂正正的『武當派』門下，更不會想到居然是真武頂『玄真觀』的護院真人『武當四木』！」

葉曼青聽到這裡，一顆心幾乎跳出腔來，只覺南宮平握住自己的手掌，也起了一陣顫抖，武當真人，居然作賊，這當真是駭人聽聞之事。

「錢癡」話聲方了，只聽一聲輕叱，幾聲龍吟，人影閃動，劍光繚繞，霎眼間這四個青袍道人，「武當四木」已將「錢癡」圍在中間，四柄精光耀目的長劍，距離「錢癡」的咽喉、脊椎不及半尺，但這奇異的禿頂老人「錢癡」卻仍然盤膝端坐在地上，動也不動，神色間安詳已極，緩緩道：「各位還是坐下的好，這豈是刀劍可以解決的事！」

紫面道人厲聲道：「胡言亂語，含血噴人，難道你不信『武當四木』，真有降魔伏凶的威力？立時便能教你血濺當地！」

「錢癡」冷冷一笑，道：「胡言亂語，含血噴人……嘿嘿，請問四位背後的黃包袱裡，包的是什麼東西？」

四柄長劍，劍尖齊地一顫，夜色中只見這「武當四木」的面容，更是大變。

「錢癡」道：「四位道長俱是大智大慧之人，試想我孤身一人，若非早已準備後著，怎敢面對以劍術武功名聞天下的『武當四木』說出此事，四位今夜若是傷了在下，不出五日，普天之下的武林中人便都知道一向號稱名門正宗的武當派四弟子，嘿嘿，不過也是強盜！」

紫面道人道：「你縱然說出，卻也不會有人相信。」

「錢癡」仰天笑道：「空穴怎會來風？事出必定有因，武林中人是否會有人相信，有多少人相信，道長們也想必清楚得很！」

他目光環掃一眼，冷冷道：「依我之見，道長們還是放下長劍的好。」

四柄長劍，果真緩緩垂落了下來。

「錢癡」道：「坐，請坐，凡事俱有商量之處，我『錢癡』又豈是不通情理之人？」

「武當四木」一齊緩緩坐了下來，四人面上，俱是一片驚愕之色，這四人雖有一身足以驚世駭俗的武功，卻苦於江湖歷練太少。

「錢癡」道：「我久聞江湖人道『陽春白雪，紫柏青松，雲淡風清，獨梧孤桐。』想見『武當四木』必是風標清華的高士，若非親見，我實也不敢相信四位竟會做出此事，想來四位必定也是初次出手，是以十分緊張，否則以四位的耳力目力，必定早已發現了我這壁上觀客！」

「武當四木」目光凝注，默不作答，但神色之間顯已默認。

「錢癡」微微一笑道：「四位既是初次出手，我也不願毀了四位多年辛苦博來的名聲，只要四位能答應我兩件事情，我便永遠不將此事說出。」

紫面道人正是「武當四木」之首「紫柏真人」，濃眉一皺，道：「什麼事情？」

「錢癡」道：「此事說來並不十分困難，只要……」

「紫柏道人」突地冷冷截口道：「無論事情難易，只要貧道們力所能逮，均無不可，但施主卻不知該如何教貧道們相信施主日後永遠不說此事！」

「錢癡」微一沉吟，道：「這個麼……」突地長身而起，左掌護胸，右掌前舉，拇、食兩指環扣，其餘三指斜斜伸出，微一吸氣，身形竟斗然暴長半尺，緩緩道：「我說的話，四位總可相信了吧！」

南宮平、葉曼青心頭一凜，幾乎驚呼出聲來，只見他神氣軒昂，目射精光，當真威風凜凜，哪裡還是方才的財迷錢癡！

「武當四木」面色更是大變，身軀各個一震，紫柏道人道：「前輩難道就是三十年前，在江湖中偶一現身，便已名震天下，盛極之時，卻又突然退隱的『風塵三友』其中之一人麼？」

「錢癡」微微一笑，霎眼間便又恢復了方才猥瑣的神態，緩緩坐了下去。

「紫柏道人」長嘆一聲，道：「前輩既是昔年力蕩群魔，連創七惡的『風塵三友』，貧道還有什麼話說，無論前輩有何吩咐，貧道們無不從命！」

聲名赫赫，不可一世，幾乎將與「武當派」當代掌門人「空竹道長」齊名的「武當四木」，竟會對三十年前，在武林中僅如曇花一現的「風塵三友」如此尊敬畏懼，想當年「風塵三友」盛極之時，聲名該是如何顯赫！

南宮平、葉曼青交換了個驚詫的眼色，只聽「錢癡」緩緩道：「第一件事，四位請先將背後的包袱解下給我。」

「武當四木」愕了一愕，面面相覷，紫柏道人終於長嘆一聲，插劍入鞘，解下包袱，青松、獨梧、孤桐三位道長，自也遵命做了。

「錢癡」道：「包在一起。」

「武當四木」一齊解開包袱，只見珠光寶氣，耀人眼目，南宮平、葉曼青心中一驚，輕輕向後退了一些，片刻間四包便已歸做一袋。

「錢癡」一手接過，一面說道：「這些珠寶，可是『南宮世家』交託給『紅旗鏢局』護送的？」

南宮平手掌一顫，只聽「紫柏道人」頷首道：「不錯。」

「錢癡」雙目中閃過一絲奇異的光芒，一字一字地問道：「第二件事，我且問你，你四人究竟爲了什麼，居然不惜身敗名裂，前來搶奪這批珍寶？」

「武當四木」神色又是一陣大變！

「錢癡」緩緩道：「此間除我之外，再無別人！」

紫柏道人目光緩緩四下掃動一遍，夜色淒清，風吹林木。

南宮平緊緊握住葉曼青的手掌，兩人掌心，俱是一片冰冷。

只聽「紫柏道人」長長吐了口氣，道：「群魔島！前輩可曾聽過『群魔島』這三個字麼？」

「錢癡」霍然一震，道：「群魔島！」聲音中充滿驚慑之意。

紫柏道人緩緩道：「不知若干年前，武林中便已有了『群魔島』的傳說，也不知在若干年前，『群魔島』便已與……」

他語聲十分緩慢，神情充滿戒備，說到這裡，突地大喝一聲，手掌急揚，一道銀光，帶著一縷尖銳的風聲，破空而出！

南宮平、葉曼青心頭一凜，只見這道人高大的身軀，竟也隨著這一道銀光斜斜竄了起來。銀光沒入樹影，一隻宿鳥，輕唳飛起，卻另有一隻宿鳥，自木葉中跌落。

紫柏道人雙臂一振，腳尖輕點，倒掠而回，青松、獨梧各個在暗中喘了口氣，「武當四木」，果然名下無虛，數丈外宿鳥的動靜，都逃不過他們的耳目，但他們卻疏忽了近在咫尺間竊聽的人。

「錢癡」忍不住道：「說下去。」

紫柏道人定了定神，接道：「也不知在若干年前，『群魔島』便已與武林中的七大門派訂下密約，『群魔島』中之人，絕不干涉七大門派中事，也絕不傷害七大門派的弟子，但這七大門派卻都要答應爲『群魔島』做一件事，無論什麼時候，無論是什麼事情！」

他輕輕喘了口氣，接道：「這密約在少林、崑崙、崆峒、點蒼、峨嵋、華山，以及我武當派的掌門人以及有數幾個人口中，代代相傳，也不知道傳了多久，『群魔島』卻始終未曾動過這權力，直到……」

他長嘆一聲，接道：「直到月餘之前，『群魔島』突地派來傳訊使者，令我們只要查出有『南宮世家』的財物經過武當數百里周圍以內，武當便要派人劫下，還要將護送財物之人，以他們自身所帶信物標誌殺死，至於那些財物，卻可任憑我們處置。」

「錢癡」目光閃動，緩緩道：「南宮世家雖然已有百餘年的基業，但除了與鏢局接觸外，從未聽過與武林中人有任何來往，怎地會跟『群魔島』有了仇怨呢？」

紫柏道人嘆道：「貧道們也都十分奇怪，想那『群魔島』與七大門派訂下這密約已有若干年，一直未曾使用權力，想必是對此極為看重，哪知他們此刻卻用來對付與武林毫無關連的『南宮世家』，只是敝派掌門人為了遵守前約，又實在不願與『群魔島』為敵，在無可奈何之下，才命貧道們做出此事！」

「青松道人」接著嘆道：「不但敝派如此，峨嵋、崑崙、崆峒等門派，想必也不會兩樣，只可嘆『南宮世家』不知與『群魔島』結下了什麼怨仇，他縱然富可敵國，卻又怎能禁得住七大門派與之為敵？」

「錢癡」盤膝端坐，木無表情，四下有如死般靜寂，突聽山藤一陣輕響，一聲嬌喚：「你……」一個長身玉立的英俊少年，面容蒼白而僵木，目光瞬也不瞬，自山壁間緩緩走出，一步一步地向「武當四木」走了過來。

「武當四木」齊地一驚，閃電般翻身站起，「錢癡」脫口道：「南宮平！」

紫柏道人驚道：「南宮平！」情不自禁地向後退了一步。

南宮平腳步不停，突然大喝一聲，舉步一掌，向紫柏道人劈去。

紫柏道人身形閃處，長袖一拂，他因心有內疚，實在不願與「南宮世家」中人動手，僅是隨意揮出一招。

哪知他長袖方出，南宮平身軀一搖，便已倒在地上。

剎那間但見人影一閃，一個翠衫少女，如飛掠來，撲在南宮平身上，惶聲道：「喂……你……你……」突地抬起頭來，大罵道：「南宮世家究竟與你武當派有何冤何仇，你……你們難道要把『南宮世家』的人都害死麼？」

話未說完，已有兩行淚珠，奪眶而出，「武當四木」面面相覷，滿面惶然。

「錢癡」仔細端詳了南宮平兩眼，又輕輕一把他的脈息，道：「不妨事的，他只是身體虛弱，心火上升，加以疲勞、驚恐、激怒、內外交攻，才會暈倒，絕非受了內傷，只要將息兩三日，吃幾帖藥就會好了。」

葉曼青輕輕托起了南宮平的身軀，恨聲道：「我知道，『武當』乃是名門正派，哪知卻是卑鄙無恥的小人，自今日起你們『武當派』不但已與『止郊山莊』結下深仇大恨，我還要教天下武林中人，都知道你們『武當派』真正的面目！」

她心中悲憤塡膺，話一說完，回頭就走，只見面前人影一閃，「武當四木」已一排擋在她面前，孤桐道人道：「姑娘慢走！」

葉曼青柳眉一揚，道：「你要做什麼？」

紫柏道人長嘆一聲，道：「敝派此舉，實是情非得已，但望姑娘能瞭解敝派的苦衷。」

葉曼青冷「哼」一聲，道：「什麼苦衷！爲了自家苟安一時，居然與惡魔訂約，隨意做出這些不仁不義、不公不道的事，還敢忝顏來替自己解說，這豈非江湖下五門的行徑！」

「武當四木」被她罵得目定口呆。

「錢癡」乾咳一聲，道：「姑娘……」

葉曼青霍然轉過頭，狠狠瞪了他一眼，道：「干你什麼事，你不是只要有錢到手就心滿意足了麼？」

「錢癡」怔了一怔。

葉曼青目光四掃，道：「你們要麼就亂劍齊下將我刺死在這裡，要麼就閃開道路讓姑娘下山去。」

孤桐道人道：「貧道們既不能傷及姑娘，也不能讓姑娘下山，只得委屈姑娘，到一個地方去暫住些時日，等到……」

葉曼青大喝道：「等到什麼?你們這是在做夢，莫看你們『武當四木』在江湖中頗有威風，我葉曼青卻沒有將你們放在眼裡！」

突聽山下「噗哧」一聲輕笑，一個嬌脆有如銀鈴般的聲音吃吃笑道：「好厲害的小姑娘！」

眾人齊地一驚，齊聲叱道：「誰？」

山巖下咯咯笑道：「小妹妹!不要怕，是你的老姐姐來了。」

話聲未了，山下已有如輕煙般掠上兩條人影，並肩立在山巖的邊緣，山風一過，他們的身形也隨之搖了兩搖，就像是風中的柔草一樣。

「武當四木」心頭一驚：「好高的輕功！」

只見這兩人亦是一男一女，男的亦是英挺俊逸，只是神情間滿帶一片傲氣，女的更是嬌媚絕倫，艷光照人，讓人不敢逼視。

葉曼青驚呼一聲：「梅吟雪！」

「武當四木」又是一驚！

只聽梅吟雪嬌笑著道：「小妹妹，告訴我，是不是這幾個老道士欺負了你！讓老姐姐替你出氣！」

葉曼青面色一沉，冷冷道：「不用你費心，我的事我自己會料理。」

梅吟雪秋波一轉，咯咯笑道：「喲，你看你這是在說什麼？你手裡還抱著個大男人，怎麼會是這四個老道的敵手，若不是老姐姐恰巧經過這裡，你這個嬌滴滴的大姑娘，豈不是要被人家欺負了。」

她邊說邊笑，嬌軀有如花枝亂顫，眼波更是四下亂飛。

紫柏道人沉聲道：「梅姑娘大名，貧道們雖然久已聽聞，但天下武林中人，無論是誰，在貧道面前說話，也得放尊重些！」

梅吟雪噗哧一笑，側首道：「東來，你聽到沒有，這四個老道的口氣是不是太狂了些！」

戰東來目光自始至終都在癡癡地望著她，此刻連連頷首道：「極是極是，的確是太狂妄了些！」

葉曼青冷冷道：「這裡的事，和你們毫無關係，你們還是去……去吃點心好。」雙臂一縮，將南宮平抱得更緊了些。

梅吟雪笑道：「不管有沒有關係，這件事我是管定了的，你要是不願看到我這個老姐姐，你就快點走開好了。」

葉曼青心中暗嘆一聲，忖道：「她還是對他好的，無論怎樣，都要幫他的忙。」口中冷冷道：「我早就要走了！」腳步一動，只聽孤桐道人低叱一聲：「且慢！」

梅吟雪道：「人家大姑娘要走，你們老道攔住人家做什麼？」

「武當四木」目光一掃，只見那奇異的老人，昔日的「風塵三友」，今日的「錢癡」竟已不知在何時走得無影無蹤，孤桐道人腳步一錯，輕輕滑到梅吟雪身前，冷冷道：「久聞姑娘武功融會百家，深不可測，此刻姑娘對貧道們如此說話，想必是要施展一下身手了。」

青松、獨梧兩個道人身形一轉，品字形立在她身後，只有紫柏道人，面如凝霜，仍木立在葉曼青身前。

梅吟雪輕輕一笑，望也不望這三個道人一眼，側首道：「東來，你看有人竟敢對我這樣說話，你還不教訓教訓他們！」

戰東來雙眉一揚，大聲道：「出家人如此無禮，正該教訓他們一番。」

孤桐道人目光一凜，道：「無知豎子，竟敢在『武當四木』面前說出教訓兩字。」

戰東來微微一愣，道：「武當四木？」

孤桐道人道：「正是！」嗆啷一聲，長劍出鞘！

戰東來突地大喝一聲，「武當四木是什麼東西？」身形一轉，揮手一掌拂向孤桐道人脅下，「武當」、「崑崙」雖有舊交，但這本就一意孤行的少年，此刻玉人在側，更是什麼都不管了。

孤桐道人冷笑一聲，叱道：「孽障！」錯步迴臂，抖手一劍，自脅下穿出，直削戰東來的手腕，這一招招式迅快，部位刁鑽，確是絕妙好招，戰東來沉肘揚掌，只見對方劍勢一引，已向自己當胸刺來。

他身後便是削巖，眼看無處可退，孤桐道人冷笑道：「這等身手，也配……」話聲未了，只見這少年明明一腳踩空，身形反而斜斜飛起，凌空微一踢腳，雙臂一沉，蒼鷹般筆直撲將下來。

孤桐道人心頭一驚，連退三步，沉聲喝道：「你可是崑崙門下？」

戰東來腳尖沾地，冷冷道：「崑崙門下又怎樣？」左掌斜削，右掌橫擊，連環拍出三掌，搶入劍光之中。

梅吟雪輕輕一笑，道：「好掌法，再加上一招『三軍齊發』，這老道便要招架不住了。」原來就在這短短數日之中，戰東來爲了博佳人青睞，已將「崑崙」絕技精華，全部告訴了她。

孤桐道人冷笑一聲，道：「只怕未必！」劍勢翻轉，無比急迅的攻出三劍，看似三招，實是一招。最後一劍，宛如一片光牆般擋在自己身前。

梅吟雪笑道：「好一招『堅壁清野』，但也擋不住人家的『三軍齊發』呀！」

嬌笑聲中，戰東來拗步進身，右足忽地一圈，斜斜踢向孤桐道人持劍的手腕。

孤桐道人劍勢一偏，戰東來左掌已自劍光中穿出，直點他「期門」、「將台」兩處大穴，孤桐道人挑劍分刺，哪知戰東來右掌已向他肘間「曲池」大穴拍來，他大驚之下，身形一縮，只聽「啪」地一聲輕響，戰東來雙掌合攏，竟夾住了他的劍尖。

這一招四式，當真是一氣呵成，快如閃電，孤桐道人驚怒之下，運勁回撤，只覺掌中的長劍，有如插入生鐵中一般，他用盡全力，竟也抽它不出。

梅吟雪咯咯笑道：「怎麼樣，我可是沒騙你。」

戰東來滿面得色，輕喝一聲：「起！」手掌一翻，竟將孤桐道人掌中長劍震飛出去，劍柄斜斜挑起，剎那間，只聽「噹」地一聲清鳴，戰東來得意的笑聲尚未發出，但覺手腕一震，方自奪來的長劍，便又脫手飛出！

夜色中只見一溜青光，破雲而上，孤桐道人手掌一穿，身形斜飛，去勢其快如矢，道袍飄飄飛舞，長劍勢道未衰，已被他接在手中。

青松道人一劍震飛了戰東來掌中之劍，劍勢不停，直削下來，削向戰東來的手腕，獨梧道人長劍出鞘，刷地一劍，刺向戰東來的左脅。

梅吟雪道：「好不要臉……」突覺頭頂上一縷尖風削下，孤桐道人身劍合一，凌空一劍削來。這一劍勢道之強，有如霹靂閃電，便是頂尖高手，也萬萬不可力敵。

哪知梅吟雪居然不避不閃，孤桐道人心中一喜，突見梅吟雪身軀竟平空向後退縮開一尺，幾乎已立在危巖之外。

孤桐道人收勢不及，只聽「噹」地一聲，這一劍竟插入山石中。

「武當四木」，各有專長，但劍法輕功，卻數「孤桐」為勝，他此刻偶一大意，竟連失兩招，心中羞憤交集，手掌按住劍柄，身軀的溜一轉，雙足便已踢向梅吟雪前胸。

梅吟雪輕輕一笑，道：「這也是出家人用的招式麼？」開始說話時，她身軀竟筆直地向危巖下落了下去，但說到最後一字，她卻又掠上了這高達三丈的危巖，身形之輕靈巧快，當真非言語所能形容。

孤桐道人心頭一震，濁氣驟升，「啪」地一響，長劍折為兩段，劍柄崩出落到巖下，他凌空一個翻身，飄飄落在地上，望著插在地上的半截斷劍出神，只聽耳畔一聲嬌笑，一隻纖手，已貼上了他背後的「靈台」大穴。

那邊「青松」、「獨柏」掌中的兩柄長劍，已將戰東來圍在劍光之中，戰東來挾技下山，此刻實已算得是武林中難見的高手，但此刻兩個功力深湛，享名已久的武當劍客，竟施展出武當的鎮山絕技「兩儀劍法」！

他師兄弟兩人同時習藝，兩柄長劍配合得更是天衣無縫，但見劍光繚繞，劍花錯落，戰東來僅能勉強招架，哪裡還有餘力還手！

紫柏道人木立在葉曼青身前，他自恃身分，只要葉曼青不動，他也不會出手。

葉曼青道：「你真的不讓我走麼？」

紫柏道人道：「因為事屬敝派一派聲譽，貧道不得不如此做了。」

葉曼青垂首望了南宮平一眼，只見他雙目緊閉，面容蒼白，呼吸十分微弱，她又驚又怒，卻又無可奈何，只得忍住滿腔委曲，道：「若是我發誓此後絕不說出今日之事，你該讓我走了吧！」

紫柏道人微一沉吟，忽地瞥見四師弟已被梅吟雪制住，心念一轉，立刻道：「姑娘身出名門，貧道今日就信了姑娘的話。」身形一閃，讓開一邊，舉手道：「請！」

葉曼青怔了怔，但心中只顧念南宮平的安危，一言不發，大步走去。

梅吟雪一掌貼上了「孤桐道人」背上的「靈台」大穴，輕輕一笑，道：「三位道長可以住手了麼？要是誰再動上一動，那麼……」突見葉曼青竟已走向山下，不禁一呆，頓住語聲。

紫柏道人沉聲道：「兩位師弟住手！」

青松、獨梧劍光一收，後退三步，紫柏道人大步走向梅吟雪，只見她目光呆呆地凝視著葉曼青的背影，心中一動，沉聲道：「那位姑娘已經走了，姑娘還要怎樣？」

梅吟雪心中思潮亂得有如春天的簾織細雨，根本沒有聽到他的話，孤桐道人卻是滿腔悲憤！突地大喝一聲，舉手一掌，反揮而出。

葉曼青抱著南宮平，掠下山巖，她這幾日來又何嘗不是勞累交加，疲乏不堪，身子方自落到地上，突覺真力已是不濟，嬌呼一聲，跌倒在地。

這一聲大喝，一聲嬌喚，幾乎在同一刹那間發出。

梅吟雪一驚一震，本能地向前一推手掌，孤桐道人悶哼一聲，衝出數步，撲面跌倒，而梅吟雪此刻纖腰微擰，已掠下山巖。

紫柏、青松、獨梧三人，驚呼一聲，湧到孤桐道人身前，紫柏道人惶聲道：「四師弟……你……你……」

「武當四木」雖非手足，但自幼同門，情感實如兄弟，他四人數十年來，從未受到傷挫，此刻，孤桐重傷，紫柏、青松、獨梧便不禁方寸大亂，紫柏道人更已急得說不出話來。

戰東來目光四掃一眼，聳一聳肩膀，轉身掠了下去，道：「吟雪，吟雪，我們該走了吧。」志得意滿地向梅吟雪走了過去，這幾日來他雖未能真箇一親芳澤，但佳人常在身畔，他已極爲滿意，對於來日，更是充滿了信心。

只聽那邊山岩下葉曼青的口音冷冷道：「不用你費心，我還站得起來。」

戰東來微一縱身，趕了過去，冷笑道：「你看這女子當真是無情無義，我們剛剛才解了她的圍，她此刻就翻臉了。」

葉曼青雖已跌在地上，但懷中仍緊抱著南宮平，此刻喘過了氣，一躍而起，冷笑道：「方才是你們解的圍麼？哼哼！」

梅吟雪笑道：「小妹妹，我知道，是你自己走出來的。」

葉曼青道：「你知道便好。」轉身又要走開。

梅吟雪道：「小妹妹，你要到哪裡去？」

葉曼青冷冷道：「你我各行各道，你管我到哪裡？」

戰東來道：「誰願意管你的事？」輕輕一拉梅吟雪衣袖，道：「她既不知好歹，我們還是走吧！」

梅吟雪笑容一頓，一甩手腕，輕叱道：「你少多話！」

戰東來怔了一怔，梅吟雪瞧也不瞧他，轉面向葉曼青道：「小妹妹，你懷裡抱著一個病人，自己氣力也不濟，這裡前不沾村，後不帶店，你孤身一個女孩子，走得到哪裡？」

葉曼青停下腳步，暗暗嘆息了一聲，梅吟雪又道：「何況他病況看來不輕，若是耽誤了醫治，說不定……說不定……唉！你放心，我並沒有別的意思，只是因為他師傅待我不錯，他又曾救過我，所以我才說這些話。」

她面上雖仍帶著笑容，但心中卻是一片委屈愁苦，要知她一生倔強冷傲，就連她自己做夢也未曾想到自己居然也會如此對人關心，居然向另一個女孩說出這樣委屈求全的話來。

葉曼青緩緩垂下頭來，又不禁地暗中長長嘆息了一聲，想到自己不但氣力不濟，而且身無分文，四望一眼，四下一片黑暗，她實在也覺得有些心寒，若是她孤身一人，她什麼也不懼怕，但此刻為了南宮平，她又怎能一意孤行呢？

良久，良久，她終於輕嘆一聲，道：「那麼你要怎麼辦呢？」

梅吟雪道：「還是讓我陪著你們，先醫好他的病。」

戰東來面色一變，大聲道：「你要跟著他們走麼？」

梅吟雪嘴角浮起一絲笑容，轉過頭來，道：「不可以麼？」

戰東來道：「我們兩人走在一路，多麼自在，加了這個病人，豈非討厭！」

梅吟雪輕輕一笑，道：「誰要跟你走在一路？你早就可以走了，還站在這裡幹什麼？」

戰東來變色道：「你要我走？」

梅吟雪輕笑著點了點頭。

戰東來呆了一呆，大聲道：「你不能跟他們走，你……你不能離開我。」

梅吟雪面色一沉，道：「你憑了什麼？自以爲可以來管我的事！」她笑容一歛，面上立刻有如嚴冬的霜雪般寒冷。

戰東來道：「我什麼都告訴了你，什麼都給了你，你……」

梅吟雪冷冷道：「什麼都是你自願的，難道我曾對你要過什麼了？」

戰東來呆了半晌，突地放聲大喊道：「你不能走，我不能離開了你……」雙臂一張，和身撲了上去，想將梅吟雪緊緊抱在懷裡。

梅吟雪雙眉微皺，輕叱一聲：「好賤的男人！」揮掌拍出一掌。

戰東來竟然不知閃避，只聽「啪」地一聲，這一掌著著實實擊在他左肩之上，他大喝一聲，飛出五尺，撲地倒下，當場暈厥。

梅吟雪目光中滿含輕蔑，再也不望他一眼，拉著葉曼青的手臂，道：「我們走！」

葉曼青回頭一看，終於跟著她走去。

兩人各有心事，俱是默無一言。

葉曼青忖道：「難怪人人說她冷血，她手段的確又冷又毒，但是……唉！她對南宮平，卻也沒有一絲一毫是『冷血』的樣子呀。」

只聽梅吟雪輕輕一笑，道：「世上有些男人，的確可恨得很，他只要對你有一些好處，就想要從你的身體上收些什麼回來，這是現在，若是早些年，那姓戰的哪裡會還有命在？」

葉曼青默然良久，忍不住冷冷道：「難道別人就不會真的對你生出情感麼？就正如你也會對別人生出情感一樣！」

梅吟雪呆了一呆，喃喃道：「情感……情感……」

十三　都為情苦

無數柄雪亮的鋼刀，有如亂雨一般落下，無數個惡魔的頭顱，在無邊烈火中飛舞，呼號！

南宮常恕……南宮平……

南宮平大喝一聲，翻身坐起，滿頭冷汗，涔涔而落，抬頭一望，哪有烈火、惡魔、鋼刀

……柔和的燈光下，只有兩個姿容絕世，面帶驚惶焦急的絕色少女，並肩卓立在他身邊。

葉曼青道：「你……」

梅吟雪道：「你……」

兩人一齊搶步走到床前，「你」字同時出口，卻又同時住口，對望一眼，齊地後退一步。

南宮平愕愕地望著梅吟雪，道：「你……來……了……」

葉曼青黯然嘆息一聲，垂下頭去。

過了兩天，南宮平便已痊癒，這兩天來他病榻纏綿，中宵反側，既憂慮家裡的變故，更爲自己的情愁所苦。

葉曼青固是輕顰垂首，滿懷幽怨，梅吟雪的嬌笑聲中，也有濃得化不開的悲愁，南宮平看在眼裡，聽在耳裡，更是心亂如麻，不能自理，紙窗開了一縷，窗外清風入戶，「波」的一聲輕響，油盡燈滅，室中一片黑暗，梅吟雪與葉曼青早已悄然離開了他的房間，此刻她們在想些什麼？

他黯然長嘆一聲，推被而起，悄悄穿好了衣服，不告而別，雖然對她們不住，但除了不告而別，他還有什麼別的路途？

他黯然推開了向南的窗戶，心中亦不知是痛苦抑或是歉疚，也許這兩種情感都有，也許他心裡多的只是惆悵與蕭索。

葉曼青斜倚在床邊，雲鬢蓬亂，她芳心也正如鬢髮一樣，「他愛的還是她，我又何必在當中苦苦折磨。」幽幽一嘆，霍然站起，在室中緩緩走了兩圈，一步走到窗前。

她黯然推開了向北的窗戶，在心底暗自低語：「我走了，但願你們永遠幸福，只要你幸福，我……」眼簾一闔，落下兩粒晶瑩的淚珠。

一燈如豆，梅吟雪獨自坐在燈畔，燈光灑滿室，她的悲哀，卻已溢出窗外。

窗外有風無露，天地滿是寂寞，她舉手一拭面上淚痕，暗中低語：「梅吟雪……梅吟雪，你為什麼變得如此癡了，你年華已去，滿身罪孽，怎麼能配得上他，他的病已好，又有個多情的少女陪在身畔，你還留在這裡做什麼？」

她淒然的一嘆，緩緩站了起來，「走吧，要走就在此刻，再遲你就走不動了。」

她黯然推開了向東的窗戶，輕輕道：「我走了，你不要怪我，我這是為了你好，其實……其實我又何嘗不想永遠陪著你……」語聲未了，淚珠終於又自沾濕了她方自擦乾的面頰。

穹蒼陰冥，南宮平仰天低嘆道：「吟雪，曼青，不要怪我，我走是為了你們的幸福，我家中已遇惡變，前途未卜吉凶，怎忍拖累了你們？」深深吸了口氣，一掠出窗。

黑暗中突地傳來一陣哀怨的歌聲：「……他三人含淚各分西東，只唯願往事都能成夢，是夢是真？是真是夢？到後來誰也分不清楚，問蒼天『情』是何物，卻教人都為情苦……」

一個縷衣盲眼的老人，手拉胡琴，自陰暗的牆角下走過，一個蒼白而憔悴的女孩子輕輕牽住他的衣角，這老人莫非也有過淒惻的往事？否則他怎能唱出如此動人的哀歌？

南宮平悄然落在他們身後，呆呆地望著他們的背影逐漸消失，心中只反覆咀嚼著那兩句哀歌：「情是何物，卻教人都為情苦……」

頓時間他只覺悲從中來，不能自已，長嘆一聲，迅快地奔入黑暗中，遠處一點晨光方露。

夜色如墨，急風驟雨，一座高達三丈的門戶，聳立在漆黑的夜色中，石門上滿雕著微笑著的仙人與猙獰的惡獸，石門後是一條漫長而彎曲的道路，夾道的兩行林木，在狂風中旋舞。

茁壯的樹木椏枝，低垂在泥濘的道路上，庇護著樹下的羊齒草，風鈴草，有如壯漢茁壯的臂膀，一條人影，飛快地掠入石門，踏上泥濘的道路。

一聲雷震，一道閃電後，這人影微一頓足，前面夜色沉沉，看不到一絲亮光，他滿身水濕，衣衫狼狽，自蓬亂的頭髮上流落的，亦不知是汗珠抑或是雨水，此刻他雙眉深深一皺，目光在閃電下四下一掃——如此狼狽的少年，竟仍有如此明亮的目光。

淒厲的風聲中，只聽他暗中喃喃自語：「南宮平，南宮平，你終於回到家了……」語聲在欣慰之中充滿淒涼，想見他在這一路之上經歷了多少艱難困苦，自北至南，一路上所有「南宮世家」的店舖，竟被一齊變賣，使得這自生以來，一直受慣奉承的富貴少年，嚐遍了世間所有的冷眼與輕蔑，他外面的長衫，也已換做了充飢的食物。

面對狂風，他挺起了胸膛，伸手一掠面上的水珠，再次往前奔去，又是一聲雷震，兩旁的暗林中，突地響起一聲厲叱：「停步。」

眩目的閃電中，兩條人影，交剪而出，南宮平身形驟頓，只見兩條黑衣疾服的蒙面大漢，一人手持長劍，一人手持雙筆，攔住道路，右面一人厲聲道：「朋友竟敢夜闖『南宮山莊』，莫非不要命了？」

左面一人大喝一聲，道：「你既敢闖了進來，還打算再出去麼？」劍光一閃，直刺南宮平咽喉，招式狠辣急快，一招便要奪人性命。

南宮平呆了一呆，身形急閃，沉聲叱道：「兩位住手！難道不認得在下是誰麼……」

右面一人雙筆交錯，閃起兩點寒芒，疾點南宮平左脅兩大要穴，厲喝道：「無論是誰，在這三十日裡，也不能擅入此間一步。」

南宮平左掌斜揮，後退三步，再次沉聲道：「兩位住手，在下便是南宮平。」

持劍大漢身形一頓，突地縱聲狂笑起來，道：「南宮平，南宮平，你已是第四個假冒南宮平妄圖混入此地的人了。」語聲未了，劍光再展，霎眼間又自攻出三招。

南宮平怒道：「兩位如不相信，南宮平只得闖上一闖了。」左手一領對方眼神，右掌搶入劍光，呼地一掌，擊向對方肩上，這一掌招式雖凌厲，但仍無傷人之意，只是攻向對方不致命之處。

持筆大漢厲聲道：「此刻這『南宮山莊』，已被十七位武林高手護住，你縱有天大的本事，也難攻入此莊一步！」

此人語聲沉重，招式激厲，每發一招，必是南宮平必先自救之處，那持劍大漢的招式卻是飛揚靈挺，劍光閃閃，點水難入。

南宮平心中滿是疑團，恨不能早些見著自己的爹爹，此刻偏又被這兩人阻擾，他赤手空拳應付這三件兵刃，一時之間，竟然脫身不開。

風聲呼嘯，泥水飛激，石門外突又掠入三條黑影，持劍大漢眼神一掃，沉聲道：「石老二，又有點子進來了！你快過去招呼。」

持筆大漢「石老二」皺眉道：「這三人身法不弱，你還是快放訊號……」

持劍大漢冷笑道：「我兄弟兩人今夜若不能把守此處，以後還見得了人麼？」突地手腕一揚，三道銀光破空飛出，直擊冒雨而來的三條人影。

石老二呆了一呆，亦擰身撲了上去，只見這三條人影當中一人手掌一揮，竟將這三道銀光一齊反震回來，石老二雙筆一錯，叮叮叮三聲，將暗器擊落，厲聲道：「夤夜闖莊的朋友，快退回去。」

夜雨中只見這三條人影，亦是一身疾服，黑衣蒙面，左右兩人手持雙刀，當中一人卻是赤手空拳，蒙面的絲巾下，微微露出一截白鬚，三人齊地冷笑一聲，疾攻而上。

石老二手腕震動間，雙臂暴起十數點烏光，分擊這三人當胸大穴！

蒙面白鬚老人雙臂一張，身形突頓，縱聲道：「攔路的朋友可是『點蒼』雙傑石氏昆仲麼？」

石老二厲聲道：「是又怎樣？不是又怎樣？若不退回，休怪我手下無情。」說話之間，筆勢不停，「錯落梅花」，連發三招。

蒙面白鬚老人冷笑一聲，雙臂振處，骨節一陣山響，沉聲道：「兩位退下，讓老夫來見識見識點蒼絕技！」

兩個手持雙刀的蒙面人，刀花一舞，齊地退下，蒙面老人已與石老二打在一處，三招一過，蒙面老人厲叱一聲，手腕一反，掌中突地多了一條形狀極爲奇特的烏骨長鞭，只聽一陣凌厲的呼嘯劃空而過，鞭勢如風，「狂飆落木」、「風捲殘雲」，兩招四式，霎眼間便將石老二捲入激厲的鞭風中。

石老二目光一凜，失聲道：「任狂風！」

蒙面老人哈哈狂笑道：「不錯！想不到二十年歸隱湖山後，武林中還有人認得老夫。」

持劍大漢目光亦自一凜，他拚力纏住南宮平一雙鐵掌，已是吃力萬分，此刻一聽這蒙面老人竟是二十年前名震江湖的巨盜，心頭更是大驚，左手一探衣襟，甩手拋出一道烏光，破空急上，只聽「波」地一聲，這道烏光竟凌空震散，散出一蓬火雨。

南宮平被他拚死纏住，心中更是驚疑，他兩人若是護守莊院，爲何行蹤卻又如此隱秘？

蒙面藏形，顯見是不願被人看出他們的身分，這任狂風洗手已有二十年，此來又爲的什麼？

心念一閃而過，只聽石老二道：「任狂風，你不惜破了二十年前金盆洗手時發下的重誓，難道不怕『風塵三友』等找你麼？」

任狂風哈哈笑道：「江湖間數十年未見『風塵三友』蹤跡，只怕他三人早已死了，老夫重誓已解，聽到這裡有百十萬兩銀子，不覺又手癢了起來，奇怪的是大名鼎鼎的『點蒼雙傑』，今日怎會爲人看家護院，難道那百十萬兩銀子裡，也有你一份麼？」

石老二冷笑道：「你若想來動這裡的珍寶，你是做夢！」

雙筆翻飛，只守不攻，但已被任狂風掌中這一條奇形長鞭，逼得透不過氣來。

南宮平劍眉一皺，大喝道：「住手。」

持劍大漢劍勢一緩，南宮平突地翻身一掌，直劈任狂風的後背，這一掌風聲虎虎，卻已用了全力。

任狂風身形一扭，掌中長鞭，竟被這一掌震得盪開半尺。

石氏昆仲不禁怔了一怔，任狂風更是心頭一驚，沉聲叱道：「少年人你這是幹什麼？老夫若是攻入此莊，那百十萬兩銀子，少不得你也有一份，快些退後，將那石老大收拾下來！」

持劍大漢「石老大」訊號發出，援兵卻未見到來，心下不禁暗暗著急，聞言大喝道：「朋友休要被他所騙，這姓任的有名心狠手辣，打家劫舍，有如狂風掃葉，片片不落，再也不會分給你的，你若是助我將之擊退，我兄弟兩人倒可送你一些盤纏。」

南宮平掌勢如風，耳中聽得這些人將自己家中的財寶分來分去，竟將自己看成個線上開扒的強盜，心中不知是笑是怒。他雖對石氏兄弟行跡頗爲懷疑，但人家畢竟是在幫助「南宮世家」護守莊院，是友非敵，而這任狂風卻顯見是來謀劫財物。

十數招一過，他只覺這昔年橫行江湖的巨盜，武功果有過人之處，一條鞭施展開來，當真有如怒飆狂風，教人難以抵擋。

那任狂風心頭卻更是駭異，這少年赤手空拳，居然能抵敵自己掌中這柄長鞭，絲毫不呈敗象。

石老二身形已自退後，兩人低語一句，身形齊展，向那兩條手持雙刀的蒙面人撲去，蒙面人雙臂一振，震起漫天雪片似的刀花，向石氏昆仲當頭壓了下去，石老二冷笑道：「果然是太行山的『花刀』李家兄弟。」

黑衣蒙面人嘿嘿冷笑道：「石老二好亮的招子。」右手刀一招「立劈五嶽」削將出去，左手刀柄突地向上一挑，挑去了蒙面的黑巾，狂笑道：「我李鐵虯就讓你看看『花刀』李大太爺的真面目。」

「雪刀」李飛虯亦自挑開蒙面巾，厲聲道：「見不得人的鼠輩，你們看清楚了，好在閻王爺面前告狀。」

這兄弟兩人俱是豹頭環目，滿面虯鬚，聲音沉猛，身形高大，但掌中雙刀，卻是輕靈巧快，四柄刀配合得嚴密無縫，望來當真如花如雪，漫天飛舞。

石家兄弟目光森寒，一言不發，南宮平掌御長鞭，心中暗忖：「這些人俱是武林中一等高手，此番齊地來到『南宮山莊』，難道爹爹已將變賣各地店舖的銀子，全都運到這裡來了，他老人家如此做法，卻又爲的是什麼？」

風聲淒厲，雨更大了，兩邊暗林中，突地飛起了三蓬火雨，火光飛激，沖天而上。

接著，四下又響起了一陣尖銳淒厲的呼嘯，不時又是兵刃相擊聲，厲聲叱吒聲，自風雨中隱隱傳來，天地間立刻瀰漫起一片殺氣。

任狂風、「花刀」兄弟、石氏昆仲，目光俱是大變。

石老二沉聲道：「那邊的卡子上，想必也來了闖莊的人！」

石老大道：「任狂風、秦亂雨，一向焦不離孟，孟不離焦，你任狂風既然來了，想必秦亂雨自然也到了！」

任狂風哈哈笑道：「老實告訴你，十三省黑道上的好朋友，今日全都已到了這『南宮山莊』，你們還不如快將那一批珍寶獻出，又何苦爲南宮常恕白白賠上一條性命！」

鞭梢劃風，急攻三招。

南宮平此刻更是心急如焚：「爹爹不會武功，若被這般人攻了一個進去，如何是好。」

他情急之下，長嘯一聲，凌空飛起。

南宮平嘯聲一頓，只見他身形凌空轉折，雙掌齊下，十指如鉤，左掌一翻，閃電般抓住了任狂風的鞭梢，右掌夾頸切下，一招兩式，勢如神龍。

任狂風沉腰坐馬，身形一緩，後退三步，運勁抽鞭，口中驚呼道：「神龍身法，止郊門下！」

石氏兄弟對望一眼，失聲道：「果然是南宮平。」

南宮平腳踏實地，運勁於掌，那一條烏骨長鞭，被他兩人運勁一拉，有如弓弦般繃得筆直。

兩人俱是面色凝重，四隻腳踏在泥濘的道路上，足踝俱已深陷入泥。

狂風急雨中，呼哨之聲越來越急，越來越迫，林梢又衝起了兩蓬火雨，幾點四散的火星，隨著狂風吹到南宮平身上。

滿天火星中，突有一條人影，自暗林中沖霄而起，凌空一連翻了兩個跟斗，一勢「乳燕投林」，筆直地朝這裡衝了下來！

石老大目光一亮，道：「好了。」

任狂風變色道：「點蒼燕也在這裡！」真氣一懈。

南宮平厲叱一聲，雙足離地，向後一跳，那柄長鞭，竟被他生生奪過。

那沖天而下的人影「點蒼燕」腳一踏地，立刻冷笑道：「任狂風果然在這裡！」眼看到南宮平竟將任狂風長鞭奪過，失色道：「這位朋友是誰？」

石老二道：「此人便是南宮平！」

「點蒼燕」道：「真的？」

石老二道：「正是神龍身法，再也不會錯了。」

南宮平暗中鬆了口氣，忖道：「這些人終於認出我了。」微一抱拳，沉聲道：「各位仗義來守『南宮山莊』，南宮平五內感激，但望各位在此抵擋一陣，南宮平先進去看看家父。」

他手握長鞭，指縫中已微微沁出血絲，此刻微一抱拳，擰身而去，哪知面前人影突地一花，「點蒼燕」竟又攔在他的面前。

南宮平奇道：「難道閣下還不相信兄弟便是南宮平麼？」

點蒼燕面沉如水，冷冷道：「正因閣下是南宮平，是以更進去不得！」

南宮平怔了一怔，奇道：「這……這是爲了什麼？」

點蒼燕道：「你多問無用，快退回去！」舉手一掌直擊南宮平。

南宮平心中更是驚疑，擰身退步，突覺手腕一緊，長鞭又被任狂風抓住了一頭，任狂風厲叱一聲，全力奪回長鞭，呼地一鞭，摟頭向南宮平掃下，點蒼燕雙掌翻飛，也自拍向南宮平胸膛。

這兩人俱是武林中頂尖高手，招式激厲，勢不可當，南宮平勉強避開一招，任狂風哈哈笑道：「我只當你『點蒼』派是來保護『南宮山莊』的，卻不知你們也是沒存好意……」

語聲未了，點蒼燕雙掌齊出，左掌拍向南宮平，右掌竟全力擊向任狂風。

任狂風怔了一怔，手腕一反，本是擊向南宮平的一招，中途變向，「靈蛇乘風」，直掃「點蒼燕」左脅之下。

南宮平左拳右掌，左拳直擊，右掌橫切，一擊任狂風，一擊「點蒼燕」，他三人連環出手，彼此相擊，南宮平忽而是以一敵二，忽而卻又變了以二敵一，也不知這兩人誰是自己朋友，誰是自已敵人，他心中早已亂作了一團，實在猜不透這其中究竟是怎麼回事？

任狂風一條長鞭，左揮右掃，「點蒼燕」一雙鐵掌，左擊右打。

南宮平身形一縮，閃電般擰身向莊院裡掠去，哪知任狂風、點蒼燕卻又一齊攔住了他的去路，南宮平厲聲道：「點蒼燕，你系出名門，難道也變做了劫人財物的強盜了麼？」

點蒼燕冷笑道：「誰要你的財物！」

任狂風接口道：「既然如此，爲何又要擋老夫們的財路？」

南宮平亦自厲聲道：「既然如此，怎不讓我進去？」

點蒼燕面沉如水，閉口不答，招式卻更加激厲。

那邊石氏昆仲力敵「花刀」兄弟，此刻漸漸佔了上風，而暗林中的呼哨叱吒之聲，卻越來越近，其中還不時夾雜著一聲聲慘呼，顯然是已有人負傷而死，只有山林深處的莊院那邊，仍是夜色沉沉，沒有一絲一毫動靜。

突聽一聲慘呼，響在身側，「雪刀」李飛虬刀光一亂，石老二乘勢一招「迴風舞柳」，一劍刺中了他的左肩，鮮血激射而出，濺在石老大衣襟之上，李鐵虬驚道：「二弟，你沒事麼？」

李飛虬牙根一咬，挺刀又上，刀法更是瘋狂，突地飛起一腳，踢飛了石老大左掌中的判官鐵筆，李鐵虬狂吼一聲，揮刀一斬，將石老大左臂劃開一道血口，石老二反腕一劍，劍勢如虹，又刺在李鐵虬右臂之上。

剎那間四人身上俱已濺上了鮮血，但誰都沒有半分退縮之意，負傷而戰，戰況更是激烈。

任狂風大喝道：「你三人若非貪圖財物，為何為南宮常恕如此拚命？」

南宮平怒喝道：「你三人若是助我『南宮山莊』，為何不讓我進去？」

點蒼燕、石氏昆仲仍是一言不發，埋頭苦戰，雨水沖下了血水，流在泥濘的道路上，突聽一聲大喝，一聲慘呼，一條人影，自暗林中翻滾而出，胸前一道血口！點蒼燕目光掃處，飛起一腳，將之踢開一丈。

李鐵虬狂吼一聲：「不好！『猛虎』趙剛倒了！」

石老二冷笑道：「再不退下，教你這般人一個也莫想生出此莊！」

語聲未了，又是一條人影帶著慘呼之聲自暗林中衝出，筆直衝到李鐵虬面前，掌中長劍拚力一揮，雙目一翻，口中狂噴一口鮮血，撲地反身倒下，身上一無傷痕，竟被人以內家掌力擊斃！

石老大變色道：「不好，五師弟被害了。」方待轉身查看，李飛虬呼呼兩刀，逼得他連退三步。

李鐵虬冷笑道：「十三省道上朋友俱都在此，你『點蒼派』今日只怕要全派覆沒在這裡了。」

石老二怒喝道：「放屁！」劍光閃閃，一連削出五劍！

天色更暗，似乎蒼天也不忍再看地上這一番血戰！

「點蒼燕」面色越發沉重！

任狂風目光更是淒寒！

南宮平心念一轉，突地甩下任狂風，一連向「點蒼燕」攻出七掌，掌風激烈，全是進手招式。

任狂風精神一長，心想乘此機會先除去了「點蒼燕」，長鞭狂風般掃下，「點蒼燕」招式果然大亂，任狂風厲叱聲中，一鞭掃中了他左肘，「點蒼燕」一代名手，雖敗不亂，劈手奪住了他鞭梢，一腳踢在他左胯骨上。

南宮平目光掃處，再不遲疑，掌勢一穿，橫飛而起，全力掠向莊院深處！

十四　苦雨淒風

南宮平身形一起，石老大突地厲叱一聲，擰腰轉身，右掌急揚，掌中僅剩的一枝判官筆，脫手飛出，帶著一股勁風，直擊南宮平後身！南宮平頭也不回，也不閃避，猛力前竄，這枝判官筆雖然打在他身上，卻已是不能穿魯縞的強弩之末了。

李飛虬目光一閃，殺機突起，此刻石老二一劍削來，他竟不避不閃，刀光一轉，一刀自石老大項頸，劈到脊椎盡頭，鮮血飛濺，俱都濺在面上。

石老大狂吼一聲，反身撲上，李飛虬雙刀一挺，生生自石老大腹中穿過，但石老大雙掌箕張，也已勒住了他的咽喉，十指如鉤，深入肉裡，李飛虬雙睛一凸，七竅之中，俱都流出了鮮血。

石老二驚怒交集，狂吼一聲，一劍刺入了李飛虬的脅下，自左脅刺進，由右脅穿出，一柄三尺青鋒，竟齊根而沒。

李鐵虬雙刀劈下，一刀斬下了石老二右臂，厲聲嘶道：「拿命來！」

嘶聲未了，石老二亦自「砰」地一掌，著著實實拍在李鐵虬胸膛上。

李鐵虬狂吼著噴出一口鮮血，掌中雙刀，嗆啷落地，石老二右臂齊根而斷，卻看也不看一眼，生像斷去的不是他的臂膀，一掌得手，接著飛起一腳，直踢李鐵虬下陰「鼠谿」大穴！

只聽李鐵虬慘呼一聲，身軀拋起一丈，「砰」地落入了暗林，再也無法活命，黑道名手，「太行雙刀」，竟在刹那之間，一齊喪命。

石老二身軀搖了兩搖，嘴角泛起一絲淒惻的笑意，喃喃道：「老大，我爲你報了仇了。」語聲方了，自己也當場暈了過去。

「點蒼燕」被任狂風一鞭掃在左肘上，只覺一陣劇痛，痛徹心骨，目光轉處，見到石氏昆仲竟與對手同歸於盡，面色更是大變，眨眼間滿頭冷汗拚落，暗嘆一聲：「罷了！」

抬目望去，只覺任狂風亦是面色鐵青，他被「點蒼燕」一腳踢中胯骨，亦是奇痛攻心，耳中聽到「太行雙刀」的厲吼慘呼，知道這兄弟兩人已命喪此處，兩人目光相望，任狂風大喝一聲，揮鞭而上。

哪知「點蒼燕」突地低叱一聲：「住手！」

任狂風手腕一挫，長鞭回撤，「點蒼燕」目光四掃，滿地俱是血水，神色不禁一陣黯然，暗中嘆道：「掌門師兄，你休要怪我膽怯，但我又怎能令『點蒼』一派的精銳，俱都喪在這一役之中！」

轉念至此，他牙關一咬，沉聲道：「你『風雨雙鞭』今日召集了這許多黑道朋友來此，爲的只是那一批財寶麼？」

任狂風心中一動，雖然痛得滿頭冷汗，臉色絲毫不變，反而仰天狂笑道：「這般黑道朋友，若不爲了財寶，不遠千里而來，難道是瘋了麼？」

「點蒼燕」咬牙道：「你等奪得了財物，若是立刻遠離此地，快快分贓，快快回山，我公孫燕就放你等過去！」

任狂風狂笑不絕，道：「我等得手之後，自然拍掌就走，等在這裡做什麼，人道『點蒼燕』是個聰明人物，此刻怎會說出這樣的呆話？」

公孫燕目光一閃，突地探手入懷，任狂風心頭一驚，再退三步，只道他要施出暗器，哪知公孫燕手腕一揚，竟向天甩出三道烏光，只聽「波，波，波」三聲輕響，三蓬火雨，飛激四散，只見十數丈方圓，俱是燦爛的火星。

任狂風心念轉處，已知他是召回同門，立刻撮唇長嘯一聲。

剎那間只聽暗林中響起一連串低叱：「住手……住手……」

一條高大無比的人影，當先飛奔而出，一面厲聲問道：「任老大，怎地了？」此人滿頭白髮，聲如洪鐘，但神色之間，亦是狼狽不堪，衣衫透濕，又是血水，又是雨水，掌中一條烏骨長鞭，鞭梢伶仃地掛著一片慘白的皮肉，正是昔年名震天下的巨盜「風雨雙鞭」中的老二秦亂雨！

任狂風眉梢一揚，緩緩道：「點蒼燕撒手了！」

秦亂雨呆了一呆，嘿嘿笑道：「好，好……」見到地上「太行雙刀」的屍身，笑聲不禁一頓。

轉瞬間兩旁暗林中又有二十餘條人影飛奔而出，身軀有高有矮，身形有快有慢，其中十六條人影，目光一轉，便即掠到「風雨雙鞭」身後，另外四個高髻道人，三個持劍少年，卻掠到公孫燕這邊。

公孫燕目光一掃，神色更是黯然，一個紫面黑髯的道人閃目望處，失聲道：「石大哥，石二哥……竟……」語聲顫抖，再也無法繼續！

「點蒼派」此番高手盡出，但此刻十七人中，竟死了九個！

秦亂雨目光一掃，神色也是一呆，喃喃道：「……十六……十七……十八……」瞠目大喝道：「林中還有人麼？」

喝聲淒厲，激盪在急風苦雨的暗林，但四下卻漫無回應！

黑髯道人冷笑一聲，揚劍道：「不必問了，貧道雖已久久未開殺戒，但今夜卻也誅去了七個！」一串和著鮮血的雨水，自劍脊飛射而出。

秦亂雨大喝一聲，道：「好個惡道，你……」

任狂風伸手一拉他臂膀，道：「二弟住口！」轉目一望，冷冷道：「久聞點蒼『黑天鵝』劍快如電，心狠手辣，今日一見，果然不錯！」

黑髯道人雙目一張，厲聲道：「不錯，我天鵝道人便是心狠手辣又當怎地，今日便要誅盡你這幫強盜！」

任狂風冷笑一聲，公孫燕嘆道：「三弟，今日罷了！」

天鵝道人目光一涼，道：「什麼罷了！」

公孫燕面沉如水，緩緩道：「讓他們過去。」

天鵝道人面色一變，目光掃處，只見點蒼門下，俱已神色狼狽，有的身上帶傷，有的長劍失落。

這性如烈火的點蒼劍手呆呆地怔了半晌，突又大喝道：「我點蒼門下，焉有見強而畏之輩！今日便是全都戰死在這裡，也要和他拚上一拚。」

公孫燕面色一沉，叱道：「住口！」手掌一揚，道：「讓他們過去！」

天鵝道人雙拳緊握，全身顫抖，只見任狂風呼哨一聲，十八條黑道群豪，俱一齊掠向莊院深處，天鵝道人顫聲道：「二哥，你……你難道要將『點蒼派』聲名一夕斷送？」

公孫燕長嘆一聲，道：「三弟，你終是最不明白二哥的苦心……」

他目中突地閃過一陣殺機，接口道：「這幫黑道高手，到了莊院之中，豈非又是一場血戰，到那時無論誰勝誰敗，必定是互有虧損，我們等在這裡，以逸待勞，好好歇息一陣，無論是誰，只要運送那批財物出來，你二哥豈會讓他們生出此莊？」

天鵝道人怔了怔，突地還劍入鞘，躬身道：「二哥深算，小弟不及，但望二哥恕小弟魯莽之罪。」

公孫燕環顧一眼四下的點蒼弟子，黯然嘆道：「總之，爲了那數十年前『魔約』，今日我點蒼門下若能有一人生還，已是不易，我……唉！我但求那批財物，不被『南宮世家』中人護送出去，今日雖死無憾，掌門師兄又…唉！只有三弟你正值英年，又是我『點蒼派』的第一高手，我點蒼一派今後的生死存亡，就在你一人身上了。」

天鵝道人木然半晌，緩緩轉過頭去，不願自己的淚光被人看見，四下的點蒼弟子，誰也沒有抬起頭來。

只聽淒厲的風聲，在黑暗的林木中呼哨作響……急驟的雨點沖散了地上一灘灘眩目的鮮血……

夜更深了！

夜更深了。

南宮平冒雨狂奔，一陣陣冷風，像刀一樣颳在濕透了的衣衫上。

十數個起落之後，他目光已可接觸到那巍峨的屋脊，有如史前的猛獸般在黑暗中矗立著，而那雄奇的滴水飛簷，卻像是它的一雙巨翅，要在這漫天風雨中振翼飛起。

南宮平心神一振，心神更急，所有的一些不可理解的疑團，在片刻後便將得到答案，而他的心卻更像是一枝掛在繃緊了的弓弦上的長箭。

幢幢屋影中有幾點昏黯的燈光，哪和「南宮山莊」昔日的輝煌燈火是多麼不同。

南宮平如風般撲上了一條長達二十餘級的石階——這是他自幼熟悉的地方，他腳尖接觸到這冰冷而潮濕的石階，心底卻不禁升起了一陣溫暖。

哪知就在這刹那之間，屋影中突地響起一聲輕叱：「回去！」三點寒星，成「品」字形激射而出，兩急一緩，兩先一後。

南宮平目光指處，那原在後面的一點寒星，勢道突地加急，南宮平大驚之下，擰身縮頸，只聽「呼」地一聲，一道風聲自耳側掠過，風聲之激厲，幾乎震破了他的耳鼓，而另兩道寒星凌空一折，竟各各憑空劃了道圓孤，飛虹般擊向他左右雙脅，南宮平腳底一蹬石階，身形倒飛而起，一連打了個跟斗，重又落到那一條長長的石階下，只聽「叮」的一聲，兩點寒星交擊，迸出幾點火花。

這暗器手法之妙，力道之強，竟是南宮平生平未見，他再也想不到山莊中竟還有功力如此深厚的武林高手！

只見屋中暗器一發，便重歸寂靜，也不知這一棟巨宅中，究竟發生了什麼變化？隱藏著什麼危機？

「爹爹和媽媽，難道……難道已不在這屋裡了麼？」

南宮平不敢再想，身形一振，再次撲上，嘶聲喝道：「屋裡是哪位朋友！南宮平回家來了！」

喝聲未了，只聽屋中一聲驚呼道：「是平兒麼？」一條人形，其疾如電，隨著呼聲飛掠而出，南宮平還未來得及閃避，這人影已一把抓住了他的臂膀，南宮平一掙不脫，心頭大震，閃目望去，只見此人鬢髮蓬亂，一雙眼睛，卻是慈祥而明亮，赫然竟是他母親！

他有生以來，做夢也未曾想到，他母親竟有如此驚人的武功，只覺心中一呆，南宮夫人已一把將他擁入懷裡，顫聲道：「孩子，你回來了，你回來得正好！」一陣溫暖慈祥的母愛，使得南宮平所有的勞累、飢渴、驚駭、疑懼，在這剎那之間，俱都獲得了補償。

廳中燈火昏黯，一盞孤寂的銅燈，幾乎被那一陣方自乍開的廳門中驟然吹入的風雨吹熄。燈火飄搖中，只見數十口紅木箱子，高高推在大廳中央，木箱上零亂地釘著一些暗器、弩箭，四邊的靠椅上，狼狽的斜靠著數條勁裝大漢，有的神情沮喪，滿身鮮血，有的氣喘咻咻，閉目養息，顯見已曾經歷過一場劇戰，甚至已都負了重傷。

在這零亂狼狽的大廳中，卻有一個神色仍然十分安詳的華服老人負手而立，門外的風雨，吹得他頷下的五柳長髯絲絲拂動，卻吹不動他恢宏的氣度，堅定的目光。

南宮平輕呼一聲：「爹爹。」一步掠了過去，撲地跪在這老人身前。

南宮常恕輕嘆一聲，伸手輕撫他愛子肩頭，卻久久說不出一句話來。

南宮夫人輕輕遞過一條絲巾，擦乾了南宮平頭上的雨水和汗水，柔聲道：「孩子，這些日子來，苦了你了，以後只怕……只怕更要讓你吃苦了。」

南宮常恕黯然一笑，仍是默然無語。

南宮平只見到他爹爹黯然的神色，見到他媽媽憔悴的容顏，再見到這亂成一團的廳堂，心裡更已是驚疑，也顧不得和他久別的雙親再敘家常，翻身站起，脫口問道：「爹爹，你將江南所有家店一齊賣去，是爲了什麼？那『點蒼派』與我們素無來往？此刻爲何圍住了『南宮山莊』，彷彿是要守護『南宮山莊』，但卻又似對我們不懷好意，還有，那在武林中只聞傳言，卻無人見到的『群魔島』，又爲什麼要和咱們作對？爹爹，請你快說出來，孩兒真的急死了。」

他一口氣說了出來，眼睜睜地望著他爹爹，南宮夫人幽幽一嘆，道：「有話慢慢說，孩子，你怎麼還是這樣沉不住氣。」

南宮常恕面色凝重，大步走到廳門，凝視半晌，突地轉過身來，躬身一揖，道：「各位請恕在下無禮！」

眾人俱都大奇，有的不禁掙扎站起，吶吶道：「這……這……」

話聲未了，只見南宮常恕身形突地一閃，只見滿廳人影拂動，四下的勁裝大漢，已一齊倒在椅上，暈睡過去，瞬眼間便發出了鼾聲，竟似睡得極熟。

南宮平見他爹爹在舉手之間，便將這些大漢的「睡穴」一齊點住，心下不覺更是驚駭交集，脫口道：「爹爹，你竟是會武功的！」

原來普天之下，再無一人知道「南宮財團」的主人竟是武功絕世的江湖奇士，就連他兒子都是此刻第一次見到。

南宮常恕面壁而立，頭也不回，沉聲道：「平兒，你自幼錦衣玉食，凡事都由得你任性而爲，即使犯了過失，你爹爹和你母親，也從未責罵過你一言半語，你可知道這是爲了什麼？」

南宮平雖見不到他爹爹的面容，但見他爹爹雙肩顫抖，顯見心情激動已極，心下不覺駭然，惶聲道：「孩兒……不知道！」撲地跪了下去，失聲接道：「孩兒犯了過錯，爹爹原該責打的。」

南宮夫人面容蒼白，急走兩步，突又頓住身形，掩面道：「大哥……這……孩子爲何如此命苦！」

南宮常恕仍未回頭，但身軀的顫抖卻更加劇烈，緩緩道：「我這樣對你，只因你從今而後，非但不能再享受世上任何幸福溫暖，還要吃盡世人所不能忍受的折磨困苦，你可願忍受麼？」

南宮平強忍著眶中的淚珠，顫聲道：「孩兒爲爹爹媽媽吃苦，本是應該的，但爹爹你總該告訴我，這……這究竟是怎麼回事呀？」

廳外風雨敲窗，聲聲令人斷腸……

南宮常恕十指漸漸收縮，漸漸握緊了雙拳，語聲也更是沉重。

「南宮世家，富甲天下，」他沉聲道：「這財富是如何來的，你可知道麼？」

南宮平心頭一震，道：「難道……難道……」

南宮常恕截口道：「你的玄祖，本是個最窮困的人，他受盡了貧窮的折磨，發誓要成爲天下的鉅富，辛苦積下了一筆資本，隨著一幫海客到海外經商，哪知船到中途，卻遇見了風暴，你玄祖雖攀住一片船木，漂流到一個不知名的海島上，僥倖未死，但卻又變得雙手空空，一無所有了。」

他緊握雙拳，沉聲接口道：「他老人家發覺自己壯志又復成空，不覺悲從中來，忍不住痛哭起來，哪知那海島並非無人的荒島，他老人家在絕望之中，忽然發覺這島上竟有許多個身穿古代衣冠的老人，原來這不知名的海島，竟是在武林中傳說最久也最神秘的『諸神之殿』。」

南宮平心頭又是一震，只聽他爹爹接道：「那些老人問過你玄祖的身世與經歷，仔細將他老人家端詳了一遍，竟將他老人家留了下來，一晃三年，這三年中你玄祖受了許多折難，吃了許多苦，三年後那些人突然將你玄祖帶到海邊，海邊上竟已停泊了一艘巨船，船上堆積著無數珍寶！」

他頓了一頓，又道：「你玄祖正看得目定口呆，哪知那些奇異的老人卻將這艘海船送給了你玄祖，但是卻要他老人家發下重誓，訂下契約，此後『南宮』一家，每隔一代，便要令長子帶著一批銀子，送到『諸神殿』去，每過一代，銀子便要增加一倍，除非南宮一族自絕後代，這契約便永遠不能違背……」

南宮常恕接道：「到了你上一代，這批銀子已堆成一個不可思議的數字，你祖父動用了所有能夠動用的銀子，才令你大伯將銀子送去，那時……唉！我還未成婚，你大伯卻已有了一個兒子。」

南宮平直到此刻，才聽到自己家族這一段神奇隱秘的歷史，聽到這裡，他已是滿身顫抖，滿頭冷汗，忍不住嘶聲道：「我那大伯父，此刻在哪裡？我那堂兄又在哪裡？」

南宮常恕身軀搖了一搖，道：「你大伯臨去的那一天，竟將自己新婚的妻子和方在襁褓中的嬰兒，一齊震斷心脈，因爲他已算出，再過一代後，『南宮世家』便是賣出所有家財，也未見能將這一批銀子湊滿，他不忍自己後代受苦，也不願我再結婚生子，留下了一段沉痛的遺言，便帶著銀子去了，從此便再也沒有他的下落消息……」

他說到這裡，語聲中的淒慘之意，已令人聞之心寒，世人只知道「南宮世家」富貴榮華，不可一世，又有誰知道「南宮世家」這一段充滿悲哀、充滿血淚，悲慘而神秘的歷史？

南宮夫人以手掩面，哀呼道：「大哥，你……不要說了。」

南宮常恕面對牆壁，直如未聞，一字一字地接口道：「你大伯走了不久，你爺爺也去世了，我在家裡守孝了三年，就出去打聽你大伯的下落，但是我們每代遵約將銀子送去時，都是事先便有『諸神殿』的使者傳來一封飛柬，指定一個港口，然後帶領前去，非但我們『南宮世家』中人不知道那海島真實的方位，茫茫人海中，更無一人知道『諸神殿』的所在，我在江湖中遊蕩了多年，到後來終於完全失望，卻不想在這一段日子裡，我遇著了你的母親。」

南宮夫人突地伸手一抹面上的淚痕，走到南宮常恕身側，輕輕握住了他手掌，緩緩道：「你一定要說，就由我來說吧！」

「我一遇見你爹爹，」南宮夫人道：「就和你爹爹發生了情感，但是你爹爹卻總是躲著我，我又奇怪、又難受，一氣之下，就決定要嫁給另外一個人，那人也是你爹爹的朋友，哪知有一天……有一天你爹爹被人暗算，中了劇毒，毒發之後，將這一段往事都告訴了我，我才知道他避著我，原來有著這麼多苦衷，原來他知道『南宮世家』大廈將傾，不忍讓我晚來吃苦，更不忍……更不忍讓我們的孩子方一長成，就要替先人去還債，去吃苦！」

南宮常恕霍然轉過身來，燈光下只見他面容一片鐵青，目中卻是熱淚盈眶，沉聲接道：「但是你母親卻不怕這些，更不怕貧窮，她一夜之內，將我揹到天山，尋著了解藥，於是我……我……」

南宮夫人緩緩倚到他身上，截口道：「於是我就再也離不開你爹爹，到後來，我們生下了你，我們要你好好享受一生，不願你辛苦學武，所以沒有傳你武功，哪知你卻天性好武，我們又不忍違了你心願，便如你願將你送到『神龍』門下，孩子……我們對不起你……」話猶未了，不禁又自低泣起來。

南宮平悲泣一聲，撲到他雙親身上，淒風苦雨聲中，他三人相互偎依，雖然心中充滿悲苦，但卻又充滿了至情至意。

南宮常恕輕撫著他愛子頭髮，黯然道：「我只望『諸神殿』的神東遲些送來，是以我一直不願你成婚，哪知這次他們似乎已算定了『南宮世家』再無餘財，竟不等你成婚生下後代，將密東送來，只要我們一將銀子湊齊，那使者還會再來，將你帶走，孩子，這是你祖宗立下的誓，你爹爹……你爹爹，你媽媽雖然疼你，但是又…又怎能……」語聲未了，老淚縱橫而落。

南宮平突地挺起胸膛，道：「爹爹，媽媽，這是我們南宮一家該還的債，我們自然要還清……」

南宮夫人流淚道：「可是，孩子你……」

南宮平雙目厲張，牙關緊咬，堅決地說道：「孩兒我一定會回來的，那『諸神殿』無論多麼神秘，孩兒也發誓要回來奉養你老人家，那裡雖然有銅牆鐵壁，也困不住孩兒，何況，那些人既有『諸神』之名，又怎能強迫別人做不孝的人？」

南宮夫人淒然一笑，道：「好孩子……」

南宮常恕卻黯嘆道：「只是這一次……唉！『群魔島』裡的人，卻又在江湖中出現了，而且立心不讓我們將銀子送到『諸神殿』去。」

南宮平恍然道：「難怪他們以密約來強迫武林幾大宗派的人，來強奪『南宮世家』的鏢銀。」

南宮常恕頷首嘆道：「此刻莊外的『點蒼派』門人，便是因爲強奪這批財寶不成，是以留在莊外，看來雖似在保護『南宮山莊』，其實卻是不讓我們將財寶運送出去，除此之外，還有一些江湖中的巨盜，也想來發這一筆橫財，數日來，這『南宮山莊』已不知發生了多少爭戰，流出了多少鮮血，唉……財富，除了爲我南宮一家帶來煩惱痛苦之外，還有什麼？孩子，你若是生在貧窮人家，又怎會有今日的痛苦？」

風雨敲窗更急，窗外突地有人長嘆一聲，道：「我錯了！」

南宮平一驚之下，厲叱道：「什麼人？」卻見他爹爹身形已掠到窗前，揚手一掌，窗戶震開，風雨穿窗而來。

南宮常恕手掌再揚，窗外又已嘆道：「老大，你不認得我了麼？」

南宮夫人驚呼一聲：「魯遷仙！」一步掠到窗前。

南宮常恕亦自驚呼道：「二弟，是你麼？」語聲之中，又驚又喜。

南宮平頓住身形，凝目望去，只見當窗而立的一人，禿頂銳目，神色黯然，赫然竟是那奇異的老人「錢癡」。

他再也未曾想到，這愛財惜命的老人，竟會是他爹爹的「二弟」，目光動處，不覺驚得呆了。

只見這老人垂首木立半晌，袍袖一拂，宛如被風吹了進來似的，霎眼便已掠入窗內，南宮常恕一把握住了他肩頭，道：「二弟，多年不見，你……你怎地變成了這般模樣？」

「錢癡」目光癡癡，口中只是不住喃喃自語：「我錯了，我錯了……」

南宮夫人黯然道：「往事都已過去，你還提它作甚，我和大哥非但沒有怪你，反覺……反覺有些對不起你。」

「錢癡」突地大喝一聲：「我錯了！」撲地跪在南宮常恕面前，目中流下淚來，道：「大哥，小弟對不起你，小弟對不起你……」

南宮常恕一面用手攙扶，一面亦自跪下，黯然道：「二弟，快起來……」

「錢癡」道：「小弟若不將話說出，死也不能起來，這些話，小弟已在心中悶了二十年。」

他仰天嘆道：「二十年前，我只當三妹貪圖『南宮世家』的富貴榮華，是以才離開我，嫁給你，我卻不知道她早已愛上你，我卻不知道她嫁給你非但不是爲了享受富貴，反是爲了要陪你忍受痛苦，我……竟不告而別，還引來一批仇家，來暗害你們……」

南宮常恕嘆道：「二弟，我與三妹既然無恙，你又何苦還在自責？」

「錢癡」嘶聲道：「我怎能不自責負疚，我才能心安？這些年來，我日日夜夜俱在暗中詛咒你們，我發狂地去尋找財富，除了沒偷沒搶之外，幾乎不擇任何手段。我隱姓埋名，省衣縮食，弄得人人俱當我是個瘋子，我發誓要聚下比『南宮世家』還要多的財富，可是……」

他突地手掌一揚，將一直緊緊抱在懷中的麻袋拋在地上，悲嘶道：「我縱然積下了百萬財富，又有何用？我今日才知道縱有百萬財富，也買不來真摯的情感，縱有百萬財富也減不去人們的痛苦，大哥，我……我錯了，我對不起你。」

南宮常恕黯然道：「你方才都聽到了麼？」

「錢癡」含淚點頭。

南宮常恕輕輕扶起了他，道：「無論如何，今日你我三人，重又聚到一處，總是件可喜可賀之事。」展顏一笑，轉首道：「平兒，快過來見見你二叔父，這就是那昔年名震江湖，人稱『神行無影銅拳鐵掌』的魯遷仙魯二叔父。」

一直愕在當地的南宮平，此刻方自會過意來，當即走了過去。

魯遷仙一抹淚痕，破顏笑道：「孩子，想不到你還有這樣一個不成材的叔父吧！」

南宮夫人眨了眨眼睛，面上亦不知是哭是笑，心裡也不知是悲是喜，卻有兩滴淚珠流下面頰，哽咽道：「想不到我們終又重見到了你，更想不到最愛打扮的你會變成這副樣子，你……你難道窮瘋了麼，連衣服也捨不得買一件。」

魯遷仙淚痕未乾，大笑道：「我不是窮瘋了，卻是小氣瘋了，就在我破麻袋裡，雖然有百萬錢財，我卻捨不得動用一文。」

南宮常恕含笑嘆道：「你這樣做全是爲了她麼，唉！真是……」

南宮夫人嗔道：「你看你，在孩子面前，說話也不知道放尊重些。」言猶未了，滿帶淚痕的面上，又不禁展開了一絲微笑。

這三個老人雖然滿心憂鬱，但心中卻又不禁充滿了重逢的喜悅，剎那間，他們似又回到了那飛揚著的青春歲月，連騎縱橫江湖，含笑叱吒武林，二十年的時光，有時雖然是那般漫長，有時卻又彷彿覺得十分短暫。

南宮平望著他們三人含淚的歡笑，含笑的眼淚，只覺心中的悲哀，也隨之沖淡不少，笑道：「二叔好酒，可要小侄……」

言猶未了，突聽窗外一聲大喝，三枝長箭，帶著一連串鈴聲穿窗而入，「奪」地一聲，三隻箭並排插入高堆著的紅木箱上。

魯遷仙面色微變，卻又笑道：「好極好極，想不到綠林強盜用的響箭，居然照顧到大哥的家裡！」

南宮常恕一笑道：「射箭人腕力不弱，不知是那一路的好漢？」

只聽廳外厲聲喝道：「任狂風，秦亂雨率領三山十八寨各路好漢，前來向『南宮山莊』南宮莊主討一些盤纏，是開門恭迎，是閉門不納，任憑南宮莊主自便。」語聲嘹亮，中氣十足。

南宮常恕微一皺眉，道：「風雨雙鞭怎地又出山了？」

魯遷仙道：「若換了現下的黑道朋友，只怕連這一些過節都不願再講，人一到了，立刻動手。」

南宮夫人笑道：「難怪你已有百萬家當，原來你對現下強盜的行情如此熟悉……」含笑一望南宮平，倏然住口。

大敵當前，他三人卻仍言笑自如，直似未將那橫行一時的巨盜「風雨雙鞭」看在眼裡，南宮平暗暗忖道：「原來媽媽少年時也會說笑的。」

廳外又是一聲大喝，道：「要好要歹，快些答覆，喝聲三響，弟兄們便要破門而入了！」

接著便有人叱道：「一！」

魯遷仙雙臂一振，身形暴長，橫目笑道：「小弟還未老，老大你怎樣？」

南宮常恕捋鬚笑道：「哥哥我又何嘗老了！」

魯遷仙大笑道：「好好！」突地一拍腰畔，只聽腰畔突地鈴聲一響，笑道：「現在麼？」

南宮常恕道：「自然！」

南宮夫人輕笑道：「好好，你們兄弟的『護花鈴』仍在，我這枝花卻已老了。」

窗外又是一聲大喝：「二。」

魯遷仙狂笑道：「我兄弟未老，你怎會老了？老大，急先鋒還是小弟麼？」

南宮常恕道：「好。」

「好」字方自出口，魯遷仙身形突地一躍而起，凌空一個翻身，落在南宮常恕伸起的雙臂上。

南宮常恕猛地厲叱一聲：「去！」雙掌一翻！一送，魯遷仙身形便有如離弦之箭般直飛出去。

只聽「蓬」地一聲，廳門四開，接著「叮噹」一響，一條金線，自門外飛入，又一線金線，自南宮常恕掌上飛出！

又是「叮噹」一響，兩條金線，糾結一處，南宮常恕大喝道：「來！」門外響起一聲驚呼。

餘音未了，「呼」地一聲，魯遷仙身軀便已筆直飛了回來，左掌之上，纏著一條金線，右掌卻夾頸抓著一個身軀高大的老人，魯遷仙手掌一甩，將之重重甩在地上，赫然竟是「風雨雙鞭」中的任狂風！

南宮平倒抽一口涼氣，心中不知是驚？是佩？

凝目望處，才知道那兩條金線之上，兩端各各繫有一顆金色的小鈴，魯遷仙身形藉著南宮常恕掌力飛出時，掌中金鈴便已飛出，南宮常恕掌中金鈴亦自飛出，兩顆金鈴一搭，金線互結，南宮常恕掌力回收，魯遷仙凌空一擊而中，抓起任狂風，便已藉勢飛回，當真是其去如矢，其回如風，來去空空，急如閃電，對方縱是一流身手，卻也要措手不及，無法防範。

南宮平只覺心頭熱血一湧，忍不住脫口道：「好個護花鈴！」

廳外卻又亂成一片，一個蒼老的語聲狂呼道：「廳裡的可是『風塵三友』麼？」

南宮常恕、魯遷仙相視一笑，只見任狂風已掙扎著翻身爬起，面色一片蒼白，滿帶驚駭之色，顫聲道：「果然是風塵三友！」

魯遷仙笑道：「多年不見，難爲你還認得我兄弟。」

任狂風頹然長嘆一聲，垂首道：「在下縱已不認得三位，但這一手『驚虹掣電，奪命金鈴』的絕技，在下卻再也不會忘記。」

魯遷仙大笑道：「驚虹掣電一金鈴，鈴聲一振一消魂……哈哈！大哥，想不到你我偶然練成的遊戲，倒被江湖中人說成了武林絕技。」笑聲突地一頓，轉首道：「你既然還記得我兄弟，難道便忘了昔年在我兄弟面前發下的重誓！」

任狂風垂首嘆道：「在下若知道『南宮山莊』的莊主，便是昔日風塵三友中的冷面青衫客，斗膽也不敢踏入『南宮山莊』一步。」

魯遷仙冷冷道：「如今你既知道了，此刻又當怎地？」

廳外長階下仍然亂成一片，任狂風回首大喝道：「秦老二，快帶弟兄們退出山莊一里之外，『風塵三友』在這裡！」

喝聲方了，秦亂雨已一掠而上，目光轉處，變色道：「果然是三位大俠，想不到我弟兄二十年苦練，卻仍然擋不住魯大俠的凌空一擊！」

狂風驟雨中，只聽階下有人厲聲喝道：「什麼『風塵三友』？我弟兄遠道而來，難道就憑著這句話空手而回麼？」十數條人影，一湧而上。

「風塵三友」面色凝重，默然不語。

秦亂雨霍然轉身，道：「誰說的？」

兩條目光閃爍，短小精悍的褐衣漢子，攘臂而出，左面一人冷冷道：「要好朋友走路，至少總得掏些真傢伙出來，三言兩語，就濟得了事麼？」

右面一人回首喝道：「各位弟兄，此話可說得是？」

眾人雜亂地轟應一聲，任狂風一笑道：「原來是白寨主。」含笑走到他兩人身前，接著道：「如此說來，兩位想要些什麼呢？」

左面一人低聲道：「弟兄們千里而來，最少總得混個千把兩銀子的盤纏錢，兩位雖是前輩，也得照顧照顧咱們這些苦弟兄。」

任狂風哈哈笑道：「一千兩銀子夠了麼？……拿去……」雙掌一翻，只聽「砰！砰！」兩聲，白氏兄弟慘呼一聲，狂噴了一口鮮血，滾下了長階，任狂風含笑道：「還有哪位弟兄要拿盤纏的？」

四下漫無回應，只聽慘呼之聲漸漸微弱，終於寂滅，只剩下風的呼嘯，雨的滴落，十數條大漢站在一齊，竟連大氣都不敢喘。

任狂風面色一寒，厲叱道：「退下去！」十餘條大漢一個個面如土色，齊地翻轉身軀，蜂擁著奔下長階，再無一人敢回頭望上一眼。

「風雨雙鞭」一齊回轉身來，南宮常恕嘆道：「你我相識多年，兩位亦未曾忘記我兄弟，說來彼此已可算是故人，只是我此刻已遇非常之變，不能以酒爲兩位洗塵，兩位如有所需，我還可略助一二。」

任狂風垂首道：「莊主如不怪罪，我兄弟已是感激不盡……」

南宮常恕道：「既是如此，我也不願再多客套，今日就此別過。」雙手一抬，拱手送客。

任狂風、秦亂雨恭身一揖，方待轉身，魯遷仙道：「且慢，兩位方才由莊前進來，不知可曾遇著那些『點蒼』弟子？」

秦亂雨道：「點蒼門人，此刻已傷殘過半，除了點蒼燕、黑天鵝兩人外，能戰的只怕不多了。」他微一思忖，已知魯遷仙問話之意，說完之後，立刻躬身告退，這兩人當真不愧是江湖大行家，見了眼色，便已知道別人心意。

魯遷仙回到廳中，一抹面上雨水，沉聲道：「外圍既已空虛，大哥你何不乘此時機，將箱子運至莊外？」

南宮常恕慘然一笑，道：「諸神使者，已來過一次，但卻仍未說明交寶地點，箱子縱然運出，卻要送到何處？」

魯遷仙呆了半晌，突地仰天長笑，笑道：「無論何時，無論有多少人阻攔，憑我們幾人，還怕闖不出去麼！」

他身軀一動，掌中的金鈴，便隨之叮噹作響，鈴聲清越，在風雨中仍可遠遠傳送出去。

南宮平望著他掌中的金鈴，想到這三個老人方才的威風，反覆低誦著：「驚虹掣電一金鈴，鈴聲一振一消魂！」這兩句似詩非詩，似歌非歌的詞句，心中豪氣逸風，目光也閃出了喜悅的光采。

魯遷仙笑道：「孩子，你可聽出這鈴聲有什麼奇異之處麼？」

南宮平含笑搖頭。

南宮夫人道：「這金鈴本是你爹爹的傳家之物，共有三對，別的似乎還無什麼異處，但只要其中一對金鈴一振，另兩對便也會同時作響，古來高深樂理之中，載有『共振』一詞，這金鈴雖非樂器，但這種現象卻與音樂中的『共振』相同。」

她自懷中取出一雙金鈴，南宮平伸手接過，魯遷仙掌中金鈴一振，南宮平掌中的金鈴果然也發出了一種清越的「嗡嗡」聲響。

南宮平不禁大奇，他卻不知道天地之大，萬物之奇，其中的確有許多是不能以常理解釋的事物。

南宮常恕道：「昔年我三人闖蕩江湖之際，只有你母親武功最弱，我們生恐她落單遇險，是以便將這金鈴每人分了一對，她一遇險，鈴聲一響，我們這兩對金鈴，便也會生出一種奇異的『共振』感應，便可急往馳救……」

魯遷仙大笑接口道：「是以你爹爹便將這金鈴取了個奇妙而好聽的名字，名曰『護花』……」

南宮常恕笑道：「這『護花鈴』三字，倒不是我杜撰而出，昔年，漢獻帝愛花成性，唯恐飛雀殘花，是以便在宮園中的花木上，繫了無數金鈴，只要雀鳥一落花上，金鈴之聲大震，而宮廷中的『護花使者』，便會即來驅鳥，當時京朝中人，便將這金鈴稱爲『護花鈴』，後來詩人，也作有『十萬金鈴常護花』之句，我取的這『護花』兩字，也不過只是用的這個典故。」

南宮夫人輕輕一笑，道：「幾十年前的事，還說它作什麼，平兒，你若是喜歡，這一對金鈴你就收著吧，以後你若是在江湖間……」她突地想起愛子即將去向不知名的遠方，笑容一斂，立刻染上了一重沉重的憂鬱。

南宮常恕微微一嘆，將金鈴交給南宮平，道：「這一雙你收著吧，你爹爹媽媽再也沒有別的東西給你，這兩對金鈴，你要好好珍惜，將來……」說到「將來」兩字，他也不禁長嘆一聲，默然無言，目光沉重地投落到廳外的苦雨淒風之中，遠處仍是一片黑暗。

南宮平手捧著四隻金鈴，無言地垂下頭去……

魯遷仙目光一轉，朗聲笑道：「你父母都將金鈴送給了你，我若再留下，莫教你將我這二叔，看作當真這般小氣，來，拿去，好生藏著，將來若是遇著合意的女子，不妨分她一對！」

南宮平躬身接過。

南宮夫人強笑道：「無論如何，今日我們重逢，總該慶祝，我去做兩樣小菜，讓你們小酌兩杯，好在這裡多了魯老二和平兒，我也可以放一下心了。」

魯遷仙道：「三妹……呀，大嫂，何需你自己動手？」

南宮夫人目光一陣黯然，嘴角卻仍含笑道：「下人都早已打發走了！……」語聲之中，她身形已轉出廳後。

南宮平見到媽媽竟自己操作起來，不禁暗中長嘆一聲，立定志願，要將家業恢復，不讓媽媽受苦。

南宮常恕解開了那些護鏢而來，苦戰受傷的大漢的穴道，再三道歉，那般鏢客見到這衣衫襤褸的禿頂老人，竟然就是昔年以輕功拳掌名震江湖的魯遷仙，不禁大是驚異，見到南宮平這「神龍」門下的弟子，神情也頗爲謙卑，知道這大廳中已無自己出力之處，再者也實在傷重疲乏，便到後房安歇了。

魯遷仙望著他們的背影，微微嘆道：「江湖中若是沒有這一些熱血的義勇男兒，只怕再也無人願教子弟學武了。」

酒菜簡潔而精緻，但眾人心頭卻多感嘆，南宮常恕持杯四望，緩緩道：「二弟，今後你我持杯同飲的機會，只怕又要多了。」

魯遷仙道：「自然。」

南宮常恕道：「不知道江湖間還有多少人記得我們這風塵三友？」

魯遷仙心頭一動，道：「大哥你莫非又要重出江湖了麼？」

南宮常恕以一絲微笑掩住了神色間的黯然，道：「這山莊我已賣了，月底便要遷出，日後少不得又要過一過四海爲家的日子。」

南宮平變色道：「賣了？」

南宮常恕道：「賣了還不見得夠數……」

魯遷仙拾起了那隻麻袋，朗聲笑道：「我這隻麻袋中便存百萬財富，大哥你要用多少？」

南宮常恕仰天笑道：「我自幼及長，遍歷人生，卻始終不知道貧窮是何滋味，如今有了這個機會，怎肯輕輕放過，二弟，你且放下這些，先來痛飲三杯。」

南宮平見到他爹爹如此豪氣，端起酒杯，一飲而盡。

魯遷仙道：「貧窮滋味麼？卻也不是……」突地大喝一聲：「什麼人？」手扶桌沿，長身而起。

門外夜色沉沉，風雨交加，只聽一陣沙沙之聲，自長階上響起，魯遷仙立掌一揚，掌風過處，廳門立開，門外卻見不到半條人影。

南宮父子、魯遷仙面色齊地一變，一陣風撲面而來，風中似乎帶著一種奇異的腥臭之味。

南宮夫人恰巧端著一盤素雞自廳後走出，目光轉處，只見門外黑暗中突地亮起了兩盞綠油油的燈火，心頭一顫，脫口呼道：「蛇！」噹啷一聲，手中瓷盤落到地上，跌得粉碎。

只見這兩點綠火搖搖晃晃，自遠而近，南宮平低叱一聲，身形離凳而起，卻被魯遷仙一把拉了他的手腕，道：「且慢！」張口一噴，一股銀線，激射而出，宛如一道銀虹般，射向那兩點奇異的綠火。

腥風之中，立刻瀰漫了酒香，南宮平知道魯遷仙這種以內力逼出的酒箭，威力非同小可，只見那兩點綠火果然一閃而滅。

「嘩」地一聲，酒箭射在地上，聽來宛如一盤珍珠灑落玉盤。

南宮常恕皺眉道：「武林中自從『萬獸山莊』火焚之後，已未聞再有能驅蛇役獸的高手，這條蛇豈非來得甚是奇怪！」

言猶未了，那兩點綠火竟又再冉冉升起，接著，遠處突地響起了一陣樂聲，自漫天風雨中嫋嫋傳來，其聲悠揚，非絲非竹，那兩點綠光竟隨著樂聲越升越高。

南宮常恕面色微變，一把抄起桌面上的酒壺，隨手一揮，一道酒泉，自腳邊直落到門外，他左手又已拿起了銅燈，俯身一燃，只聽「蓬」地一聲，烈酒俱都燃起。

火光照耀中，只見門外石階上，一條粗如海碗般的青鱗巨蛇，紅信一閃，倒退了數尺。

魯遷仙驚呼一聲，卻已遠遠退到廳角。

南宮夫人微微一笑，道：「想不到魯老二還是如此怕蛇。」

魯遷仙道：「你又何嘗不怕！」

南宮平恍然忖道：「難怪他見到那幫關外惡鬼那般畏懼，原來他並非怕人，只是怕蛇而已。」

火光一閃而滅，樂聲更復尖銳，南宮夫人素手一揚，兩點銀星，激射而出，綠火應手而滅，巨蛇一陣翻騰，自長階上滾落了下去，樂聲一變，突地由尖細變為雄渾，接著竟是震天般一聲虎吼，一條白額猛虎，自長階下直竄上來。

南宮平厲叱一聲：「畜牲！」一個箭步，竄出廳外，那猛虎正自凌空撲了下來，南宮平身形一閃，便掠在猛虎身後，猛虎前爪落地，後爪一掀，南宮平擰腰錯步，滑開七尺。

猛虎狂吼一聲，只聞腥風漫天，震得廳中杯盞，俱都落在地上，吼聲之中，虎尾一翦。

南宮平聳肩一掠，掠起一丈，那猛虎一撲、一掀、一翦，俱都落空，氣性已自沒了大半，南宮平身形凌空一翻，頭下腳上，一掌劈將下來，只聽又是震天般一聲虎吼，鮮血飛激，這一掌竟生生將虎首擊碎，南宮平身形藉著手掌這一擊之勢，又自掠起，乘勢一足，將猛虎踢落長階下，右足之上，都已沾著一串虎血。

這一閃、一滑、一躍、一掌、一足，不但動作一氣呵成，快如閃電，而且姿勢輕鬆美妙已極。

魯遷仙目光轉處，拊掌大笑道：「好身手呀好身手，畢竟不愧是『神龍』子弟……」

話聲未了，樂聲又是一變，絲竹之聲全寂，金鼓之聲大震，霎眼之間，風雨中充滿了瘋狂而原始的節奏，四條長大的黑影，自黑暗中旋舞而出，跳躍著奔上石階，竟是四隻力可生擒虎豹的金毛猩猿。

朦朧光影中，只見這四隻猩猿，滿身金光閃閃，目中更散發著猙獰而醜惡的光芒，揮動著長臂，咧張著血口，發出一陣陣刺耳的呼嘯，在石階上不停跳躍、旋轉，與那瘋狂的鼓聲，混合成一幅原始的畫面。

南宮常恕變色低叱道：「平兒，回來。」

南宮平頭也不回，雙拳緊握，面對著這四隻猩猿。

只聽暗林中突地響起一陣奇異的語聲：「南宮常恕，你還死守著大廳則甚，還不趕快退去，神獸一至，你們便死無葬身之地了！」語聲尖細，似有似無，自瘋狂的鼓聲中縹緲傳來。

南宮平大喝一聲：「放屁！」呼呼兩拳，直擊而出。

兩股拳勁，衝破風雨，筆直擊向當中兩隻猩猿身上。

這兩隻猩猿怪嘯一聲，身子一翻，速翻兩個斛斗，落下石階，足爪方一點地，再翻兩個斛斗，霍地又掠了上來，金睛閃閃，白牙森森，四條長臂一振，直朝南宮平撲了上去。

南宮平擰腰轉身，「雙龍出雲」，急地攻出兩掌，哪知道兩條猩猿形狀雖笨拙，身手卻靈活，竟似也懂得武功，怪嘯聲中，長臂揮動，竟將南宮平的身形籠罩在一片金色光影之中，舉手投足間，居然暗合武功解數。

另兩條猩猿齜牙一笑，踏著那瘋狂的節奏，亦朝南宮平直逼過來，長臂一舞，加入戰團。

鼓聲越來越急，這四條猩猿的身形越舞越急，只見一團金光，圍著一條灰影，在風雨中往來旋轉。

南宮常恕雙眉微挑，一步掠出，呼呼攻出兩掌，強勁的掌風，將一隻猩猿擊開一丈，滾到地上。

魯遷仙閃身一掠，突地撮口長嘯起來。

嘯聲高亢，上沖霄漢，久久不絕，直震得四下木葉，簌簌飄落。

暗林中的鼓聲，節奏一亂，那四隻金毛猩猿頓時身法大亂。

南宮常恕掌勢一圈，「砰」地一掌，擊在一隻猩猿的胸膛上，這一掌滿蓄真力，便是巨石也要被他擊成粉碎，只聽這猩猿怪嘯一聲，噴出一口鮮血，翻滾著落下石階。

魯遷仙嘯聲不絕，雙拳齊出，那猩猿仰身一躲，魯遷仙急伸右足，輕輕一勾，「噗」地一聲，猩猿翻身跌倒，魯遷仙手掌疾沉，閃電般抄住了這猩猿的雙足，猛地大喝一聲，雙臂展動，竟將這身長一丈的猩猿，呼地掄了起來，乘勢一連掄了三圈，手掌一鬆，那猩猿便直飛了出去，遠遠落入暗林中。

南宮平精神一震，雙拳一足，將另一隻猩猿踢飛三丈。

此刻鼓聲雖又重震，但剩下的一隻猩猿，卻再也不敢戀戰，連滾帶爬地如飛逃去。

魯遷仙伸手一拍南宮平肩頭，哈哈笑道：「好孩子，好武功！」

南宮常恕面對風雨，朗聲道：「各位朋友聽好，此刻南宮山莊有的是鉅萬財寶，只要朋友們有意，儘管憑本領取去，又何苦偷偷躲在暗林中，卻叫些不成氣候的畜牲出來現醜！」

暗林中鼓聲已然漸輕漸緩，絲竹之聲又復響起。

樂聲變成輕柔而美妙，鼓聲低沉，更彷彿一聲聲敲在人心底。

一陣風吹過，風中不但已無腥臭，反而帶著一種縹縹緲緲，不可捕捉的奇異香氣，令人神智爲之一蕩，心旌幾乎不可自主，沉沉的夜色，淒涼的風雨，卻彷彿染上了一層粉紅的顏色。

突地，暗林中亮起了四道眩目的燈光，燈光連閃幾閃，石前那一片方圓三丈的空地上，竟出現了六個身披純白輕紗，頭戴鮮花草笠的窈窕少女，踏著那輕柔而動人的旋律，輕迴曼舞起來。

雨勢不停，霎時間便將這六個少女身上的輕紗，淋得濕透。

於是純白的輕紗，就變成了透明的顏色，若有若無地籠罩著那青春的胴體……

樂聲更蕩，少女們的舞姿也更撩人，南宮平劍眉一軒，回轉頭去，卻聽魯遷仙朗聲笑道：「平兒，你回頭作甚？」

南宮平呆了一呆，不知該如何回答。

魯遷仙笑道：「人生在世，什麼事都該經歷經歷，這蕩魄魔音，消魂艷舞，倒也不是經常可以看得到的，你如輕輕放過了，豈非可惜？」

南宮夫人笑道：「你怎地如此不正經，平兒年紀輕輕，你教他怎能有那般『視而不見，聽而不聞』的定力，不去看它，雖然著象，在他這樣的年紀，也只得如此了。」

魯遷仙哈哈笑道：「我教他看，正是要磨練磨練他的心神定力，好教他日後再遇著這般局面，不致手足失措。」

南宮平見到這三個老人在如此猥褻邪淫的場合之中，仍有如此泰然自若的神情，若非有十分坦蕩的胸襟，怎會有如此開闊的氣度？心中不禁大是讚嘆，微笑回首道：「孩兒只是見不得這種做作而已，其實又怎會被這般庸俗脂粉所動？」

魯遷仙大笑道：「正是正是，心中有了超塵絕俗的佳麗，又怎會再被這般庸俗脂粉所動！」

南宮平面頰微微一紅，只聽暗林中又自傳出一陣語聲：「艷紅十丈中，多的是這些樂事，你的心可曾動了麼？你只要不再固執，這些春花般的美女都可供你享受，你又何苦如此固執，硬要將金銀財寶送給別人享受？」

南宮常恕面沉如水，微微皺眉道：「二弟，你可記得這種先以威逼恐嚇，再以色誘的手段，武林中有誰最最慣用？」

魯遷仙目光一轉，沉吟道：「大哥之意，難道說的是昔年『萬獸山莊』的女主人『得意妃子』？」

南宮常恕道：「得意妃子自從『萬獸山莊』火焚之後，雖然久已銷聲滅跡，今日這一些做作，也遠不如昔年她的手段厲害，但方法作風卻與她昔年同出一轍，你若不信，且看今日此人威嚇色誘不成，必定立刻就要施出最後一手了。」

魯遷仙亦不禁皺眉道：「今日之事，若與得意妃子有關，倒是的確可厭得很，但自從『萬獸山莊』火焚之後，江湖中便一直未有她的消息，難道這孤獨的女魔頭，昔年也曾收下了衣缽傳人麼？」

談話聲中，樂聲又急，那六個輕紗少女的舞姿，也隨著樂聲變得十分熱烈，舉手投足間，有意無意地露出一些神秘之處，眉目之間，更是蕩意撩人，顯見她們自己竟也被樂聲所惑，而燈光卻漸漸昏暗，暗林中又嬝娜行出四個一樣裝束的少女，抬著一頂軟槓三挽手，流蘇蓋頂，雲銅鑲窗的白籐小轎。

軟轎輕停，轎簾微啓，前面兩個輕紗少女，撐開了兩柄紅竹小傘，一個身材婀娜，雲鬢直挽，披著一件淺紫輕紗的少女，緩緩走下轎來，神情之間，彷彿絕美，卻用一柄淺紫色的湘妃竹扇，遮住了嬌靨，是以看不清面目。

南宮常恕微一變色，沉聲道：「流蘇小轎，淺紫輕紗，這正也是昔年『得意夫人』的行徑，難道『得意夫人』又復重出江湖了麼？」

魯遷仙面色凝重，默然不語，突地大喝一聲：「什麼人？」轉身望去，只見廳中黯淡的燈光下，高堆的木箱，已多了數條人影。

就在刹那之間，鼓聲轉急，燈光又亮，那身披淺紫輕紗的少女，微微扭動了一下雖被輕紗籠住，但卻更是撩人的婀娜身軀，開始曼舞起來。

她這微微一扭，似乎便已勝過那些少女的諸般艷舞，竹扇輕移，嬌靨半露，緩緩走上石階。

另十個輕紗少女一排跟在她身後，亦自踏著舞步，走上石階，素手輕揮，紗巾飛揚，竟一絲絲、一縷縷，剝去了那本已透明的輕紗……

大廳中，木箱前，肅然木立的人影，身形一展，將木箱圍住，當頭兩人，一個身材威猛，濃眉深目，一個身量頎長，面容清癯，竟是「點蒼派」中武功最高的「點蒼燕」與「黑天鵝」。

廳外的樂聲舞姿雖然熱烈撩人，但大廳中的氣氛卻驟然變得十分沉重，人人俱是面沉如水，目注對方，正是一觸即發之勢，裡裡外外，雖然只是一牆之隔，卻顯然是兩個世界。

魯遷仙冷笑一聲，道：「我只當點蒼派名門正宗，卻原來幹的也是偷雞摸狗的勾當，三更半夜，偷入別人私宅，難道這就是點蒼派的家法麼？」

天鵝道人勃然大怒，點蒼燕卻望也不望他一眼，冷冷道：「貧道們只尋南宮莊主說話。」

南宮常恕冷冷道：「道長們如此行徑，在下已覺得無話可說。」

天鵝道人濃眉揚處，「嗆啷」一聲，拔出劍來。

點蒼燕神色不動，緩緩道：「莊主若聽貧道良言相勸，最好且將這批箱子交給貧道寄存三年，三年之後，貧道定必原封不動，將之奉還……」

魯遷仙冷笑道：「餓狗卻來問人借包子，嘿嘿，可笑可笑，當真可笑。」

點蒼燕只作未聞，接口道：「貧道可以『點蒼』一派的聲名作保，絕不動這箱中財物分毫。」

魯遷仙仰天冷笑道：「點蒼派也有聲名的麼？區區倒是第一次聽到。」

天鵝道人大喝一聲，手腕舞處，劍光一閃，點蒼燕道：「三弟且慢，聽聽南宮莊主如何答覆。」

南宮常恕面色一沉，道：「在下的答覆，還用說出來麼？」

點蒼燕道：「莊主若不聽良言相勸，只怕今日……嘿嘿。」冷笑兩聲，倏然住口。

魯遷仙道：「黑老道過來，我們要看看你這隻天鵝是什麼變的。」

話聲未了，天鵝道人已一劍殺來，魯遷仙身軀一閃，兩人便戰作一處。

廳外靡蕩的樂聲中，那十個少女已將走上長階盡頭，身上幾乎已是不著寸縷，膚光皎皎，粉肌雪股，當真是令人心神動盪，那淺紫輕紗的高髻少女手搖竹扇，半遮嬌靨，雖然未除衣衫，但卻不時發出聲聲嬌笑，神貌聲音，更是蕩人。

南宮平大喝一聲：「下去！」

但這些少女輕笑曼舞，只作未聞，一雙雙滿含蕩意的眼波，更是直在南宮平身上打轉，彷彿要將南宮平和水吞將下去。

南宮平只見這一層層乳波臀浪，緩緩湧上石階，既不能進，亦不能退，他雖有一身武功，卻又怎能向這些一絲不掛的少女出手？

天鵝道人目光森寒，劍法辛辣，招招式式，俱都不離魯遷仙要害，點蒼劍法，本以輕靈見長，這天鵝道人劍法更是專走偏鋒，只見他一劍接著一劍，掌中一柄長劍，竟被他化作一條白鏈。

魯遷仙身形遊走，滿面冷笑，這辛辣的劍招，竟沾不著他一片衣角，他存心戲弄，竟然不施煞手，雖然攻出一招，也只是天鵝道人肉厚之處，身形旋動，卻將天鵝道人圍在中間，如同狸貓戲鼠一般，口中不住冷笑道：「黑老道，你們點蒼派幾時訓練出這一批舞伎出來的？我看她們的歌舞，倒當真比你的劍法高明些。」

天鵝道人閉口不語，劍法卻更是辛辣，恨不得一劍便將魯遷仙傷在劍下。

只見燈火閃閃，劍光如雨，森冷的劍氣，逼人眉睫，突然「噹」地一聲輕響，原來魯遷仙隨手抓了一隻瓷盤，當做兵器施出，天鵝道人雖然一劍將之削得粉碎，但盤中的菜汁，卻已濺得他一身一臉。

天鵝道人怒叱一聲，一腳踢翻了桌面，嘩啦一聲，杯盤碗盞，碎了一地，桌上的銅燈，也倒了下來，燈火熄滅。

但此刻暗林中的四道燈火，卻已照了上來，曼舞的裸女，也已舞上石階……

南宮常恕雙眉一皺，沉聲道：「二弟，此刻是什麼時候，還不認真出手！」

魯遷仙叱道：「好。」一招式立變，砰砰五拳，已將天鵝道人逼在牆隅。

南宮常恕頭也不回，沉聲道：「夫人，你看著外面，廳裡全交給我！」

南宮夫人又何嘗不早已看到舞上石階的裸女，只是她一時之間，卻也不知該如何應付。

此刻廳中看來殺機雖重，但其實廳外卻更是兇險，脂粉肉陣，更兇於殺人利劍。

身披紫色輕紗的宮髻少女，纖腰一扭，便已舞到南宮平身前，南宮平只覺一陣蕩人的香氣，撲鼻而來，心神方自一蕩，立刻厲聲叱道：「退下去！」揚手一掌，直擊而出，斜切這紫紗少女肩頭上「肩井」大穴。

哪知這紫紗少女竟然不避不閃，嬌笑一聲，反將胸膛迎了上來，酥胸高聳，隱約可見。

南宮平急地縮回手掌，這一招怎擊得出手？

南宮夫人皺眉道：「平兒閃開！」腳步一滑，身形方動，已有四個裸女，一排擋在她身前，另四個裸女，卻將南宮平身形圍住，顫抖著胸膛，瑩白色的玉腿，幾乎觸著南宮平的衣衫。

他此刻當門而立，若是避讓，勢必要被這些裸女攻入大廳，若不避讓，便已陷身脂粉陣中，他定力雖堅，但這靡盪之音，消魂裸舞，卻也令他無法消受，只見這四個裸女身子越欺越近，眼波蕩漾，散發著火一般的光采……

天鵝道人長劍伸展，已由攻勢變爲守勢，只見一道光牆，擋在他身前，一時之間，魯遷仙竟難再攻入一步。

其餘的點蒼劍手，手持劍柄，早已蠢蠢欲動！

點蒼燕目光凝注著南宮常恕，手腕一反，緩緩拔出了斜揹在身後的精鋼長劍，緩緩道：「今日並非比武，以眾擊寡，也算不得什麼！」點蒼劍手齊地厲叱一聲，拔出長劍。

魯遷仙只聽身後風聲響動，三柄長劍，一齊向他削來。

天鵝道人濃眉一展，振腕一劍，回擊而出。

南宮常恕道：「點蒼派向不爲惡，今日我本也不願傷人，但你等如此做法，卻怪不得我了。」突地回身一掌，一股強勁的掌風，直向圍在南宮平身前的四個裸女推去，他雖未回頭，但卻眼觀四路，知道南宮平心軟面嫩，不願對裸女出手，這一掌已施出九成真力，那裸女們如何禁受得住，齊地驚呼一聲，已有兩人被他震下石階。

南宮平精神一振，道：「爹爹你來這裡，孩兒對付那些點蒼劍手！」

語聲未了，南宮常恕又是一掌擊出，紫紗少女身軀一震，南宮平腳步一滑，乘勢回手一指，點向她肘間「曲池」大穴。

紫紗少女掌中竹扇一劃，一招「玄雀劃沙」，扇緣直劃南宮平腕脈，眩目的燈光，立刻照在她如花嬌靨之上。

南宮平目光一閃，心頭突地大震，失聲道：「你……你……」

他再也想不到這紫紗少女，竟是他的同門師姐古倚虹——王素素。

古倚虹滿面癡笑，眼波蕩然，隨著樂聲，又是一扇劃出。

南宮平失色道：「四姐，你怎會這樣——難道不認得我了麼？大哥他此刻又在何處？」

古倚虹咯咯笑道：「誰認得你？誰是你大哥？」

裸女們齊又圍了上來，齊地咯咯笑道：「誰是你大哥？」

南宮平滿心驚怔，連退數步，已自退到廳內，南宮常恕雙眉微皺，目光一轉，沉聲道：

「此女只怕已被藥物迷卻本性，你且閃開一邊……」

言猶未了，點蒼燕劍光已展，一劍殺來，南宮平大喝一聲，旋身一足，直踢他持劍的手腕。

點蒼燕冷冷道：「又是你麼？」劍光霍霍，連出三招。

南宮夫人雖然也是女子，但這鼎食之家的貴婦，面對那四個淫蕩的裸女，一時之間，亦自怔在當地，不知出手。

南宮常恕右掌一反，扯下了腰畔的絲縧，左掌連攻七招。

古倚虹身形閃動，南宮常恕右掌絲縧一揮，絆倒一個裸女，左掌突地併指如劍，一招「青龍點睛」，疾地點在古倚虹「笑腰」穴上，口中卻厲聲喝道：「夫人，當心她們的迷藥！」

南宮夫人心頭一凜，方自閉住氣脈，這四個裸女果然齊地手腕一揚，指如春蔥，十指尖尖，拇指中指一扣。

只聽「答」的一響，已有一股淡如輕煙，幾乎目力難辨的粉霧，自中指之內彈出，南宮夫人柳眉微揚，袍袖一拂，袖角如雲，直拂裸女們掌緣大穴。

那邊魯遷仙以一敵四，掌勢如風，明明一招攻出，直擊前面兩人，哪知招式未老，突地一頓，兩脅齊張，「砰、砰」兩個肘拳，打在身後兩人的胸膛之上，只聽兩聲驚呼，兩柄長劍落地。

魯遷仙哈哈笑道：「黑老道，這一招怎樣？」笑聲未了，身後兩人齊地噴出一口鮮血，直濺在他身上，黑天鵝乘勢一劍，劃破了他的衣角。

黑天鵝冷冷道：「這一劍怎樣？」

魯遷仙哈哈笑道：「不錯，不錯！」呼呼三拳，又將黑天鵝逼在屋角。

南宮平力敵點蒼燕及另兩個勁裝少年，心中卻是又驚、又駭、又疑，既擔心他大哥龍飛的下落，又擔心古倚虹此刻的模樣，心神一分，招數便弱，口中卻兀自大呼道：「爹爹莫傷了那紫紗少女！」

但此刻古倚虹卻已被南宮常恕一指點在「笑腰」穴上，身子搖了兩搖，似乎向石階下直滾下去，南宮常恕手揮絲絳，又絆倒一個裸女，沉聲道：「無妨，我只點了她……」

話聲未了，暗林中突有一條人影，大喝而來，身形一起，便已撲上石階，一把抄住了古倚虹的身子，只見他滿身錦衣，身材高大，一口虬鬚，有如鋼針般根根倒刺，赫然竟是龍飛！

南宮平閃目一看，驚呼道：「大哥……」

南宮常恕怔了一怔，道：「此人便是龍飛麼？」

南宮平道：「正是！」急呼道：「大哥，小弟南宮平在這裡。」

那知龍飛亦是滿面癡呆，有如未聞，一把抱起了古倚虹，身形便待向石階下縱落。

南宮常恕道：「龍大俠留步！」一步掠到龍飛身前。

龍飛雙目圓睜，一言不發，左手挾著古倚虹，右掌一招「雲龍探爪」，五指箕張，直抓南宮常恕的面門。

南宮常恕微一擰身，龍飛卻又飛起一腳，他招式雖兇猛，但身上空門均已大露，只是南宮常恕卻不能傷他。

擰身避開了這一腿，哪知龍飛突地放下古倚虹，厲喝道：「我與你們這班惡賊拚了！」一腿踢飛了一個裸女，一掌向南宮常恕劈去。

南宮平驚呼道：「大哥，你！……你怎麼樣了！……」只覺肩頭一涼，已被點蒼燕的長劍劃破一條血口。

南宮常恕沉聲道：「平兒你只管定心應敵，你師兄交給爲父好了！」

南宮平不顧自己傷勢，惶聲道：「難道他被藥物所迷麼？」

南宮常恕道：「看來定是如此！」

南宮平喝道：「好個點蒼門徒，居然會用迷藥！」手腕一勾，以三指挾住了一個點蒼劍手的劍尖，「啪」地一聲，長劍折爲兩段，南宮平一腳踢開這點蒼劍手，手腕一震，寒光錯落，半截斷劍直刺點蒼燕。

那點蒼劍手慘呼一聲，滾開一丈，雙手護住胸膛，兩腿曲做一團，在地上杯盞碎片上連滾兩滾，當場暈了過去，滿身俱被碎瓷劃破，滿面俱是鮮血。

點蒼燕恨聲道：「好狠！」反手一把，抓住了那半截斷劍，正待一足踢出，哪知南宮夫人已將那四個裸女穴道拂中，此刻正閃身掠來，抬手一掌，輕輕拍在他背後「將台」大穴之上。

南宮平斷劍乘勢一送，筆直刺入點蒼燕肩骨之下，點蒼燕亦是一聲慘呼，鮮血飛激而出。

南宮平精神一震，黑天鵝驚呼道：「二師兄，二師兄……」

點蒼燕口噴鮮血，顫聲道：「三弟，快……走……」撲地翻身跌倒。

只聽黑暗中突地傳來一陣急遽的馬蹄聲，一人遙遙大喝道：「南宮莊主，南宮兄，小弟司馬中天一步來遲了。」

蹄聲自遠而近，晃眼便來到近前，「鐵戟紅旗震中州」司馬中天，鮮衣怒馬，手揮鐵戟，狂呼而來，只見一串泥水飛濺。

這名滿中州的老英雄一帶馬韁，竟飛馬馳上了石階，厲呼道：「南宮兄莫驚，司馬中天來了！」揮手一戟，帶著一股急風，直擊龍飛。

南宮平目光望處，只見他座下怒馬的馬蹄，竟已將踏在古倚虹身上，驚呼一聲，急竄而去，雙掌急伸，竟生生托住了那兩隻馬蹄！

怒馬一聲驚嘶，司馬中天一戟微偏。

龍飛怒喝一聲，反手抓住了戟頭！

司馬中天驚呼道：「龍……龍大俠……」這才看清與南宮常恕動手的竟是龍飛。

暗林中突地傳來一聲陰惻惻的長笑，四道燈火，驟然一齊熄滅，樂聲也隨之寂然。

風雨呼嘯，大地一片漆黑，幾乎伸手難見五指！

就在這刹那之間——

南宮夫人一聲驚呼，龍飛厲喝一聲，回手一拉，將司馬中天扯下馬來，和身一滾，抱起古倚虹，向黑暗中狂奔而去。

南宮平雙手托住馬蹄，動也不敢妄動一動。

魯遷仙微微一怔，黑天鵝長劍急揮，連環進手，一連攻出五劍，聳肩一躍，一腳踢開窗戶，刷地竄了出去。

魯遷仙只怕他在窗外埋伏，腳步動了一動，終是沒有追出。

黑暗中瀰漫著殺機，眾人心頭，俱是大爲警惕，誰也不敢妄動一步，這其間「鐵戟紅旗震中州」司馬中天江湖歷練最是老練，只聽健馬不住長嘶，突地翻身一躍，躍到馬上，伸手一帶馬韁，南宮平和身一滾，健馬已直衝入廳。

司馬中天探懷取出了火摺一連晃了兩晃，哪知火摺卻已濕透，再也點它不著，「轟」地一聲，他連人帶馬撞到高堆的木箱上，上面幾隻箱子，碰然落了下來，箱蓋俱都震開，裡面的珍寶，散得一地，黑暗中閃閃發光。

大廳中終於有了光亮，南宮夫婦、南宮平、魯遷仙，身形展動，聚到一處。

司馬中天手掌仍自緊緊握著馬韁，翻身站了起來，輕輕拍了拍馬鬃，低聲道：「馬兒馬兒，你沒事麼？」

要知這匹馬隨他闖江湖多年，的是萬中選一的良駒，司馬中天平日將牠愛如性命，此刻不顧自己身上疼痛，倒先問起馬兒的安危。

健馬仰首一聲長嘶，南宮平低低呼道：「大哥，大哥……」

南宮常恕一把掩住他的嘴巴，突見寒光一閃，一柄長劍，急地飛來，南宮常恕手掌一推，兩人一齊退開一步，呼地一聲，長劍自他兩人之間飛過，卻筆直插入了馬腹。

那健馬方自立起，此刻慘呼一聲，向廳外直竄出去，司馬中天大驚之下，緊握馬韁，哪知馬韁竟斷成了兩段。

健馬一衝而出，一個點蒼劍手，慘呼一聲，竟被亂蹄踏死，他方才傷重之下，情急拚命，脫手擲出長劍，哪知劍未傷人，卻傷了馬，而他自己此刻竟也被馬蹄踏死！

司馬中天狂呼一聲，舉步追去，南宮常恕反手一把，抓住了他的手腕，沉聲道：「司馬兄，那匹馬已是無救的了。」

只見健馬一步踏空，在長階上直滾下去，嘶聲漸漸微弱，終於寂絕無聲。

司馬中天呆呆地望著石階，道：「馬兒，馬兒……」目中簌簌流下淚來。

南宮平閃目四望，低低道：「大哥……」

南宮常恕沉聲嘆道：「他兩人此刻本性已失，不知跑到哪裡去了，只怕……」他雖然住口不言，但言下之意，自是在說他兩人已凶多吉少。

南宮平怔了半晌，目光閃動，突地一把抓起了「點蒼燕」，恨聲道：「你說，你說，你們『點蒼派』是以什麼藥物迷住我大哥的？」要知他除了師傅之外，便最是敬服龍飛，此刻心中自是悲憤至極。

點蒼燕嘴角滿是鮮血，半截斷劍，仍是插在肩骨之下，此刻已是氣息奄奄，微微張開一線眼簾，緩緩道：「點蒼派中，從無使用迷藥的人。」聲音雖微弱，但語氣卻仍是截釘斷鐵。

南宮平怒道：「放屁，若不是你點蒼派，是誰下的迷藥？」

點蒼燕闔上眼簾，閉口不語。

南宮平怒極之下，方待一掌擊去，只聽南宮常恕道：「平兒住手！」緩緩托起點蒼燕的身子，沉聲嘆道：「我也知點蒼弟子，絕非使用迷藥之人，我更知道今日你們如此做法，實是情非得已……」

點蒼燕閉目不語，但眼角卻已有淚光隱現。

南宮常恕接道：「你點蒼派今日，雖然大傷元氣，但點蒼派數百年的根基，又豈是一夕可毀！」

點蒼燕嘴角牽動，似乎微笑了一下。

南宮常恕緩緩道：「將來點蒼派重振基業之時，江湖中若有人說點蒼弟子不過只是些專會施用迷藥，又會以裸女色相……」

點蒼燕突地張開眼來，叱道：「住口！」

南宮常恕道：「你若不願你點蒼派的聲名被污，就該說出此中究竟，否則……唉！今日之事，有目共睹，我雖不信，卻又不得不信了。」

點蒼燕呆了一呆，目中光芒閃動，緩緩道：「我那三弟呢？」

魯遷仙道：「你點蒼派雖與我等爲敵，但我等卻並未以你等爲仇，天鵝道人，我等已放他

走了。」

點蒼燕又自默然半晌，突地長嘆一聲，道：「今日你等若想生出南宮山莊，只怕是難如登天了。」

南宮常恕道：「此話怎講？」

點蒼燕道：「你們若要尋找生路，只有將這批珍寶，俱都送出，否則……」

南宮常恕變色道：「莫非『群魔島』已有人來麼？」

點蒼燕闔上眼簾，緩緩點了點頭，滿廳中人俱都面色大變。

南宮平惶聲道：「如此說來，我大哥難道是落在『群魔島』的手中！」

點蒼燕頷首道：「群魔島中之人，本將你『南宮山莊』太過低估，是以未曾派出高手前來，只令一個門下的侍者，帶著那批女子及野獸，說是前來助我點蒼派攻下此莊，哪知一向不露武功的南宮莊主夫婦，竟是如此高手，此刻他們暫息旗鼓，必定是在準備更厲害的後招。」說到這裡，氣息喘喘，似已不支。

司馬中天反手一抹淚痕，大聲道：「兵來將擋，水來土掩，我司馬中天倒要看看『群魔島』中之人，有什麼了不得的身手。」

南宮常恕卻是憂形於色，長嘆道：「多承道長明言，在下感激不盡，道長如不嫌棄，在下這裡還有些救傷之藥……」

點蒼燕淒然一笑，截口道：「我已被尊夫人一掌，震斷心脈，即使令公子不補上這一劍，已是無救的了。」

南宮常恕黯然一嘆，道：「這……這……」

點蒼燕嘆道：「莊主放心，我雖將死，卻絕無記恨各位之意，否則我又怎肯說出這番話來，只望各位日後如有機緣，能助我師弟重整點蒼派的基業！」

他語聲斷續，氣息更是微弱。

南宮平心頭忽然一動，接口道：「那『群魔島』中之人，一擊不成，縱有後著，也要去約些援手，此刻山莊之外，必定十分空虛，我們不如乘機衝將出去，總比在這裡束手待斃要好得多。」

魯遷仙立刻應聲道：「正是，我們衝將出去之後，再設法與那『諸神殿』中的使者聯絡……」

司馬中天道：「此計大妙，南宮兄，小弟外面還有十數匹鐵騎接應，只是……」

南宮平目光一轉，已知他言下之意，接口道：「司馬前輩旗下的鏢頭，此刻正在後廳將息，小侄立可將他們尋出。」

司馬中天冷「哼」一聲，橫目瞪了南宮平一眼，他聽了郭玉霞的惡意中傷，此刻還對南宮平有些不滿，只是此時此刻，不願說出口來。

南宮平卻未留意他的神色，話聲方了，已轉身奔入廳後。

南宮常恕面沉如水，聽他三人一句接著一句，似乎將事情安排得甚是如意，只是黯然嘆息一聲。

魯遷仙道：「大哥大嫂，你們可還有什麼東西要收拾的麼？」

南宮夫人幽然一嘆，緩緩說道：「我和你大哥此後已是無家可歸的人了，還有什麼東西好收拾的？」轉目四望，只是四下一片黑暗淒涼，想到昔日的繁榮熱鬧，面色不禁更是黯然。魯遷仙怔了一怔，垂下頭去，南宮常恕卻仰天朗笑道：「夫人，這些身外之物，生不帶來，死不帶去，你平日最是豁達，今日怎地也落了俗套，只是……」

突聽廳後南宮平驚呼一聲，踉蹌奔入廳來。

南宮常恕變色道：「什麼事？」

南宮平滿面俱是驚惶之色，道：「全都死了！」眾人俱都一震！

南宮平道：「他們人人俱已被人震斷心脈而死，胸口似乎尚有微溫，顯見是方死未久，我震開窗戶一望，四下卻一無人影。」

眾人面面相覷，心下俱都大是駭然，這些人就在廳後被人一齊震死，大廳中這許多武林高手竟無一人聽到聲息。點蒼燕緩緩張開眼來，顫聲道：「遲了，遲了……武林群魔……已經……來了……」突地雙睛一凸，一口氣再也接不上來，脈息頓絕。

風仍狂，雨仍急，一陣風吹入廳來，將散落在地上的幾粒明珠，遠遠吹到一灘鮮血中去……

十五　長笑天君

風雨之中，人人心頭俱是異樣的沉重，南宮常恕緩緩放下了點蒼燕的屍身。

南宮夫人取出一方絲巾，替南宮平紮起了臂上的傷口，輕輕道：「孩子，你揮一揮手，看有沒有傷著筋骨？」

南宮平揮了揮手，只覺心中熱血，俱已堵在一處，哽咽道：「沒……有……」

魯遷仙看到這母子相依之情，想到自己一生孤獨，不禁黯然垂下頭去，無言地拾起了腳邊的一把酒壺，輕輕搖了兩搖，聽到壺中彷彿還剩有幾滴餘酒，掀開壺蓋，仰首一吸而盡，舉手一揮，將酒壺拋出廳外，「空空」一串聲響，酒壺滾下了石階。

司馬中天雙拳緊握，只聽黑暗中又自響起一陣馬蹄之聲，聽來似乎還不止一兩匹馬。

南宮常恕抬頭道：「司馬兄，可是你留在莊外接應的弟兄進來了？」

司馬中天一步掠至階頭。

只見四匹健馬，冒著風雨緩緩馳來，定睛一望，馬鞍上卻竟無一人，只有最後一匹馬上，

斜斜地插著一桿紅旗，狂風一捲，連這桿紅旗也都被風吹到地上，晃眼便被污泥染成赭色。

司馬中天心頭一震，倒退三步，身子搖了兩搖，一手扶住門框，喃喃道：「完了……完了……」

南宮常恕失色道：「難道莊外的弟兄也遭了毒手麼？……」

司馬中天緩緩道：「有馬無人，自是凶多吉少了……」突地雙臂一振，仰天厲喝道：「群魔島的鼠輩，匹夫！有種就出來與我司馬中天一較高下，暗中傷人，算得是什麼好漢！」

喝聲之中，他一把抄起了方才落在石階上的鐵戟，狂揮著衝下石階，戟風呼呼，將風雨都激得盪在一邊，那四匹健馬一聲驚嘶，放蹄跑了開去！南宮常恕失聲道：「司馬兄……」

話聲未了，只見暗林中突有三團黑影飛出，司馬中天手腕一震，竟將這長達丈餘的鐵戟震起三朵戟花，奪、奪、奪三響，將三團黑影一齊挑在鐵戟尖鋒之上。

南宮常恕大驚之下，亦自飛身掠下石階，一把拉住司馬中天肩頭，沉聲道：「司馬兄，鎮定些！」

司馬中天連聲厲叱，卻身不由主地被他拉上石階，眾人目光望處，心頭不禁又是一寒，那鐵戟頂端三根尖鋒之上，挑著的竟是三顆血淋淋的人頭！

南宮常恕只怕司馬中天情急神亂，手掌一揮，連拍他身上七處穴道。

司馬中天只覺心頭氣血一暢，望著戟上的人頭，呆呆地愕了半晌，顫聲道：「果然是你們……」噹地一聲，鐵戟失手落在地上！

魯遷仙以拳擊掌，恨聲道：「群魔島中，難道當真都是只會暗中傷人的鼠輩……」

此時滿廳中人，情緒俱都十分激動，魯遷仙目光一掃，大聲道：「我就不信他們都有三頭六臂，就憑你我這一身武功，難道……」

南宮常恕沉聲道：「二弟。」他語聲中似乎有一種鎮定人心的力量，就只這輕輕一喚，魯遷仙便立刻住口不語，南宮常恕道：「姑不論敵勢強弱，但敵暗我明，我等便已顯然居於劣勢，若再不能鎮定一些，以靜制動，今日之局，豈非不戰便可分出勝負。」

南宮平垂下頭去，目光凝注著血泊中的明珠。

魯遷仙默然半晌，緩緩道：「如此等待，要等到何時為止呢？」

司馬中天霍然回過頭來，厲聲道：「我寧可衝入黑暗，與他們一拚生死，也不願這樣等在這裡，這當真比死還要難受。」

南宮平目光一轉，筆直望向他爹爹，他口中雖未說話，但是他目中所閃動的那種興奮的光采，實已無異明顯地說出了他心中的意向，寧可立刻決戰生死，也不願接受這難堪的忍耐。

南宮常恕苦嘆一聲，緩緩道：「生死之事小，失約之事大，我南宮一家，自始自終，從未有一人做過一件失約於人的事，今日我南宮世家雖已面臨崩潰的邊緣，卻更不能失約於人，無論如何，也要等到那『諸神殿』的使者到來，將這一批財物如約送去，否則我南宮常恕，死難瞑目。」

他說得異常緩慢，卻也異常沉重，一字一句間，都含著一種令人不可違背的力量，他話一說完，便再無一人開口，呆望著窗外的漫天風雨，各各心中俱是滿腹的心事。

南宮夫人輕輕道：「平兒，可要換件乾淨的衣服？」她的注意之力，似乎永遠都不離她愛子身上。

南宮平感激地搖了搖頭，魯遷仙哈哈笑道：「別人看了他這身衣裳，有誰相信他是南宮莊主的獨子？我看與我走在一起，反倒像些。」

南宮夫人輕輕一嘆，道：「今日我和你大哥若有不測，你倒真該好生看顧這孩子才是，他……」

魯遷仙雙目一張，精光四射，仰天笑道：「你兩人若有不測，我難道還會一人留在世上麼？」

南宮夫人道：「你為何不能一人留在世上？這世上要你去做的事還多得很呢！」

魯遷仙道：「我為何要一人活著？世上的事雖多，我也管不著了，與你兩人一齊去死，黃泉路上倒也熱鬧得很，總比我日後一人去做孤魂野鬼好得多，大哥，你說是麼？」

南宮常恕嘆息著微笑了一下，南宮平心中卻不禁大是感慨，突見司馬中天精神一振，大喝道：「來了……」

只聽一陣輕微而緩慢的腳步聲，自風雨中傳來，步聲越來越近，眾人心情也越來越是緊張。

南宮夫人悄悄倚到南宮常恕身側，卻又反手握住了南宮平的手掌。

的面頰。

魯遷仙目光一望，眉宇間突有一絲黯然的神色閃過，他一步掠到廳門，一陣風雨打濕了他

石階上終於現出三條人影，一步一步地緩緩走了上來，來勢竟似十分和緩，彷彿沒有什麼惡意。

魯遷仙大喝道：「來人是誰？若不通名，便將你們當強盜對付了！」

這當中一條人影，輕輕咳嗽一聲，黑色中只見他頭顱光光，似是一個出家僧人，腳步一抬，忽然來到魯遷仙面前，魯遷仙愣了一愣，挺起胸膛不讓半步，這僧人沉聲道：「老衲不常走動江湖，便是說出名字，施主也不會認得的。」

魯遷仙凝睛一望，只見他混身水濕，白鬚斜飛，神色之間，似乎另有一種莊嚴和穆之氣，不禁立刻消除了幾分敵意，另兩人也隨之而上，一人頭戴笠帽，身穿蓑衣，手中倒提一口水淋淋的麻袋，笠帽一直壓到眉下，黑暗中更看不出他的面目，一人高髻烏簪，藍袍白襪，卻是個道人。

這三人裝束雖不同，但俱是白鬚皓然，神情間也似頗爲安詳。

魯遷仙道：「此間時值非常，三位來此，是爲了什麼？」語氣之間，顯已大爲和緩。

白髮僧人雙掌合十，微微一笑，道：「老衲此來，正是爲了『南宮山莊』的非常之變，施主若不懷疑，老衲進去後自當原本奉告。」

魯遷仙微一遲疑，這三人已邁步走入了大廳。

南宮平心頭一動，忖道：「此刻山莊外殺機重重，這三人怎會如此安詳地走了進來？」心裡不覺有些懷疑，抬眼一望，只見他爹爹面上卻仍然是十分鎮定，便也放下了心事。

白髮僧人一步入廳，立刻高喧一聲佛號，緩緩闔上眼簾，似乎不忍看到廳中的血腥景象，斂眉垂目，緩緩道：「為了一些身外之物，傷了這麼多人命，施主倒不覺罪孽太重麼？」

南宮常恕嘆道：「此舉雖非在下本意，實乃無可奈何之事，但今日過後，在下必定要到我佛座前，懺悔許願，洗去今日之血腥！」

白髮僧人雙目一張，道：「施主既有如此說法，顯見還有一點善心未泯，放下屠刀，立地成佛，施主你為何不將這些惹禍的根苗，化作我佛如來的香火錢，為子孫兒女結一結善緣？」

眾人面色俱都微微一變，南宮常恕道：「在下雖有此意，只可惜這些錢財，早已不是在下的了。」

白髮僧人微微笑道：「出家人戒打誑語，這些錢財明明還在施主身邊，怎會早已不是施主的了？」

司馬中天大喝一聲，道：「就是他的，不化給你又當怎地，難道你還想強討惡化麼？」

白髮僧人仍是面帶微笑，不動聲色，仰天笑道：「施主們若不願來討這個善緣，那麼此間就非老衲的事了。」袍袖一拂，倒退三步，緩緩接口道：「但老衲與施主今日既有見面之緣，等到日後施主死了，老衲必定唸經超渡施主們亡魂。」

眾人面面相覷，司馬中天厲喝道：「我死了也不要你管，快些與我出去……」

藍袍道人哈哈一笑，道：「施主你印堂發暗，氣色甚是不佳，萬萬不可妄動火氣，否則必有血光之災，切記切記。」

司馬中天胸膛起伏，滿面怒容。

那蒼衣老人緩緩走到他身前，突然伸手一掀笠帽，冷冷道：「你難道不信他的話麼？」

司馬中天怒道：「不信又怎……」抬目一望，只見這蒼衣老人鼻子以上，彷彿一顆被切爛的西瓜，斑斑錯錯，俱是刀疤，頭髮眉毛，俱都刮得乾乾淨淨，雙目之中，閃閃發出兇光，生相之猙獰兇惡，竟是自己平生未見，下面的話，不禁再也說不下去。

南宮夫婦、南宮平，心頭俱是一凜，魯遷仙更是大爲後悔，不該放這三個人進來。

蒼衣老人哈哈笑道：「莫怕莫怕，我長相雖然猛惡，心裡卻慈悲得很，是個規規矩矩的生意人，他兩人來此化緣，還是空手來打秋風，我卻是帶了貨物，公公道道地來做生意的。」笑容一起，面目更是猙獰，笑聲錚錚，有如銅鎚打擊在鐵鼓之上。

南宮平、魯遷仙、司馬中天面色凝重，靜觀待變。

南宮常恕微微一笑，道：「閣下帶了些什麼貨物，怎不拿出讓大家看看？」

蒼衣老人道：「南宮莊主果然也是個生意人……」手掌一反，將麻袋中的東西俱都倒了出來，竟是一袋被雨水沖得有如腐肉般蒼白的頭顱。蒼衣老人大笑道：「這貨色保證新鮮，一顆頭顱換一口箱子，你看這買賣可還做得！」笑聲淒厲，令人心悸。

南宮常恕冷冷道：「一顆頭顱，換一口箱子，這買賣也使得，只是這貨色還不夠新鮮。」

蒼衣老人道：「你可是要更新鮮些的？」

南宮常恕身子一閃，突然提起一口箱子，沉聲道：「若是你立刻切下自己的頭顱，這口箱子，便是你的！」

蒼衣老人哈哈笑道：「買賣不成仁義在，莊主又何苦要我的命呢？」雙手亂搖，回身就走。

眾人不禁一愣，只見蒼衣老人頭也不回，突地左腳一鉤，挑起一顆頭顱，直擊司馬中天的面門，身軀乘勢一轉，右掌搭上南宮常恕的箱子，左掌斜劈南宮夫人的眉頭，右腿一挑，又有一顆頭顱飛起，呼地一聲，筆直飛向魯遷仙，風聲虎虎，彷彿一柄流星鐵鎚。

司馬中天方自一愣，只見一顆人頭，直眉直眼地飛了過來，一時間竟不及閃避，抬手一掌，揮了過去，直將人頭劈開數丈，飛出廳外，這才想起這人頭的眉目似是熟悉，竟是自己旗下一個鏢師，心頭一凜，彷彿隔夜食物，都要嘔吐而出，厲喝一聲，呼地一拳擊出。

魯遷仙身軀一閃，滑開數尺，只聽身側風聲掠過，「砰」地一聲，一顆頭顱擊在牆上。

南宮常恕五指一緊，緊握掌上銅環，只覺一股大力，自箱上傳來，急忙加勁反擊。

南宮夫人擰腰錯步，手掌反切蒼衣老人的手腕。

蒼衣老人哈哈一笑，身子倏然滑開，南宮常恕箱子推出，司馬中天收拳不住，「砰」地一拳，擊在箱上，木箱四散，箱裡的珍寶，灑滿一地。

南宮平心頭不禁暗中吃驚：「這老人手腳齊用，一招四式，連攻四人，仍有如此威力，武功端的令人駭異，怎地武林中卻從未聽過此人的來歷？」

白髮僧人微微一笑，道：「南宮檀越內力不錯，南宮夫人掌勢輕靈，若以文論武，兩位已可算得上是舉人進士間的人物，至於這位施主麼……」他目光一望司馬中天，笑道：「卻不過只是方自啓蒙的童生秀才而已，若想金榜題名，還得多下幾年苦功夫。」

魯還仙冷冷道：「我呢？」身形一閃，一招擊向白髮僧人。

蒼衣老人道：「試官是我，你算找錯人了。」一步攔在魯還仙身前，斜斜一掌，自魯還仙雙拳中直穿而出。

魯還仙雙拳一錯，「鐵鎖封江」，蒼衣老人手肘若是被他兩條鐵臂鎖住，怕不立刻生生折斷。

白髮僧人微笑道：「好！」

蒼衣老人手腕一抖，一雙鐵指，突地到了魯還仙的面前，雙指如鉤，直奪魯還仙雙目。

魯還仙雙掌鎖人不成，又被人家鎖住，當下大喝一聲，陡然一足飛起。

白髮僧人搖頭苦笑道：「不好！」

只見蒼衣老人左掌一沉，急切魯還仙的足踝，魯還仙這一足本是攻人自救，此刻卻又變成被攻，眼見便要殘目傷足，哪知他突地闊口一張，兩排森森利齒，竟向蒼衣老人的手指咬了過去。

蒼衣老人微微一愣，撤招變式。

白髮僧人哈哈笑道：「不錯，不錯，就憑這一口，已可選得上一個孝廉。」

蒼衣老人道：「這算什麼招式！」

魯遷仙道：「你沒有見過麼？嘿嘿！當真是孤陋寡聞得很。」

言語之間，兩人已戰在一處，剎那間便已拆了十餘招，魯遷仙招式飛揚跳脫，雖然有些不合拳理，但招式卻是犀利已極，蒼衣老人竟奈何不得，兩人拳來足往，司馬中天竟看得愕在當地。

藍袍道人微微一嘆，道：「想不到當今武林中，還有三五個這樣的好手，叫我下手將他們殺死，實在有些於心不忍。」

南宮平突地冷冷道：「群魔島中，若都是你們這樣的角色，那麼江湖中人人畏之如虎的『群魔島』，看來也未見有如傳說中那般可怖。」

藍袍道人雙目一張，道：「少年人，你怎知道我們是來自群魔島的！」

南宮平冷笑一聲，道：「外貌善良，心腸歹毒，言語奸猾，武功不弱，又能老得可以進棺材了，若非來自群魔島，卻是來自何處？」

藍袍道人哈哈笑道：「好好，少年人果然有些頭腦……」語聲未了，南宮平已拾起地上一柄長劍，振劍擊來，藍袍道人不避不閃，袖袍一拂，竟待以流雲鐵袖，捲去南宮平手中的長劍。哪知南宮平這一劍看似沉實，卻是虛空，劍尖輕飄飄一顫，手腕急地向左偏去，劍尖卻自右刺來。

藍袍道人一招流雲鐵袖，竟只颳著南宮平一片劍影，南宮平掌中長劍，已刺向他左面咽喉，他實未想到這血氣方剛的少年人竟會施出這般空靈的劍法，袍袖一振，倏然退出五步。

白鬚僧人雙眉一皺，面現驚詫之色，道：「阿彌陀佛，小檀越學武已有多久了？」

南宮平道：「你管不著！」劍光繚繞，旋迴而上，乘勢向那藍袍道人攻去。

白鬚僧人道：「看小檀越這般年紀，這般智慧，這般武功，老衲實在動了憐才之心，若肯隨我回去，十年後便不難名登魔宮金榜，二十年後，便可奪一奪榜眼狀元了。」

南宮平道：「我南宮平堂堂丈夫，死也不肯與群魔爲伍！」

白鬚僧人一驚道：「南宮平，你便是『南宮山莊』的長子麼？」

南宮平大喝道：「不錯！」突然劍尖向對方袍袖一掃，身不由主地倒退三步。

白鬚僧人面沉如水，緩緩道：「南宮檀越，老衲對令郎已動憐才之意，本願將南宮一家，俱都接回島去，共享富貴，但施主你若還要堅持己意，老衲既不願這批財物被『諸神殿』上那般老兒用來爲惡，更不願令郎這樣的人才被那些無知的糊塗老兒利用，今日說不得要大開殺戒了。」

南宮常恕心念一動，突地沉聲道：「二弟，平兒，住手！」

南宮平身形一躍，倒掠而回！

魯遷仙已自氣息喘喘，全力攻出數拳，將蒼衣老人逼開三步，身形一轉，竄到南宮常恕身側，厲聲道：「大哥你千萬不要被這和尚言語打動，『群魔島』上，收容的俱是大奸大惡之

徒，『諸神殿』裡，歸隱的卻是武林中的仁義豪士，不談別的，單論此點。『諸神』、『群魔』兩地，誰善誰惡，已是昭然若見，今日事已至此，我們只有與這般魔頭拚了。」

司馬中天雙臂一振，道：「正是，拚了！」

南宮常恕道：「此兩地誰善誰惡，俱是出於傳說，你我怎能驟下定論？」

白鬚僧人目光一轉道：「阿彌陀佛，南宮檀越之言，當真是持平之論。」

南宮常恕面色一沉，道：「但南宮世家與『諸神殿』訂約已百多年，無論誰善誰惡，在下也不能毀了祖宗之約，今日之事，在下義無反顧，但今日之局，勝負卻在未可知之數，司馬中天鏢頭與我二弟合力，決戰這位朋友，勝負參半，拙荊與犬子聯手，也未見負於這位道長，是以今日成敗關鍵，僅在於在下與大師之間的武功強弱而已，你我勝負一分，局勢便可斷定！」

白鬚僧人合十道：「南宮檀越之分析，雖不中亦不遠矣，但以檀越你的武功，卻萬萬不是老衲敵手的。」

南宮常恕沉聲接道：「局勢既是如此，那麼你我又何必去學那等市井小人，殺砍拚命……」

白鬚僧人蒼眉一揚，目光閃動，截口道：「如此說來，施主是要與老衲兩人單獨較量較量了。」

南宮常恕道：「在下正是此意。」

蒼衣老人突地厲聲道：「此法絕不可行……」

魯遷仙道：「大哥，還是小弟出手的好！」

南宮平道：「孩兒在此，怎能還要爹爹你親自出手！」

白鬚僧人微微一笑，道：「令弟與令郎生怕你有失閃，都說此法絕不可行，這也是他們的孝悌之心，南宮檀越你……」

南宮常恕截口道：「吾意已決，大師之意如何？」

白鬚僧人道：「你我分出勝負之後又當怎地？」

南宮常恕道：「只要在下輸了，南宮一家，任憑大師處置。」他說來截釘斷鐵，竟似勝算在握。

魯遷仙等人本覺這白鬚僧人武功必深不可測，此刻心中不禁俱都爲之大奇，但眾人俱知南宮常恕一生謹慎，絕不會做出毫無把握之事，是以各自心中雖然驚疑，卻俱都閉口不語。

白鬚僧人目光一轉，哈哈笑道：「老衲雖有意如此，怎奈我這兩位伙計卻未見得肯答應。」

藍袍道人、蒼衣老人面色森嚴，齊聲道：「絕不答應！」

魯遷仙等人心中卻又不禁大奇，此事明明於他們有利，而這兩人此刻卻嚴詞加以拒絕。

南宮常恕雙眉一展，仰天笑道：「果然在下猜得不錯……」

白鬚僧人變色道：「什麼不錯？」

南宮常恕笑聲一頓，緩緩道：「人道得意夫人易容之術，妙絕天下，今日一見，果然名下無虛，只可惜夫人你智者千慮，畢竟還是忘卻了一事。」

眾人心頭俱都一震，只見那白鬚僧人目光一閃，道：「忘記了什麼？」

南宮常恕道：「夫人你雖然滿口出家人的口語，卻忘了出家僧人的頭頂之上，怎會沒有受戒的香火戒痕，掌中不持佛珠，手掌不住合十，滿身袈裟佛衣，腳下卻穿著一雙文士朱履，最不該是夫人雖將面容妝得滿面莊嚴，目光卻不住閃動，哪裡似個得道高僧？」

他語聲微頓，厲聲道：「夫人你雖然心智靈巧，樣樣皆能，但若是武功高些，在下也無法試出你究竟是誰，只可惜你自知武功稍弱，始終不敢與我動手，看來武林中人，縱有萬般巧技，也是假的，只有武功深絕，才是根本之計。」

白鬚僧人怔了半晌，突地咯咯一笑，道：「這雖然怪我將你們的智慧估量得太低了些，是以略爲大意，但你能看破我的假裝，終也算是不容易的了，我先前又不該施出那還未練熟的『蕩魄魔音，銷魂豔舞』，讓你猜出，得意夫人，必在附近，最不該的是，我竟然妝成一個和尚，普天之下，又有哪個和尚生著我這樣一雙眼睛呢！」

眾人凝目望處，只見她面色雖然莊嚴，但眼波卻是流蕩已極，心中不禁俱各嘆服，一是暗讚這「得意夫人」的易容之術，果然妙絕人間，再來卻是嘆服南宮常恕的目力，這和尚自入大廳，人人可見，怎地除了南宮常恕外，竟無一人看出他是「得意夫人」易容而成的呢？

只見她笑語聲中，手掌一面在臉上輕輕勾動，突地雙手一揚，那道貌岸然的白鬚僧人，便赫然變成了個豔光照人，徐娘未衰的中年美婦。

南宮常恕道：「夫人行藏既露，還不趕快退去，難道真想血濺此地麼？」

得意夫人秋波一轉，笑道：「我三人與你五人動手，實在較爲弱些……」語聲嬌脆，與方才的蒼老口音，截然而異。

南宮常恕冷冷道：「夫人分析局勢，也當真是持平之論。」

得意夫人笑道：「只可惜南宮莊主你智者千慮，卻也畢竟忘了一事！」

南宮常恕道：「忘了什麼？」

得意夫人咯咯嬌笑道：「你忘了得意夫人除了易容變音之外，還有一件妙絕天下的絕技……」

南宮常恕心念一轉，面色大變，脫口道：「施毒……」

得意夫人道：「不錯，又被猜對了，只可惜你已猜得太遲了些……」

南宮常恕身形一退，低叱道：「快閉住氣。」

得意夫人笑道：「我說遲了，就是遲了，你們此刻，都早已吸入了我無味無形的毒氣，不出半個時辰，便要全身潰爛而死，此刻再閉住呼吸，又有何用？『得意夫人』一生得意，若是常常失意的話，江湖中人怎會對我稱作『得意夫人』呢？」

她伸手一拂鬢角，得意地嬌笑道：「你們此刻若是立刻回心轉意，乖乖聽我的話，我也許還會大發慈悲，解開你們的劇毒，否則的話，再過半個時辰，縱有華陀復生，也救不了啦。」

南宮常恕面上一片慘白，沉聲道：「花言巧語，一派胡言，你縱然舌巧如簧，也難令人相信。」

得意夫人秋波一轉，笑道：「你口上雖硬，其實心裡早已相信了，是麼？因為你早已聽得江湖傳言，得意夫人的『如意散魂霧』，無色無味，若不早服解藥，三丈方圓之內，無論人畜，沾上一點都活不過一個時辰，只可惜這毒霧還不能及遠，我辛辛苦苦化裝成個慈眉善目的和尚，淋著大雨，一步一步地走來，為的就是要使你們不加防範，我才能不費吹灰之力地走入這間大廳，不費吹灰之力地把你們毒死。」她吐語如鶯，嬌柔甜美，眼波流轉，蕩人心魄，南宮平心念一轉，不由自主地想起了郭玉霞來，暗忖道：「天下心腸狠毒的婦人，怎地全都是如此模樣！」

只聽魯遷仙大喝一聲：「好個毒婦，我和你拚了！」

司馬中天亦俯身抄起了地上的鐵戟，蒼衣老人、藍袍道人，身形一閃，攔在他們面前。

司馬中天身形微微一頓，突地想起了自己的妻子身家。

魯遷仙厲聲道：「我早已活得夠了。」雙拳雨點般擊出。

得意夫人道：「你活得夠了，難道別人也活夠了麼？」

魯遷仙拳勢一頓，倒退三步，轉目望去，只見司馬中天神情沮喪，南宮常恕面沉如水。

南宮夫人的目光，黯然望著她的愛子。

魯遷仙只覺心頭一寒，暗嘆一聲：「罷了。」忖道：「魯遷仙呀魯遷仙，你孤家寡人，無兒無女，自不將生死之事，放在心上，人家妻子俱全，又怎能和你一樣？何況她正值盛年，你怎能憑一時衝動，害她喪身？」

要知他性情偏激，情感熱烈，是以才會爲了心上失意而隱姓埋名二十年，千方百計，弄來鉅萬家財，自己卻衣食不全，此刻一念至此，但覺心頭一片冰涼，垂手而立，再也說不出話來。

南宮夫人黯然忖道：「魯老二爲了我們忍氣吞聲，其實我又何嘗將生死之事放在心上，只是平兒……」目光轉向南宮常恕，夫妻兩人目光相對，心意相通，一時之間，唯有暗中嘆息。

南宮平暗嘆忖道：「我雖有拚命之心，但又怎能輕舉妄動，害了爹爹媽媽，只是我大哥的事，卻不能不問。」抬起頭來，大聲道：「你怎地將我大哥龍飛害成那般模樣？此刻他到哪裡去了？」

得意夫人微笑道：「只要你乖乖聽話，你大哥的事我自然會告訴你的。」秋波一轉，接道：「此刻天已快亮了，毒性也快將發作，你們既不戰，又不降，難道真的就在這裡等死麼？」

南宮常恕突地冷笑一聲，道：「夫人且莫得意，普天之下，絕無不可解的毒藥……」

得意夫人咯咯嬌笑道：「你不要說了，我知道你兜著圈子說話，無非想套出我這毒藥的來歷，老實告訴你，我這毒藥，普天之下只有兩家，換句話說，天下也只有這兩家的解藥可救，但其中一家卻遠在塞外，你此刻縱然插翅飛去，也來不及了。」

南宮平心頭突地一動，南宮夫人已緩緩嘆道：「你到底要我們怎樣，才肯將……」話聲未了，只聽「咕」地一聲，一隻毛羽漆黑的「八哥」，穿窗飛了進來，落在一隻箱角之上，兩翼一振，抖落了身上的水珠，仰首「咕」地長鳴一聲，其鳥雖小，神態卻是十分神駿。

南宮常恕雙眉突地一展，大喜道：「來了來了！」

只見那八哥微一展翅，輕輕落到南宮常恕肩上，學舌道：「來了來了……」石階下「叮」的一響，廳門前突地出現了一條高大的人影，有如山嶽般截斷了門外吹入的風雨。

在這驚人魁偉的身軀上，穿著的是一件質料異常高貴的錦衣，但是他穿的卻是那樣漫不經心，對襟上七粒鈕釦，只懶散地扣上了三粒，衣襟敞開，露出了那鐵石般壯健的胸膛，也露出了胸膛上亂草般生著的那一片黑茸的胸毛，正與他懶散地挽成一個髮髻的漆黑頭髮，相映成趣。

髮際之下，是兩道劍一般的濃眉，左目上蓋著一隻漆黑的眼罩，更增加了他右目的魅力，左臂懶散地垂在膝上，右臂柱著一隻漆黑的鐵枴，右腿竟已齊膝斷去，他發亮的眼睛只要輕輕一掃，世上任何事都似乎逃不過他眼底。

而此刻，他眼簾卻是懶散地垂著的，這種懶散而漫不經心的神態，使得這鐵一般的大漢更加了一種不可抗拒的魅力。

剎那間大廳中所有的目光俱被他吸引，得意夫人身軀一振，眼波中立刻泛起一種奇異的目光。

那八哥「咕」地一聲，飛回他肩上。

南宮常恕一抱拳，道：「候駕已久，快請進來。」

那大漢緩緩點了點頭，道：「這就是令郎麼？」目光一亮，霍地凝注到南宮平面上，光芒一閃，便又垂下，抬起手掌，輕輕撫摸著刮得發青的下巴，半張著眼道：「好好……是條漢子……」

得意夫人悄悄滑入了陰暗的角落，雙手一垂，縮入袖裡。

藍袍道人、蒼衣老人，身形木然，面色凝重，瞬也不瞬地望著這獨眼巨人。

那大漢懶散地微笑一下，頭也不回，緩緩道：「不要動手了，你那『如意散魂霧』，對我是絕無用處的。」語聲懶散而雄渾，有如天外鼓聲一般，激盪在空闊而寬大的廳堂裡。

得意夫人身子一震，袖管重落，那大漢鐵枴「叮」地一點，巨大的身形，緩緩走了進來，頷首道：「好好，這些箱子都備齊了……」

那八哥咕咕叫道：「好好……」

藍袍道人、蒼衣老人目光一錯，交換了個眼色，齊地悄悄展動身形，向這大漢後背撲去。

那大漢頭也不回，輕叱道：「莫動！」

藍袍道人、蒼衣老人手掌雖已伸出，但身不由主地停了下來。

獨眼大漢緩緩轉身，懶懶笑道：「多年不見，你兩人怎地還愛幹這種鬼鬼祟祟的勾當……」

藍袍道人乾笑一聲道：「多年不見，貧道只不過想對故人打個招呼而已，怎會有暗算你之心呢？」

獨眼大漢瞑目道：「好陰險……」伸手撫摸著那八哥的羽毛：「你兩人終算也尋著『群魔島』了，那麼，今日到這裡來，定必是要和我作對的，是麼？」

蒼衣老人大聲道：「不錯！」腳步一縮，倒退一步，目光炯炯，再也不敢眨動一下。

獨眼大漢淡淡地望了他一眼，哂然一笑，轉身道：「南宮莊主，令郎既已來了，箱子又已備齊，若有好酒，不妨拿兩罈來，吃了好走！」

蒼衣老人厲聲道：「我知道你不將我們看在眼裡，但今日若想將箱子搬走此地，卻是難如登天。」

藍袍道人咯咯笑道：「我兩人武功雖不如你，但以二敵一，你卻也未見得佔什麼便宜，何況……嘿嘿！南宮一家，說不定還是站在我們這邊的。」

獨眼大漢眼也不睜，緩緩道：「好好……你兩人不說我也知道，但那大姑娘今日不將解藥乖乖送上，她還想活著走出『南宮山莊』麼？」

得意夫人面色一變，卻嬌笑道：「喲！你不要我走，我就陪著你。」

獨眼大漢懶懶笑道：「好好……無頭翁、黑心客，你倆快將她抓過來，待我讓她舒服舒服。」

司馬中天心頭一凜，原來這兩人竟是「無心雙惡」，難怪武功如此精絕，手段如此毒辣。

風塵三友亦是微微色變，只有南宮平入世不久，卻不知道這百十年來，江湖上血腥最重的

「無心雙惡」的來歷。

只見蒼衣老人無頭翁陰惻惻笑道：「我兩人將她抓來？……嘿嘿！你入了『諸神殿』後，怎地連說話都有點瘋了？」

獨眼大漢冷冷道：「你兩人難道已活得不耐煩了，不想要解藥了麼？」

無頭翁、黑心客齊地面色一變，齊聲道：「你說什麼？」

獨眼大漢哈哈笑道：「原來你兩人還不知道……好好，我且問你，你倆可曾先嗅過解藥麼？」

「無心雙惡」心頭一震，面色大變，獨眼大漢大笑道：「你兩人只當她故意說些話來駭嚇南宮家人的，其實沒有真的施出毒霧來，只因你兩人也未看出她是在何時施毒的，是麼？」

黑心客面色越發鐵青，無頭翁頭上的刀疤條條發出紅光。

得意夫人輕笑道：「不要聽他胡說。」笑聲卻已微微顫抖起來。

「無心雙惡」一齊霍然轉身，黑心客道：「你真的施了毒麼？」

得意夫人面容灰白道：「有……沒有……」她不知該說「有」抑是該說「沒有」，一時之間，再也無法得意起來。

無頭翁腳步移動，一步步向她走了過去，一字字道：「拿解藥來！」

獨眼大漢彷彿笑得累了，斜斜倚在木箱上，緩緩道：「真的解藥嗅過之後，會一連打七個噴嚏，你切莫被她騙了。」

得意夫人腳步後退，惶聲道：「他……他騙你的！」

無頭翁厲聲道：「你若不拿出真的解藥來，我就將你切成三十八塊，一塊塊煮來下酒。」

黑心客冷冷道：「她嫩皮白肉，吃起來滋味定必不錯。」

獨眼大漢悠然笑道：「只可惜有些騷氣，不過也將就吃得了。」

得意夫人花容失色，顫聲道：「我拿……給你……」緩緩伸手入懷，突地手掌一揚，十數點寒星，暴射而出，她身軀一掠，已穿窗而出。

黑心客袍袖一揚，無心翁雙掌齊揮，呼地兩聲銳風，震飛了暗器，腳下不停，大喝一聲：「哪裡走！」嗖嗖兩聲，跟蹤而出，另一點寒星卻斜斜擊向南宮平，南宮平微一抬手，正待將這點寒星接住，看看這究竟是什麼暗器！

突覺手腕一麻，「叮」地一響，寒星遠遠飛出，那獨眼大漢不知何時，已來到他身畔，左手兩指，輕輕一敲他手腕，右脅一抬，脅下鐵拐一點，震飛了那點寒星，如此魁偉的身軀，來勢竟比弩箭還快。

南宮平怔了一怔！

獨眼大漢又已恢復了懶散的神態，一點一點地走了回去，倚在木箱上，緩緩道：「那玩意碰不得的。」那八哥穩穩地站在他肩上，咕咕叫道：「動不得的。」

南宮平茫然道：「動不得的？」

獨眼大漢手摸下巴，嘻嘻一笑，道：「那位大姑娘雖然沒有真的能施出無形的毒粉毒霧，但暗器之上，卻是絕毒無比，是碰不得的，我這條腿就是在火焚『萬獸山莊』時沾著她老公的暗器一點，差點連老命都送掉了，到後來還是要生生切了去。」

眾人齊地一驚，司馬中天脫口道：「你說什麼？」

獨眼大漢目中淡淡地露出一絲嘲笑的光芒，緩緩笑道：「世上哪裡會有完全無色無味，又能在別人完全不知不覺中放出的毒物？若有這種東西，那大姑娘莫非就可以橫行天下了？」

他目光輕輕掃過眾人發愣的面容，接道：「如意散魂霧，只不過是一種淡淡的毒煙而已，仍然肉眼可見，我早已領教過了，方才我那般說法，只不過是要他們自己狗咬狗地先打一氣，教那位大姑娘嚐一嚐，『無心雙惡』抽筋剝皮的毒刑，哈哈！她哪裡拿得出教人連打七個噴嚏的解藥來，只是……這位大姑娘也不是好惹的，到頭來『無心雙惡』只怕也沾不到什麼便宜。」

他滿含嘲弄的笑聲，蕩漾在大廳中，使得這死沉沉的廳堂，立刻有了生氣。

司馬中天濃眉一揚，仰天笑聲：「好好，老夫竟險些叫她騙了。」

獨眼大漢哂然望他一眼，冷冷道：「若是不怕死的人，她是騙不倒的。」

司馬中天怔了一怔，大喝道：「你難道不怕死麼？」

獨眼大漢道：「誰說我不怕死？不怕死的人，都是呆子。」

司馬中天怔了半晌，突地黯然垂下頭去，喃喃道：「你是不怕死的……否則你又怎會隻身夜闖『萬獸山莊』，火焚百獸，力劈伏獸山君……」剎那間彷彿老了許多。

獨眼大漢大笑道：「那只是少年時的勾當，人越老越奸，今日我也不願與人動手拚命了，只好使些手段，出些奸計。」

南宮常恕微微笑道：「在下雖早知閣下武功驚人，卻未想到前輩竟是風漫天風大俠，更想不到風大俠黃山會後，一隱多年，居然還在人間。」

風漫天笑道：「黃山一會，江湖中人只道那些老怪物都已死得乾乾淨淨，只剩下『神龍丹鳳』兩人，卻不知這些人老而不死，不知有多少人尚在人間，只是大多已去了『諸神』、『群魔』兩地，認真說來，也和死了差不多了。」

南宮平驚道：「風大俠便是武林人稱『冒險君子，長笑天君』的麼？」

風漫天仰天笑道：「這只是江湖中人胡亂稱呼而已，我卻不是『君子』，只不過是個真正的小人而已。」

他笑聲一起，全身便充滿了活力，笑聲一頓，神情又變得懶散無力。此刻風雨稍住，窗外已微微有了些曙色。

南宮常恕、魯遷仙將地上散落的珠寶，俱都聚到一起，裝入那兩口被震開箱蓋的箱子裡。

南宮夫人取出了一罈好酒，一件乾衣，好酒給了風漫天，乾衣卻叫南宮平換過，本自瀰漫在廳堂中的沉沉殺機，突地變成了一種悽惻憂愁的別離情緒。

風漫天、魯遷仙，一言不發，對面而坐，不住痛飲，那八哥也伸出鐵啄，在杯裡啜著酒吃，兩人一鳥，片刻間便將那一罈美酒喝得乾乾淨淨，風漫天伸手一拍魯遷仙肩頭，乜眼笑道：「好酒量。」

魯遷仙大笑道：「你酒量也大是不差，我真不懂你爲何要到那『諸神殿』去，留在紅塵間多喝幾罈美酒，豈非樂事？」

風漫天眼中的嘲弄神色，突地一閃而隱，仰天出神了半晌，霍然長身而起，喃喃道：「樂事樂事……咄！天下無不散的筵席，天光已亮，此刻不走，更待何時！」

南宮夫人身子一顫，悽然道：「要走了麼？」

風漫天道：「趁那些厭物還未回來，早早走了，免得麻煩。」

南宮夫人黯然望了南宮平一眼，道：「地窖裡還有幾罈好酒，風大俠何妨喝了再走。」

風漫天眼簾一闔，沉聲道：「酒終有喝完的時候，人終是要走的，夫人，你說是麼？」

南宮夫人默然半晌，緩緩點了點頭，道：「終是要走的……」緩緩伸出手來，爲南宮平扣起一粒鈕釦，道：「平兒，好生保重自己，對風老前輩要有禮貌，不要乘性使氣……」她語聲極爲緩慢，但話說完了，一粒鈕釦卻仍未扣好，要知天下慈母之心，俱是如此，在要離別愛子之時，能再拖一時半刻，也是好的，那一首慈母別子的名詩：「慈母手中線，遊子身上衣，臨行密密縫，意恐遲遲歸……」便是形容這般情景，遊子臨行之時，慈母多縫一針，便可多見愛子一刻。

南宮平雖早已熱淚盈眶，卻仍然強顏笑道：「孩兒又不是初次離家，一路上自會小心的。」

魯遷仙轉過頭去，不忍再看。

司馬中天垂首坐在椅上，此刻若有人見了他，誰也不信此人便是名滿中原的鐵戟紅旗。

南宮夫人手掌簌簌顫抖，一粒鈕釦，竟彷彿永遠扣不好了。

南宮平突覺手背一涼，他不用看，便知道定是他母親面上流下的淚珠。

一刹時他只覺心頭熱血衝至咽喉，突地大聲道：「媽，你不用擔心，孩兒發誓要回來的。」

魯遷仙伸手一拍桌子，大聲道：「好，有志氣，世上再牢的籠子，也關不住有志氣男兒的決心，風大俠，你說是麼？」

風漫天懶散地張開眼來，道：「是麼？不是麼？是不是麼？」

魯遷仙呆了一呆，突也長嘆道：「是麼？不是麼……」

南宮常恕緩緩道：「風大俠，這些箱子你兩人怎能搬走？……」

風漫天道：「你們可是要送一程？好好，送一程，送一程……」仰天一笑，道：「縱然千里長亭，終有一別，但多送一程，還是好的，南宮莊主你說是麼？」

那八哥咕咕叫道：「是麼，不是麼……」鳥語含糊，似乎也已醉了。

南宮常恕四望一眼，黯然道：「司馬兄不知可否暫留此處，等這山莊的新主人來了再走。」

司馬中天緩緩點了點頭，道：「南宮兄只管放心，小弟雖然老了，這點事還能做的。」

南宮夫人展顏一笑，道：「如此就麻煩你了。」那粒鈕釦，立刻就扣好了。

司馬中天道：「山莊外本有小弟留做接應的車馬，此刻不知是否還在？」

魯遷仙振衣而起，道：「我去。」嗖地掠了出去。

南宮平道：「二叔等我一步。」展動身形，立刻跟出，兩人並肩飛掠到山道上，只見遍地斷劍殘刀，暗林中，亂草間，零亂地倒臥著一些屍身，屍身上的鮮血，卻已被風雨沖得乾乾淨淨。兩人心底，不禁俱都升起一陣憑弔古戰場般的寂寞，不約而同地放緩了腳步，轉首望去，正有幾匹無主的馬，倘佯在林木間，健馬無知，嚐不到人間的悽慘滋味，卻正在津津有味地咀嚼著新鮮的春草。

南宮平仰天吸了口清冷而潮濕的空氣，與魯遷仙一齊步入林中，突聽遠處草叢中，傳來一聲聲淒厲的呻吟之聲，兩人對望一眼，一齊蹤身躍去，只見兩株白楊，殘枝敗壞，樹幹之上，竟似被人以內家真力抓得斑斑駁駁。

樹下的花草，亦是一片狼藉，兩人穩住心神，輕輕走了過去，突聽一聲慘笑，兩條人影自草叢中霍然站起！

南宮平一驚之下，低叱聲：「什麼人？」叱聲方出，卻已看清這兩人赫然竟是「無心雙惡」！

只見他兩人衣衫狼藉，滿身亂草，似是從樹下一路滾過來的，面目之上，眼角、鼻孔、嘴角、耳下俱是血跡殷殷，雙睛凸出，滿是兇光，南宮平、魯遷仙縱是膽大，見了這兩人的形狀，心頭也不禁為之一寒，掌心汨然泌出冷汗。

無頭翁厲聲慘笑，嘶聲道：「解藥，解藥，拿解藥來……」雙臂一張，和身撲了過來。

南宮平一驚退步，哪知無頭翁身子躍起一半，便已「噗」地跌倒。

黑心客大喝道：「賠我命來！」手掌一揚，亦自翻身跌倒，卻有一道烏光，擊向南宮平，他臨死之前，全身一擊，力道果然驚人！

南宮平擰腰錯步，只覺一股香風，自耳邊「嗖」地劃過，風聲強勁，颳得耳緣隱隱生痛。烏光去勢猶勁，遠遠撞在一株樹幹上，竟是一方玉盒。

南宮平、魯遷仙凝神戒備，過了半晌，卻見這兩人仍無聲息，走過一看，兩人果已死了，雙眼仍凸在眶外，顯見是死不瞑目。

魯遷仙看了看那方玉盒，長嘆道：「那得意夫人果然手段毒辣，竟然取出這盒毒藥，說是解藥，『無心雙惡』雖然心計兇狡，但見她受刑之後，才被逼取出，以為不會是假，一嗅之下，便上了當了。」

他久歷江湖，雖未眼見，猜得卻是不錯，只是卻不知道「無心雙惡」在嗅那毒之前，已先逼得意夫人自己嗅上一些，見到得意夫人無事，兩人便搶著嗅了。

哪知得意夫人卻在暗中冷笑：「饒你奸似鬼，也要吃吃老娘的洗腳水。」原來她自己早已先嗅了解藥。

那盒中毒粉，若是散在風中，足夠致數十百人的死命，只要嗅著一點，已是性命難保，何況「無心雙惡」兩人生怕嗅得不夠，一盒毒粉，幾乎都被他兩人吸了進去，他兩人縱有絕頂內功，也是阻擋不了，當下大喝一聲，倒在地上，其毒攻心，又痠又痛，宛如千百隻利箭射在身上，只痛得這兩人在地上翻滾抓爬，正如瘋子一般，那樹上的抓痕，地上的亂草，便是他兩人毒發瘋狂時所留下，得意夫人卻乘此時偷偷跑了。

「無心雙惡」雖然滿手血腥，久著惡名，但南宮平見到他兩人死狀如此之慘，心中也不禁爲之惻然，當下折了些樹枝亂草，草草蓋住了他們的屍身，不忍再看一眼，走出林外，尋了幾匹健馬，套上山莊外的空車，匆匆趕了回去。

只見南宮常恕、南宮夫人、司馬中天，一齊負手立在長階上，人人俱是滿面悲哀愁苦之色，黑夜終於過去，日色雖已重回，但死去的人命卻永遠回不來了。

於是眾人將箱子一齊搬上馬車，魯遷仙拾起了那一日前還被他視爲性命的麻袋，袋上亦是血漬斑斑，他想將這麻袋送給南宮平，南宮平卻婉謝了，除了南宮平外，別人自更不要。

魯遷仙不禁苦笑幾聲，搖頭道：「這袋中之物費了我數十年心血，哪知此刻送人都送不掉。」

要知財富一物，在不同的人們眼中，便有不同的價值，有人視金錢如糞土，有人卻是錙銖必較。

司馬中天與眾人殷殷道別，神色更是黯然，到後來突然一把握住南宮平的手腕，長嘆道：「色字頭上一把刀，賢侄你切莫忘了。」他還是沒有忘記郭玉霞在暗地中傷的言語。

南宮平怔了一怔，唯唯應了，卻猜不出話裡的含義，司馬中天心灰意懶，壯志全消，也不願多說，目送著車馬啓行，漸漸消失在冷風冷雨裡，突然想起自己的生命又何嘗不是如此？

車聲轔轔，馬聲常嘶，二十七口紅木箱子，分堆在兩輛馬車上，由浮粱筆直東行，魯遷仙、風漫天箕踞在一輛車上，沿途痛飲，南宮父子三人，坐在另一輛車上，卻是黯然無語。

道路顛簸，車行頗苦，但是南宮夫人卻只希望這顛簸困苦的旅途，漫長得永無盡頭，只因旅途一盡，便是她和愛子分離的時候，南宮平又何嘗不是滿心淒涼，但卻都忍在心裡，半點也不敢露出來，反而不時將自己這些年來所見所聞的可笑之事，說出來給他父母解悶。

別人只見他母子兩人，一個含笑而言，一個含笑而聽，只當他們必定十分歡愉，其實這慈母與孝子的心事，卻是滿懷悲涼愁苦。

到了晚間，歇在廳門，五人租了處跨院，將車馬俱都趕在院裡，風漫天在牆上扒下一塊粉堊，在車篷上劃了兩個「關」字，鐵杖一點，轉身就走，那「八哥」雙翅一張，高高飛到天上。

魯遷仙道：「你不將箱子搬下來麼……」

風漫天仰天笑道：「有了這個『關』字劃在車上，普天之下，還有誰敢正眼看它一眼？」

原來這兩個龍飛鳳舞，銀鉤鐵劃的「關」字，正是他昔年威震天下時的花押，有一次他爲朋友自太行群盜手中討還了三萬兩銀子，堆在荒山之中，在銀鞘上劃了個「關」字，便趕回魯東，只寫了張紙柬，叫主人自己去取，那主人一見之下，心裡大驚，只當那辛辛苦苦要回來的銀子，這一番又要被人偷走，雖然連夜趕去，卻已隔了三日，哪知這三日三夜裡，銀子竟未短少分文，原來武林中人見了銀鞘上的「關」字，不但沒有下手，而且還在暗中為之守護。

這些雄風豪情雖已俱成往事，但風漫天乘著酒興說了，仍聽得魯遷仙熱血奔騰，豪興逸飛，拍案大呼道：「酒來，酒來。」

南宮夫人微微一笑，道：「魯二哥，你還記得我昔年為你兄弟調製的『孔雀開屏』麼？」

魯遷仙長嘆一聲，道：「怎不記得，這些年來，我雖然嚐遍了天下美酒，卻始終覺得及不上你那『孔雀開屏』之萬一。」

風漫天大奇道：「什麼『孔雀開屏』？」

魯遷仙笑道：「那便是我南宮大嫂以十一種佳釀混合調製而成的美酒，酒雖俱是凡酒，但經她妙手一調，立時便成了仙釀，那當真有如昔年『武聖』朱大先生所創的『雞尾萬花拳』一般，雖是武林中常見的平凡招式，被他老人家隨手一掇，編在拳式之中，立時便有點鐵成金之妙，今日『雞尾萬花拳』雖已失傳，但這『孔雀開屏』酒卻仍調製有方，卻也是你我不幸中的大幸了。」

好酒之人，怎麼能聽這般言語，魯遷仙說得眉飛色舞，風漫天更是聽得心癢難抓，連聲道：「南宮夫人，南宮大嫂，如果方便的話，便請立刻一施妙手，讓俺也嚐一嚐這妙絕天下的美酒。」

他本是神情威猛，言語莊肅，但此刻卻「夫人」「大嫂」地叫了起來，南宮常恕、南宮平雖然滿心愁苦，見了他這般神情，也不禁莞爾失笑。

南宮夫人微微一笑，當下說了十一種酒名，叫店伙送來，無非也只是「竹葉青」、「大麴」、「高粱」、「女兒紅」……一類的凡酒，南宮夫人取了一個酒杓，在每種酒裡，俱都舀出一些，或多或少，份量不一，卻都倒在一把銅壺中，輕輕搖了幾搖，又滴入三滴清水，一滴濃茶。

風漫天伸手接了過來，道：「這就是『孔雀開屏』麼？」言下之意，似是有些失望，只覺這「孔雀開屏」，未免也太過平凡。

哪知他方才將壺蓋一掀，便有一股濃烈的酒香，撲鼻而來，引口一吸，酒味之妙，更是用盡言語也難以形容，風漫天哪肯再放下壺柄，三口便將一壺酒喝得乾乾淨淨，撫腹大笑道：「痛快痛快……」

魯遷仙笑道：「我可曾騙你，人道：『文章本天成，妙手偶得之』，我卻要說『佳酒本天成』，但卻要我南宮大嫂的妙手才能調製得出來。」

風漫天伸手一抹嘴唇，大笑道：「這個卻未必，這『孔雀開屏』麼，俺此刻也製得出來了。」取了那柄酒杓，亦在每樣酒中舀了一些，傾入銅壺，又滴下三滴清水，一滴濃茶，輕輕搖了幾搖，大笑道：「這個不就是『孔雀開屏』麼！」引口一吸。

只見他雙眉突地一揚，雙目突地一張，吸入口中的酒，卻再也喝不下去，只覺自己口中的酒又酸、又苦、又辣，哪裡有半分方才的滋味。

魯遷仙鼓掌大笑道：「怎地，喝不下去了麼？老實告訴你，這個當我三十年前便已上過了，酒雖一樣，但配製的份量，先後稍有不同，滋味也不可同日而語，這也正與武功一樣，否則那『雞尾萬花拳』，我魯遷仙豈非也可創得出來了！」

風漫天勉強喝下了那口酒，卻趕快將壺中的剩酒，倒得乾乾淨淨，雙手端著酒壺，恭恭敬敬地送到南宮夫人面前，大笑道：「夫人，俺長笑天君這番當真服了你了，千祈夫人休怪，再替俺弄個幾壺。」

南宮夫人含笑答應了，一連調了十幾壺酒，道：「平兒，你也來喝些。」

南宮平道：「酒我不想多喝，孩兒只想能再吃幾樣你老人家親手做的菜……」話聲未了，風漫天已自精神一震，拍案道：「夫人如此好手，菜必定也是做得好的……」

魯遷仙亦自等不及似的截口道：「正是正是，菠菜豆腐，醋溜活魚，乾炸子雞，這都是我大嫂的拿手傑作。」

風漫天哈哈笑道：「乾炸子雞猶還罷了，菠菜豆腐有什麼吃頭，我看你當真人窮志短，窮得連菠菜豆腐也是好的。」

魯遷仙搖頭道：「這個你又錯了，要知天下萬物之中，皆有妙理，同樣的文字，由李杜元白一綴，便成妙句，你我便殺了頭也做不出來，同樣的菠菜豆腐，不同的人做出便有不同的滋味，這正如同樣的一趟『少林拳』，在『無心大師』掌中施出，便有降龍伏虎的威力，在江湖賣藝的掌中施出，便一文不值。」

他語聲微頓痛飲一杯，接口道：「武功有火候、功力、天賦之分，兩人交手，勝負之判，還要看當時的天時、地利、人和，做菜調酒也是如此，一絲也差錯不得，一絲也勉強不得，何況越是平凡之拳法，越能顯出一人的功力，越是平凡的菜，也越能顯出我大嫂的手藝，那菠菜豆腐正是妙不可言的美味，你若說沒有吃頭，等會兒你不吃好了。」

風漫天哈哈笑道：「你說得雖然頭頭是道，那菠菜豆腐麼……哈哈，俺不吃也罷。」

南宮夫人只望在分離以前，多讓南宮平快樂一些，竟真的親自下了廚房。

南宮常恕望了望他愛妻，又望了他愛子，心中百感交集，也不知是愁？是喜？是悲？是笑？此刻他良朋愛侶，俱在身旁，妻賢子孝，可稱無憾，卻怎奈會短離長，自更令人腸斷。

只聽廳外「咕」地一聲，那「八哥」飛了進來，咕咕叫著說：「好香，好香……」一個店伙手端菜盤，走了進來，雙眼直勾勾地望著盤中的菜，喉結上下滾動，原來也在嚥著口水。

魯遷仙一把先將一盤菠菜豆腐端了過來，笑道：「他既是不吃，平兒，只有我爺倆兒來享受了。」

風漫天斜眼望去，只見那一盤菠菜豆腐炒得有如翡翠白玉一般，一陣陣清香撲鼻，心裡實是難忍，哈哈一笑，道：「說不吃麼，其實還是要吃的。」伸出筷子，飛也似的夾了一筷。

這一口吃將下去，他更是再也難以放下筷子。

魯遷仙道：「你說不吃，怎又吃了？」端起盤子，左避右閃。

風漫天道：「再吃一筷，再吃一筷！」一雙筷子，出筷如風。

魯遷仙端菜盤，往來移動，一隻盤子，看來竟有如一片光影，盤中的菜汁，卻半點也未灑出。

風漫天手中一雙筷子看來，卻有如千百雙筷子，只有光影旋轉，筷影閃動，魯遷仙雖然用盡了手上功夫，刹那間一盤菜還是被風漫天吃得乾乾淨淨，半塊豆腐，半根菠菜也沒有了。

魯遷仙放下盤子，仰天長嘆一聲，道：「好武功。」

風漫天放下筷子，仰天長嘆一聲，道：「好菠菜！」

兩人對望一眼，不禁相對狂笑起來，那八哥在他兩人頭上往來盤旋，咕咕叫道：「好武功……好菠菜……」原來牠方才也乘機啄了幾口。

這一頓飯一直吃到三更，風漫天、魯遷仙兩人已是酩酊大醉，玉山頹倒，鞋子未脫，便倒下呼呼大睡。

月色清清，微風依依，南宮父子三人，卻仍坐在明月下，清風中絮絮低語，說到後來，群星漸稀，月光漸落，微風漸寒，南宮常恕道：「明日還要趕路，平兒去睡吧！」

南宮夫人道：「一路辛苦，平兒你真該早點睡了。」

南宮平道：「孩兒是該睡了，爹爹媽媽也該去睡了。」

但直到第二日清晨，三人口中雖已說了數十句「睡吧」，卻誰也未睡，對這短短的相見之期，他們是那麼珍惜，只恨天下千千萬萬個能夠終日相見的父母兒子，不知道珍惜他們相見的日子而已。

風漫天一覺醒來，見到這嚴父、慈母、孝子三人的神色，目光不禁一陣黯然，口中卻哈哈笑道：「夫人昨夜的好酒好菜，吃得我此刻仍是口有餘香，今日早些歇下，再好好吃上一頓，夫人可願意麼？」

南宮夫人大喜道：「自然！」只要能教她和愛子多見一刻，她無論做什麼都是願意，一路上她調製美酒，整治佳餚，叫風漫天天天吃得酩酊大醉，風漫天面冷心熱，行程越來越慢，本是數日的行程，至少走了三倍日子。

每過一地，風漫天必定要出去轉上半天，回來時總是帶著滿滿一車貨物，大箱小箱，俱都關得嚴嚴密密，也不知裡面究竟是些什麼東西，只見最大的箱子大如巨棺，最小的也有三尺長短，到後來珍寶越來越少，車子卻越來越多。

由浮梁東行，一路上山區頗多，黃山、天目、七里瀧、會稽一帶，本是綠林強豪出沒之地，這一行車馬，自是引人眼紅，一路上只見疾服佩刀的黑衣大漢，飛騎來去，但風漫天等人卻漫不在意。

那綠林豪客見到他們的車塵，知道必定油水極多，自是人人心動，但數股人互相牽制，又奇怪他們身帶鉅萬銀子，卻無一個鏢師相隨，不知究竟是何來歷，是以一路下來，誰也不敢單獨搶先出手。

這一日到了東陽，前面便是會稽、天台、四明三條山脈的會合之處。

未到黃昏，他們便投店住下，風漫天到街上轉了一圈，第二日清晨，店門外突然人聲嘈雜，紛紛驚語。

原來風漫天竟在東陽城裡每家鐵匠店裡，都訂了一、兩個高有一丈，方圓也有丈餘的鐵籠，共有二十餘個之多，大小不一，形狀參差。

鐵籠送到棧門外，人人見了都驚疑不置，誰也不知道是用來做什麼的，還有一個鐵籠更是奇異，四面都密密地編著鐵絲，風漫天將一些箱籠等物，俱都搬到鐵籠裡，又抬起鐵籠放到車上，趕車啓行。

踩盤子的綠林強人見到這般情況，心中都不禁暗笑，「你將金銀鎖在籠子裡，難道我們不會將籠子一齊搬走麼?這五個人看來彷彿有恃無恐，卻原來想的只是這個笨主意!」心中不禁大爲放心，決定今夜就下手。

走過幾個村落，前面便是山區，道旁飛騎往來更頻，一個個直眉愣眼的彪形大漢，手揮馬鞭，指指點點，那些車夫卻駭得面白齒顫，也在暗中商量好了，強盜一來，就雙手抱頭到路旁一蹲，其餘的事死人也不管。

南宮夫婦、魯遷仙、南宮平，也不知道風漫天買來這些鐵籠有何用途，到後來實在忍不住，便問了出來。

風漫天哈哈笑道：「從前有個笑話，一個人拿了根竹竿進城，橫也不進了城門，豎也進不了城門，到後來只有從城上拋過去，另一人見了，不禁哈哈大笑，道：『此人真蠢，爲什麼他不將竹竿折爲兩段，這樣不是方便得多。』」

魯遷仙愣了一愣，還未會過意來，道：「爲何不直著從城門穿過去……」

風漫天哈哈笑道：「若是直著進去，這就不是笑話了。」

南宮平忍不住噗哧一笑，風漫天道：「那些踩盤子的小強盜見我將箱子搬進鐵籠，一定在笑我和那位拿竹竿的仁兄一樣的笨，『他將箱子鎖在籠子裡，難道我們不會將籠子一齊搬走麼？』卻不想拿竹竿的仁兄有時會忽然將竹竿直著穿進了城門，於是那般小強盜也笑不出來了。」

魯遷仙一摸頭頂，道：「你這些鐵籠究竟有何用處？」

風漫天大笑道：「這用處若說出來，便不是笑話了。」那「八哥」咕地一聲，直飛到天上，叫道：「笑話，笑話……」

突聽「嗖、嗖、嗖、」三聲，三枚響箭，一枝接著一枝，劃空而來，那八哥咕咕叫道：「笑話來了，笑話來了……」嗖地飛回風漫天肩上。

南宮常恕早已料到此著，他生性嚴謹，不動聲色，招呼著將二十餘輛馬車圍成一圈，那些車伕果然抱頭蹲到道旁。

只聽四側馬蹄聲響，煙塵滾滾，東南西北四面，各自馳來數十匹健馬，東面爲首一人，黑面虬鬚，端坐馬上，有如半截鐵塔，呼嘯一聲，振臂大喝道：「天外飛來半截山在此，眾家弟兄，先請停下！」

喝聲之中，他隻手一按馬鞍，突地翻身站起，筆直地站在馬鞍上，身形雖龐大，居然十分輕捷，圍著車隊奔了一圈，四面的馬隊，果然一齊停了下來，一陣陣健馬的長嘶聲中，又有三條漢子，自四面馬隊中飛馳而出。

四匹馬連袂而奔，馬上人突地一躍而下馬鞍，湊在一齊，低聲商議起來。

魯遷仙微微一笑，道：「這批強盜倒是互相認得的，我本想看他們狗咬狗地自相殘殺一場，哪知他們倒聰明得很，居然在商量如何分贓了，看來這場熱鬧是看不成了。」

風漫天軒眉笑道：「熱鬧倒是有得看的，只要你們先莫動手，看我的意思行事就是了。」話才說完，那四條漢子已大搖大擺地走了過去，四人俱是神情慓悍，意氣洋洋，大有不可一世之概，一個瘦小枯乾，縮腮無肉的漢子，目光更是忸怩作態，揚聲道：「車隊的主人在哪裡，請出來說話。」語聲卻有如洪鐘一般。

風漫天故作茫然，四望道：「誰在說話？」

枯瘦漢子面色一沉，冷笑道：「便是區區！」

風漫天濃眉一皺，道：「在下與尊兄素昧平生，突加寵召，有何見教？」

枯瘦漢子哈哈一笑，道：「台端認得在下麼？在下便是來自楓嶺之腰，秋楓寨，落葉莊的『秋風捲落葉』杜小玉……」

風漫天哈哈笑道：「秋楓寨，落葉莊，好個風雅的名字。」

杜小玉道：「這三個一個是『分水關』的左右雙刀胡大俠，一個是……」

「天外飛來半截山」雙眉一軒，厲聲道：「杜兄還要與他嚕嗦什麼？朋友你也少在我鐵大竿面前裝蒜，靠山吃山，靠水吃水，我兄弟四人此刻的來意，你難道還不懂麼，閒話少說，丟下買路贖命錢來，便饒你一命。」

風漫天以手捋鬚，故作失色道：「在下只當杜郎君是來尋我吟詩作對，你怎地要起錢來！」

鐵大竿目光一凜，獰笑道：「你要唸詩麼，老子就唸首詩給你聽聽……此山是我開，此林是我栽，若從此路過，丟下買路錢，牙縫裡崩出半個不字，一刀一個不管埋！」伸出海碗般大小的拳頭，砰地一拳，擊在一匹套車的馬頭上，那匹馬驚嘶半聲，橫地而倒。

南宮常恕等人面不改容，杜小玉三人卻對望一眼，失色道：「好神力。」

鐵大竿仰天笑道：「老子的詩你們聽得懂麼？」

風漫天驚道：「我只當你們是郊遊踏青的風雅之士，哪知道你們竟是截路打劫的強盜……」手肘悄悄一觸南宮平，大聲道：「強盜來了，鏢師何在，還不來打強盜？」

南宮平心中暗笑，霍然長身而起，鐵大竿四人聽到那一聲大喝，腳步微微一縮，抬目望去，卻見這「鏢師」不過只是個初出茅廬的少年，四人心裡更定，鐵大竿哈哈笑道：「就這鏢師麼？哈哈！大鏢師，你是哪個鏢局的，聽到老子們的名聲，還沒有嚇出蛋黃麼？」

話聲未了，突聽「啪」地一聲，臉上已被南宮平著著實實摑了個大耳光子，鐵大竿呆了一呆，怒吼道：「畜牲……」

聲才出口，右面臉上也著了狠狠一記，被打得後退數步，鐵大竿嘴角流血，順手一抹，便要和身撲上，哪知杜小玉卻已一拉他衣角，輕輕道：「且慢！」朗聲笑道：「這位鏢師好俊的拳腳，不知高姓大名，拜在哪位老爺子門下，大家既然都是道上同源，說出來也許還是一家人哩！」

南宮平朗聲道：「在下便是神龍弟子南宮平！」

風漫天微微一怔，實未想到南宮平毫不遲疑地便說出自己的真名實姓，他卻不知南宮平生性磊落，從不知隱姓藏名之事。

鐵大竿、杜小玉、左右雙刀胡振人，以及另一黑衣漢子，「陰陽斧」趙雄圖面色齊都一變，四人對望一眼，失色道：「閣下真的是南宮平？」

南宮平冷哼一聲，默然不語，四人上上下下看了他幾眼，只見他卓立轅旁，神態軒昂，目光炯炯，當真是英姿颯爽，威風凜凜。

要知南宮平自從火併快聚樓頭，出入慕龍莊院，聲名早已傳遍天下，這四人雖然俱是一方之雄，此刻也不禁心頭打鼓。

「天外飛來半截山」手撫面頰，退到一邊，三人俱都跟了過去，只見他揮手招來一條大漢，一把抓起那大漢的衣襟，恨聲道：「我叫你詳加打聽，你說這車隊中不是殘廢和老頭子，便是禿子和小白臉，那麼這南宮平是天上掉下來的，地上長出來的不成？」

那大漢子一震，顫聲道：「他……他便是南宮平麼？」鐵大竿反手一掌，將他擊出數步。

趙雄圖雙眉一皺，沉聲道：「既來之則安之，這南宮平雖然聽說是把硬手，便是雙拳也難敵四手，好漢架不住人多，就憑我們四人，再加上幾十條響噹噹的弟兄，難道怕了他麼？」

胡振人道：「正是如此，就憑我們四人，難道還怕了他麼？好歹也要拚上一拚！」

他四人在這裡嘀嘀咕咕，暗中商量，魯遷仙在那邊微笑道：「想不到賢侄你竟也有這麼大的名聲，只可惜你一下便將名字說了出來，莫要將這些強盜嚇跑了，笑話豈非看不成了？」

南宮平微微一笑，只見鐵大竿四人又並肩走了過來，只是神情之間，已遠不及方才那般得意。

杜小玉目光一轉，搶先道：「這趟鏢既然是南宮公子你的，兄弟們無論是看在龍老爺子面上，抑是看在公子你的面上，本都該拍手就走，只是……嘿嘿，這三位朋友，卻還想領教領教公子你的武功，也好讓弟兄們死心。」

他輕輕兩句話便將責任一齊推到別人身上，南宮平冷笑一聲，一步搶出，微微抱拳，道：「哪一位上來指教？」

杜小玉腳步一縮，遠遠退下，鐵大竿、胡振人、趙雄圖你望我，我望你，他三人有心群毆，卻不敢獨鬥，尤其是鐵大竿面上痛還未消，更是殺了頭也不敢出手，他人雖魯莽，玩命的事卻是不敢做的，正是標標準準的欺弱怕惡之徒，當真是身子最大，膽子最小。

南宮夫婦見了他愛子如此威風，心中不禁得意。

只聽杜小玉冷冷道：「三位兄台雖不必搶著出手，卻也不必太謙了。」

的。

鐵大竿等三人面頰齊地一紅，他三人再是畏懼，但在許多兄弟面前，這個台卻是坍不起的。

胡振人面上陣青陣紅，回首冷笑道：「杜兄怎地忽然置身事外了，倒教小弟奇怪得很。」

杜小玉冷冷道：「胡兄不願動手，自管站在旁邊看看便是！」

胡振人大喝一聲，道：「胡某也去領教領教又有何妨？」雙掌一拍，自背後抽出長刀，大步迎出。

風漫天突地搖手道：「且慢。」

胡振人腳步立頓，風漫天道：「南宮鏢頭，這場架你是萬萬打不得的。」南宮平愕了愕。

風漫天道：「這場架打將下來，無論誰勝誰負，這般綠林好漢，定必要一湧而上的，那時亂刀齊下，連我這老殘廢的命都保不住了，我先前請你來保鏢，只當就憑你的名頭就能將人嚇跑，此刻既然事已至此，說不得我只有破財消災，拿錢贖命了。」說的當真活靈活現。

胡振人大喜道：「老先生當真是位明達之士，既是如此，胡某負責沒有人來難爲你老。」

鐵大竿胸膛一挺，大笑道：「算你見機得早。」他一聽事情突地演變至此，立刻便又威風起來。

南宮平心中暗笑，退回一邊。

只見風漫天一本正經地說道：「我這些鐵籠俱未上鎖，各位好漢要什麼只管拿，只要給我留下些路費就是了。」

南宮平等人雖知此老此舉必有玄妙，但直到此刻爲止，卻還猜不透他葫蘆裡賣的是什麼藥。

鐵大竿等人卻是滿心歡喜，三人各各一招手，就要指揮兄弟前來搬箱子。

趙雄圖突地面色一沉，道：「且慢！」

胡振人道：「什麼事？」

趙雄圖道：「親兄弟，明算帳，今日的買賣不小，我們雖是好弟兄，卻也得把帳算算清楚，這些箱子有大有小，箱子裡的貨物有貴有賤，你我手下的兄弟，若是胡亂一搶，那就亂了。」

胡振人道：「正是如此，小弟方才搶先動手，這批箱子自然該分水關的弟兄先動，至於杜兄麼，嘿嘿，他既然早已置身事外，此刻也只好請他在旁邊看看了。」

落葉莊群豪立刻一陣騷動，有幾個立時就拔出兵刃，但杜小玉卻是面含冷笑，不動聲色，原來他早已看出此事必有蹊蹺，即使事情真的這般容易，他也早已準備好了，只要分水關弟兄一得手，他便出手將胡振人擊倒，這四人中他不但心計最深，武功也高人一籌，是以他算來算去，心裡早有成竹在胸。

趙雄圖面色一沉，冷笑道：「胡兄方才動了手麼？鐵兄，你可曾看到？小弟卻是沒有看到。」

鐵大竿道：「若說動手的話，小弟倒是最先動手的。」想到自己方才一連吃了兩個耳光，面上也不禁有些微微發紅。

胡振人面色大變，一擺掌中雙刀，大聲道：「依兩位之見，又當如何分配？」

鐵大竿挺胸道：「自然是該我天台寨的兄弟先拿！」他胸膛一挺，便比其他兩人高了一個頭。

趙雄圖冷笑道：「若是以身材大小爲準，自然是該鐵兄佔先，只可惜有時身材再大也無濟於事。」

鐵大竿大怒道：「你小子說什麼？」

胡振人一擺雙刀，大聲道：「憑哪點也輪不到你！」

趙雄圖雙目一轉，道：「還是讓杜兄分配好了，杜兄武功最高，落葉莊兄弟最多，杜兄又最精於計算，必定不會教別人吃虧的。」他一看自己佔了下風，便趕緊先招上一個幫手。

杜小玉目光轉處，只見南宮平等人面上雖然不動聲色，但目中卻似有笑意，心念一動，緩緩笑道：「這貨物小弟早已不想要了，怎能再爲三位分配？」落葉莊群豪一陣大亂，杜小玉手掌一揮，竟真的遠遠退走。

鐵大竿三人齊地一愕，突聽風漫天笑道：「三位若是舉決不定，老夫倒有個極好的方法。」

趙雄圖生怕鐵大竿、胡振人兩人聯合對付自己，聞聲大喜道：「好極好極，老先生如此明達，想出來的方法必定是公平的。」

鐵大竿、胡振人對望一眼，這兩人心裡其實也在互相猜疑，聽到如此，也一齊應了。

風漫天道：「我本來最怕流血，是以才會將偌大財富拱手奉上，三位此刻既然應了，稍等可不准反悔，否則……」

他面色一沉，接口道：「我這位鏢師若是發了脾氣，於三位可都沒有好處。」

三人心頭一寒，趙雄圖道：「只要你方法公平，我等自無異議！」

風漫天哈哈笑道：「自是極公平的，各位既然俱是綠林好漢，雙手血腥越重，便越是英雄，此刻在這裡的所有朋友俱都算上，只要每人說出一件人所共知的英雄之事，就可站在前面，我擊掌爲號，號令一出，各位便可自行選擇一口箱子，若是說不出的，便請退到一邊。」

他話聲微頓，突然一柱鐵枴，自鐵籠外挑起一口箱子，接口道：「而且我還可告訴各位，離我越近的箱子，越是貴重，各位搶箱子的時候，便可各憑武功，來定貴賤了。」

眾人聽了他這離奇古怪的方法，心中本來大是疑惑，但等他一掀箱蓋，只見箱子裡珠光寶氣，刹那間人人眼都紅了，財慾蒙心，哪裡還有人想到別的，羞恥之心，更是早已拋到一邊。

鐵大竿等三人，自恃武功身手，諒必穩穩可以搶得一箱最貴重的珠寶，又想到自家的兄弟，怕哪一個說不出件把兩件「英雄之事」來，三人只望錢財快些到手，當下一無疑議，一齊應了。

鐵大竿一拍胸脯，大聲道：「有一夜老子在臨海城一夜之間，連做七案，直殺得刀口都捲了起來，此事人人知道，不用我鐵大竿再作吹噓，想必可算得上是件英雄之事了。」說完仰天長笑。

胡振人哪甘示弱，立刻接口道：「這算得什麼，有一日我在泰順城外，光天化日之下，將數十個聯袂至雁蕩燒香的婦女，一齊……」

這些人生怕來不及似的，一個接一個，將自己的「英雄之事」俱都說出，還生怕別人不信，俱都說出證據，一時之間，南宮平等人只聽俱是姦淫屠殺，人神共憤之事，無論任何一事，都夠資格上刑場砍頭十次。

杜小玉冷眼旁觀，越看越覺此事不大尋常，方才風漫天鐵杖一點，他也聽出了金鐵之聲，心念數轉，只覺手足發冷，越退越遠，落葉莊群，本是人人躍躍欲動，但這些人卻最信服杜小玉，見到莊主木動，便也強自忍下，跟著杜小玉閉口不言，退到一邊。

五六十條漢子，只說了約莫一個時辰，才將這些「光榮的歷史」說完，你擠我，我擠你，都想擠到離得風漫天近些的鐵籠前，數十隻眼睛，有如餓狼一般，炯炯的凝注著籠中的箱子。

風漫天仰天笑道：「好好，各位果然都是英雄，我雙掌一拍，各位便可大顯身手了！」

緩緩分開雙掌，眾人只見他雙掌越離越近，心頭也跳動得越來越快，一雙眸子更是要突出眼眶來，誰也沒有聽出風漫天笑聲中的殺機，目光中的寒意。

風漫天目光一凜，雙掌一拍——

眾人轟然一聲，一轟而上，手腳舞動，張牙咧嘴，將人情禮義都抛在一邊，當真有如一群野獸，擁向殘屍——

南宮平，魯遷仙聽了那些人神共憤之事，心裡早已氣憤填膺，此刻更忍不住躍躍欲動，南宮常恕夫婦兩人，卻仍是聲色不動，都知道風漫天這武林的奇人必定有出人意料之外的舉動。

只見那數十條大漢剎那間俱都入了鐵籠，風漫天突地輕輕叱一聲道：「上鎖！」

南宮常恕四人身形一齊展動，有如鷹隼一般憑空飛出！

那般人只顧眼前財寶，生怕落了人後，哪有時間注意別的，何況即便注意，也來不及了。

剎那間只聽一連串落鎖之聲，南宮常恕等四人，身法、手法，是何等迅快，二十多個鐵籠，一瞬間便已都鎖上。

有幾條漢子這才驚覺，失色呼道：「不好。」

風漫天濃眉一揚，放聲一笑，突地撮口長嘯起來，那「八哥」咕地一聲，沖霄而上。

嘯聲一起，眾人只覺心頭一震，天地間都彷彿變了顏色。

只聽嘯聲越來越是高亢，直震得天上浮雲四散，地上木葉飄落，便是南宮常恕等人，亦是面目變色，何況那般綠林強盜？這些綠林強盜此時有的早已四肢軟癱，有的雖然尚能支持，但也是面青唇白，牙齒打戰，就連站得遠遠的杜小玉，也無法抬起腳步。

嘯聲之中，二十多隻鐵籠裡，俱有一兩口箱子的箱蓋，已經緩緩自動掀起，眾人方才覺得一陣寒意，湧上心頭，突聽震天般一聲獅吼，一條猛獅，自一口巨箱中緩緩站起……

接著，虎吼之聲亦隨之大作，豹鳴、狼嗥、萬獸齊鳴，聲震天地，與嘯聲相合，更是震人心悸，有的鐵籠中是獅虎怒嘯，有的鐵籠中是狼豺兇嗥，那四面編著鐵絲的鐵籠裡，箱蓋掀得最遲，也最慢，箱子裡卻湧出了百十條毒蛇，只見紅信閃閃，蛇目如炬，四面的數十匹健馬俱已口吐白沫，倒在地上。

方才還自像野獸一般要擇肥而噬的人，此刻卻已變成了俎上魚肉，一個個渾身戰慄縮向鐵籠角落。

長嘯，獸吼，慘呼，天色低冥，木葉蕭蕭，天地間立刻滿佈殺機！

群獸被風漫天制住，困在箱中，此刻亦被嘯聲震醒，早已餓極，剎那間只見血肉橫飛，當真是令人慘不忍睹。

請續看《護花鈴》下冊

古龍精品集 72

護花鈴（中）

作者：古龍
發行人：陳曉林
出版所：風雲時代出版股份有限公司
地址：10576台北市民生東路五段178號7樓之3
電話：(02) 2756-0949　　傳真：(02) 2765-3799
封面原圖：明人出警圖（原圖爲國立故宮博物館典藏）
封面影像處理：風雲編輯小組
執行主編：劉宇青
行銷企劃：林安莉
業務總監：張瑋鳳
出版日期：古龍80週年紀念版2019年1月
ISBN：978-986-5803-02-5

風雲書網：http://www.eastbooks.com.tw
官方部落格：http://eastbooks.pixnet.net/blog
Facebook：http://www.facebook.com/h7560949
E-mail：h7560949@ms15.hinet.net
劃撥帳號：12043291
戶名：風雲時代出版股份有限公司

風雲發行所：33373桃園市龜山區公西村2鄰復興街304巷96號
電話：(03) 318-1378　　傳真：(03) 318-1378
法律顧問：永然法律事務所 李永然律師
　　　　　北辰著作權事務所 蕭雄淋律師

行政院新聞局局版台業字第3595號 營利事業統一編號22759935

定價：240元　

國家圖書館出版品預行編目資料

護花鈴 ／古龍著.　--　再版.　--臺北市：
風雲時代，2013.08
　面；　公分
　ISBN: 978-986-5803-02-5（中冊：平裝）
857.9　　　　　　　　　　102011133